Stine kommt Mitte der 80er Jahre in einer Kleinstadt an der ostdeutschen Ostsee zur Welt. Sie ist ein Kind der Wende. Um den Systemwechsel in der DDR zu begreifen, ist sie zu jung, doch die vielschichtigen ideologischen Prägungen ihrer Familie schreiben sich in die heranwachsende Generation fort. Während ihre Verwandten die untergegangene Welt hinter einem undurchdringlichen Schweigen verstecken, brechen bei Stine Fragen auf, die sich nicht länger verdrängen lassen. Anne Rabe hat ein ebenso hellsichtiges wie aufwühlendes Buch von literarischer Wucht geschrieben. Sie geht den Verwundungen einer Generation nach, die zwischen Diktatur und Demokratie aufgewachsen ist, und fragt nach den Ursprüngen von Rassismus und Gewalt.

»Liest man dieses Buch, sieht man Deutschland anders.«
Dirk Hohnsträter, WDR 3

»Es ist ein ebenso kluger wie liebenswerter und nicht zuletzt humorvoll geschriebener Roman.« *Annemarie Stoltenberg, NDR*

Anne Rabe, geboren 1986, ist Dramatikerin, Drehbuchautorin und Essayistin. Ihre Theaterstücke wurden mehrfach ausgezeichnet. Als Drehbuchautorin war sie Teil der Kultserie »Warten auf'n Bus«. Seit mehreren Jahren tritt sie zudem als Essayistin und Vortragende zur Vergangenheitsbewältigung in Ostdeutschland in Erscheinung. Anne Rabe lebt in Berlin. »Die Möglichkeit von Glück« ist ihr Prosadebüt.

Anne Rabe

Die Möglichkeit von Glück

Roman

btb

FSC
www.fsc.org
MIX
Papier | Fördert gute Waldnutzung
FSC® C014496

Penguin Random House Verlagsgruppe FSC® N001967

1. Auflage
Genehmigte Taschenbuchausgabe November 2024
btb Verlag in der Penguin Random House Verlagsgruppe GmbH,
Neumarkter Str. 28, 81673 München

Covergestaltung: semper smile, München, nach einem Entwurf von
ANZINGER UND RASP Kommunikation GmbH, München,
unter Verwendung eins Fotos von © Getty Images
Der Verlag hat sich bemüht, die Rechteinhaber*innen am Coverfoto ausfindig zu machen, verlagsüblich zu nennen und zu honorieren. Wegen der schlechten Quellenlage war dies bedauerlicherweise nicht möglich gewesen. Begründete Ansprüche werden wir selbstverständlich erfüllen.
Druck und Einband: GGP Media GmbH, Pößneck
KLÜ · Herstellung: han
Printed in Germany
ISBN 978-3-442-77467-8

www.btb-verlag.de
www.facebook.com/penguinbuecher

Für Robert

I

Am Ende, wenn die Welt vergeht
Und kein Gedicht weiß, wer wir waren,
Wenn kein Atom mehr von uns steht
Seit zwölf Milliarden Jahren,

Wenn schweigend still das All zerstiebt
Und mit ihm auch die letzten Fragen,
Wird es die Welt, die's nicht mehr gibt,
Niemals gegeben haben.

Wolfgang Herrndorf

1

Du versuchst dich zu erinnern.
Da ist das Meer. Die Ostsee mit ihrem trüben, unruhigen Wasser, das rhythmisch an Land fährt, niemals lautlos. Der Hafen und die alten Speicher. Die Kräne der Werft und die Fischerboote. Da ist die Wasserkunst auf dem Marktplatz, unter dem ein Trommler hausen soll, der nächtens in ewiger Verdammnis seine Schläge tun muss. Der Kirchturm ohne Schiff, der alle Stunde läutet. Die schaurige Ruine hinter dem Bauzaun, die auch einmal eine Kirche war, und da sind die engen Gassen mit ihrem Kopfsteinpflaster.

An dieser Ecke war der Obstmarkt. Dort legte die Tante ein paar Bananen auf die Waage und Apfelsinen. Gegenüber der Imbiss, in dem ihr neuer Freund arbeitete und Mutter und dir Pommes mit Ketchup machte.

Der Weg zu den Großeltern führt den Russenberg hinauf, vorbei an der alten Kaserne.

Früher hätten die Russinnen ihre Pelzmäntel in der Stadt ausgefuhrt, erzahlt man dir. Aber das war zu der Zeit, als diese Straße noch Rosa-Luxemburg-Straße hieß und auf die Karl-Liebknecht-Straße führte, was die Eltern immer sagen, wenn sie dich etwas holen schicken bei Freunden.

Da ist die erste Wohnung ohne Toilette und Badezimmer, da die zweite – drei Zimmer, Küche, Bad und ein separates WC. Gegenüber der Spielplatz, auf dem die Nazis saßen. Gleich um die Ecke die Wohnung von Tante Sabine und deiner Cousine Katja. Die Zimmer voller Aschenbecher und mit dem Barbiemobil und den Videokassetten vom Polenmarkt, die Katjas neue Väter ihr mitbrachten. Wie du den Duft von kalten Zigaretten liebtest, wenn die Tante dir einen abgetragenen Pullover von Katja schenkte.

In den Sandkästen vor dem Kindergarten stecken Besenstiele. Sie sind mit bunten Bändern aus Krepppapier umwickelt. Flieder hängt an ihnen und Luftballons! Es ist Juni, Kindertag, und es regnet. Aus dem flachen Gebäude hörst du dich und die anderen singen: Liebe, liebe Sonne …

Da ist das Haus, das Vater gebaut hat. Das winzige Zimmer ohne Schlüssel, das deins war.

Das Bett, in dessen Dunkel du versunken bist.

Da ist die Mutter.

Da der Vater.

Da ist Tim. Dein Bruder.

2

Wenn ich mich an Tim erinnere, spüre ich ihn hinter mir auf dem Schlitten sitzen. Damals in Tschechien, im Riesengebirge. Er klammert sich an mich, und wir fahren im Affenzahn einen Berg hinunter. Er vertraut mir, vertraut darauf, dass ich die Kurve noch kriege vor dem Abhang. Ich brülle: »Lenken, Timmi, du musst den Fuß raushalten!« Aber Tim, der jünger ist als ich, vielleicht sechs oder sieben, weiß nicht, was ich meine, und so greife ich mit meinem rechten Arm hinter mich und rufe: »Spring!« Der Schlitten saust ohne uns den Abhang hinunter.

3

An meine Geburt kann ich mich natürlich nicht erinnern. Ich weiß bloß, was man mir erzählt hat.

Drei Wochen früher als errechnet, kam ich auf die Welt. Mutter hatte Vater, der damals in einer anderen Stadt studierte, gerade noch zum Bahnhof begleitet, da platzte ihre Fruchtblase. Sie war nach Hause gelaufen, und ein Nachbar hatte sie ins Krankenhaus gebracht. Später einmal, als ich Mutter erzählte, wieviel Angst ich vor der Geburt meiner Tochter hätte, sagte sie bloß: »Man muss bei einer Geburt nicht schreien.«

Ich stelle mir vor, wie sie zwischen anderen Kreißenden in einem großen Saal vor allem darum bemüht war, die Fassung zu wahren. Wie herrische Hebammen ihr befahlen, sich zusammenzureißen. *Was reinkommt, kommt auch wieder raus!* Das sei doch kein Hexenwerk, das hätten Millionen von Frauen vor ihr auch überstanden.

Ich selbst werde zwei Jahrzehnte nach meiner eigenen Geburt in den Wehen liegen und an Mutters Worte denken. »Man muss bei einer Geburt nicht schreien.« Ich werde mich lange daran halten und hoffen, niemandem zur Last zu fallen. Aber schließlich werde ich mich dem Schmerz doch hingeben und ihn hinausbrüllen, um Klara endlich das erste Mal im Arm zu halten.

Daran wirst du dich immer erinnern.

Dieser kristallklare Moment nicht endenden Glücks, als Klara mich aus ihren großen Augen ganz ruhig ansieht und ich mich sagen höre: »Ich bin deine Mama, ich hab dich lieb.« In der ersten Nacht im Krankenhaus habe ich sie zu mir ins Bett genommen, und wäre ich nicht so erschöpft gewesen, hätte ich sie wohl die ganze Nacht hindurch angesehen.

Klara war so klein und zart, manchmal hattest du Angst, sie mit deinem bloßen Blick zu verletzen.

Meine ersten Tage habe ich im Säuglingszimmer zwischen anderen Schreihälsen verbracht. Zu festen Zeiten hat man uns unseren Müttern zum Stillen übergeben und dann gleich wieder in die kleinen Bettchen gelegt. Die Mütter mussten derweil über die Flure der Klinik watscheln, um schnell wieder auf die Beine zu kommen.

Nachdem Vater von meiner Geburt erfahren hatte, hat er sich in den Zug gesetzt und versucht, irgendwo einen Blumenstrauß für Mutter zu besorgen. Das war zu dieser Jahreszeit in diesem Land nicht einfach gewesen, würde er später betonen. Im Krankenhaus hat man mich vor seinen Augen aus dem Bettchen gehoben und an die Scheibe gehalten. Da war ich also. Jüngstes Glied einer langen Kette unglücklicher Umstände, die meine Familie sein würden.

Es gab einen Moment, da lag Klara vor mir auf dem Wickeltisch. Sie hat mich angelacht und die Freude über ihr schieres Dasein fuhr ihr durch alle Gliedmaßen. Sie strampelte vor Glück und ruderte mit den Armen. Ihr Lachen, ihr Vertrauen in mich ... ich erinnere mich noch, dass ich ihre Füße vorsichtig massiert habe ... keinen Moment lang hat sie daran gezweifelt, dass ich die Richtige für sie bin, dass ich ihre Mutter bin. Und dann habe ich ihr gesagt: »Ich bin so froh, dass es dich gibt, Klara, ich passe immer auf dich auf.« Da habe ich mir vorgenommen, ihr jeden Tag, egal was kommt, zumindest einmal zu sagen, dass ich sie liebe.

Aber manchmal, wenn ich sie auf dem Arm hielt, habe ich mir vorgestellt, sie einfach fallen zu lassen. Ich dachte, dann ist sie wieder weg. Dann ist alles vorbei.

Woher kam das? Woher der Wunsch, das ganze Glück zu zerstören?

Ich habe sie aufs Bett gelegt. In Sicherheit. Und mich danebengelegt, um ihr zuzuschauen.

Du stellst dir vor, dass du selbst einmal auf einem Wickeltisch gelegen hast. Oder vermutlich auf einem Bett. Oder einem Küchentisch. Und dass du Mutter angelacht hast und auf ihr Lachen gehofft. Aber du warst nicht Klara. Etwas muss anders gewesen sein zwischen Mutter und dir.

Als Klara fünf war und ihr kleiner Bruder Kurt gerade drei, waren die Eltern zu Besuch. Wir wollten Kurtis Geburtstag feiern.

Damit ich nicht allein mit den Eltern sein musste, hatte ich Freunde eingeladen. Auch Victoria, die ich schon seit der Schule kannte und die selbst gerade erst Mutter geworden war. Ich dachte, es wäre gut, wenn Mutter ein Baby auf dem Arm halten könnte. Dann wäre sie beschäftigt. Und tatsächlich landete Vickys Baby gleich bei ihr, und es sprudelte nur so aus ihr heraus. *Ich* sei ja ein ganz einfaches Kind gewesen. *Mich* hätte man schon nach wenigen Wochen abends einfach bloß ins Bett legen brauchen. Dort sei ich dann eingeschlafen. Ganz von allein.

Oder ganz allein.

Das Wichtigste für einen ordentlichen Schlafrhythmus sei es, die Stillzeiten einzuhalten, betonte Mutter. Nach vier Wochen hätte ich schon durchgeschlafen.

Sie gackerte unbeholfen herum und ließ sich von Vicky noch ein Glas Cremant eingießen. »Dass ich das noch erlebe, Alkohol in diesem Haus. Gut, dass du da bist, Vicky.«

Ich habe nichts gesagt. Ich kannte die Geschichte schon.

Sie würde nun erzählen, dass man die Kinder in der DDR regelmäßig zum Wiegen bringen musste. Dabei habe man festgestellt, dass ich zu leicht war. In meinen ersten Wochen hätte ich nicht genug Gewicht gemacht. Was Mutter aber nicht von ihrem Fütterregime abgehalten habe. Stattdessen habe sie es irgendwie geschafft, mir kurz vor dem nächsten Wiegen etwas einzuflößen. Und so sei sie durch die nächste Kontrolle gekommen.

»Und wie man sieht, es hat Stine nicht geschadet.«

Über Mutters Gesicht zog sich ein triumphales Lächeln,

als sie die Geschichte zu ihrem Höhepunkt brachte, an dem alles nun so klang, als hätte sie Widerstand gegen die Staatsgewalt geleistet.

4

Die Erinnerungen an das Land, das meine Geburt beurkundet hat, sind blass. Die DDR lag 1986 in ihren letzten Zügen, aber davon wusste ich nichts in meinem Kinderbett. Und auch sonst hat wohl Mitte der 80er Jahre noch niemand geglaubt, dass es die Mauer bald nicht mehr geben, dass drei Jahre später eine friedliche Revolution das Land von Diktatur und Stasi befreien würde. Ich war vier, als es endlich hieß »Deutschland einig Vaterland«.

Ich weiß noch, einmal, da hing die Stadt voller Fahnen. Es muss um den siebten Oktober gewesen sein, dem Tag der Republik. Ich lief an der Hand von Mutter durch die Stadt, am Marktplatz vorbei, wo auch das Rathaus mit den Fahnen geschmückt war, in deren Mitte Hammer und Zirkel im Ährenkranz prangten.

»Leben wir in Deutschland?«, fragte ich Mutter und sie sah mich streng an und korrigierte, »nein, wir leben in der DDR.«

So als hätte ich etwas furchtbar Dämliches, Verkehrtes, etwas der Kategorie »Ich-geb-dir-gleich-ne-Kopfnuss«-Falsches gefragt, aber später, wenn von der DDR die Rede war, dachte ich oft an diesen letzten Tag der Republik, an dem ich ahnungslos die falsche Frage stellte.

Die Zeit, in die ich geboren wurde, ist das, was man heute eine historische Zäsur nennt. Alljährlich im Herbst laufen über die Bildschirme die glücklichen Bilder des Mauerfalls. Die Menschen, die sich in die Arme fallen und kaum fassen können, dass das, was da gerade passiert, wirklich geschieht. Auf ihren Gesichtern Erleichterung und die Möglichkeit von Glück.

Ich denke jedes Mal, jetzt ist der Krieg vorbei.

In diesem einen Moment sah es so aus, als könnte das, was jahrzehntelang Wunden in die deutschen Seelen und Körper geschlagen hatte, endlich heilen. Ich habe mir die Bilder so oft angesehen, dass ich manchmal glaube, ich würde diese Leute kennen. Ihre Tränen, ihr Lachen, die schiere Erschöpfung auch. Man kann sie ihnen ansehen, obwohl die Freude alles überstrahlen will. Die Sätze, die sie sagen, kann ich mitsprechen.

Jeder weiß, wo er am Tag des Mauerfalls war und wird sich vermutlich immer daran erinnern.

Ich lag in meinem Kinderbett und habe das ganze Spektakel verschlafen.

Mutter saß allein vor dem Fernseher. Oder war sie auch schon im Bett? Hat sie auch geschlafen? Von Vater weiß ich, dass er am nächsten Tag als Letzter die Baustelle bei Berlin, auf der er neben dem Studium arbeitete, verlassen hat, um wie seine Kollegen mal rüber zu machen, mal zu gucken, was da los ist.

»Man wusste ja auch nicht, ob die vielleicht wieder zumachen, und ich war ja auf Arbeit«, erklärte er später seine Zögerlichkeit.

Dass alles ein gutes Ende nehmen, die Grenze tatsächlich offen bleiben würde, das wusste damals noch nicht einmal Egon Krenz.

Wenn Hans-Dietrich Genschers Worte von der Prager Botschaft erklingen, »Wir sind zu Ihnen gekommen, um Ihnen mitzuteilen, dass heute Ihre Ausreise ...«, und der Jubelschrei, der seinen Satz beendet, kommen mir wie auf Knopfdruck die Tränen.

Und wenn ich in irgendeiner Sache gefragt werde, wann sie stattfinden würde, rutscht auch mir manchmal ein »Das tritt nach meiner Erkenntnis, ist das sofort ..., unverzüglich« heraus.

Die Geschichte ist mir so nah, ich komme nicht von ihr los. Ich suche nach Bildern aus der Zeit, versuche zu verstehen, wie das war. Warum fasst es mich so an?

Bilder zum Beispiel aus der Stadt, in der ich gelebt habe. Sie zeigen Zerstörung und Armut. Häuserzeilen, in denen unten zwar Läden sind, man aber durch die Fenster der oberen Stockwerke schon den Himmel sehen kann. Die Kirchenruinen. Die toten Speicher am Hafen.

Ich erinnere mich an die Wohnungen ohne Toilette, ohne Bad. Daran, dass meine Cousine Katja und ich uns davor geekelt haben, das Klo im Hausflur zu benutzen. Wie kalt es darin war und voller dicker Spinnen. Ich erinnere mich an den Ofen, an dem ich mir die Hand verbrannte, als ich mich beim Rollerfahren daran abgestützt habe. Und daran, dass ich nie bei einem meiner Freunde gedacht habe: Das ist aber eine schöne Wohnung!

Überall die gleichen Möbel, das gleiche Braun. Die Rillen in der Couchgarnitur »Usbekistan«. Die Bananen, die ich nicht mochte, weil wir sie gegessen haben, wenn sie noch grün waren. Ich dachte lange, sie wären schlecht, sobald sie ein paar braune Stellen hatten.

Die Stadt, in der ich aufgewachsen bin, liegt an der Ostsee. Eine Hansestadt, deren Backsteingotik heute Teil des UNESCO-Weltkulturerbes ist. Dort ist von der Ruinenlandschaft, in der ich laufen lernte, heute kaum noch etwas zu erkennen.

Der Aufbau Ost ist mit einer solchen Akribie vorangetrieben worden, dass es schwerfällt zu glauben, zwischen all dem lägen nur dreißig oder vierzig Jahre. Zu den Jubelbildern gesellt sich ritualhaft der Diskurs über die Unterschiede zwischen den beiden Landesteilen. Genauso eifrig, wie man die Städte in Pastell getaucht hat, wird nun danach gesucht, warum der Osten anders tickt, anders wählt, rechter ist und gewalttätiger.

Meine Erinnerungen an die Wendezeit sind so bruchstückhaft, so flatternd, sie ergeben kein wirkliches Bild, kein eindeutiges Gefühl. Auf meiner Suche nach Antworten finde ich den Film *7/10/89 – Makulatur* von Kerstin Süske.

Die Redakteurin des Dokumentarfilmstudios der DEFA hatte am 6. und 7. Oktober 1989 zusammen mit Freunden von der Filmhochschule ohne Genehmigung in Berlin die Vorbereitungen für die Feierlichkeiten zum 40. Jahrestag der DDR gefilmt: Sie bewegt sich mit ihrer Kamera durch die Stadt. Nimmt den Fackelzug der FDJ und auch die Gespräche in der Erlöserkirche auf, die sich um eine mögliche

Neuordnung des Landes drehen. Man sieht aber auch eine Kindergartengruppe, die von ihrer Erzieherin auf den Geburtstag ihrer Heimat eingeschworen wird. Da stehen sie also, die letzten Kinder des Sozialismus und tragen artig vor, was sie in den Tagen und Wochen zuvor einstudiert haben.

Auf die Frage ihrer Erzieherin, wer denn nun heute Geburtstag hätte, antworten sie artig: »Die Republik!«

Auf die Frage danach, wer diese Republik sei, drucksen sie jedoch herum und drehen stattdessen etwas ratlos die gebastelten Blumenwimpel, die »Winkelemente«, im Herbstlicht.

»Wir alle, wie wir hier stehen. Alle Kinder, alle Erzieher, der Hausmeister, unsere Küchenfrauen, alle sind unser Land ...«, leiert die Erzieherin ihr Programm runter.

Auch wird den Kindern noch einmal eingetrichtert, dass man sich ja nun »extra geschmückt und vorbereitet« hätte, weil dieses Unserland heute Geburtstag hat.

Dann werden die Jüngsten aufgefordert, eine kleine Bühne zu betreten. Brav stapfen sie die Treppe hinauf, deren Stufen fast noch zu groß für sie sind. Einige wanken, geraten aus dem Gleichgewicht, aber man sieht ihnen an, wie sehr sie gewillt sind, diese wichtige Aufgabe vor der Kamera zu meistern. Sie stellen sich schließlich vorn an der Bühne auf:

»Flugzeug, fliege, nimm Grüße mit von mir. Flieg in die Sowjetunion, Druschba sagen kann ich schon ...«, singen sie.

Währenddessen rollen durch die Straßen der Hauptstadt die frisch polierten Panzer der Nationalen Volksarmee.

Ob eines dieser Kinder die Sowjetunion kennt? Ob sie verstehen, was die Erzieherin meinte, als sie davon sprach, dass sie alle die Republik seien? Wissen sie, dass Druschba

Freundschaft heißt und dass man sie darauf vorbereitete, dieses »Freundschaft!« schon bald bei jeder Gelegenheit als Begrüßung laut und ernst zu verkünden?

Die Lieder, jedenfalls, würden in wenigen Wochen aus ihren Köpfen verschwinden und mit ihnen auch diese seltsame Republik.

Eines der Kinder könntest du sein. Die Melodie kommt dir angenehm vertraut vor.

Du hältst ein flatterndes Fähnchen gegen die Sonne. Du singst gern und schickst Grüße weit fort in ein Land mit einem seltsamen Namen.

Einmal habe ich Vaters Mutter, Oma Ursel, nach der Nazizeit gefragt und sie hat erzählt, dass sie nach Kriegsende in ein Geschäft gegangen sei und beim Eintritt mit dem in Fleisch und Blut übergegangenen »Heil Hitler!« gegrüßt hätte. Dafür sei sie ausgeschimpft worden, dabei sei es keine böse Absicht gewesen, hatte sie mir versichert.

5

Die vergessenen Lieder, die irgendwo in dir vergraben sind. Das Koordinatensystem, in dem du dich bewegtest, Schritt für Schritt hinein in die Struktur, die Institutionen, die Rituale.

Und dann – nichts mehr.

Stille.

Stillsein.

Das war dir schon vertraut, denn
zuerst hast du das Schweigen gelernt.

Der Hunger, der dich in deinen ersten Lebenswochen nachts überfiel, war nicht deiner. Durfte nicht deiner sein. Du hast bis zum Morgen gewartet und gelernt, darüber hinwegzuschlafen.

Als ich das erste Mal schwanger war, hoffte ich, es würde ein Mädchen werden. Ich hatte gehört, dass Jungen häufiger als Mädchen Schrei- und Speikinder sind, und davor hatte ich eine irre Angst.

Ein Mädchen würde ich ganz sicher bedingungslos lieben können.

Zwei Jahre nach Klara war ich mit Kurti schwanger. Und Kurt kam mit einem Schrei zur Welt, der drei Monate nicht enden würde. Es war anstrengend, auch wenn ich Kurti nicht, wie befürchtet, weniger geliebt habe als Klara. Ich habe ihn durch die Wohnung getragen, ihn gewiegt und besungen, wenn er so sehr schrie, dass selbst seine kleinen Handrücken von dieser Anstrengung schweißnass waren – so lange, bis er schließlich erschöpft einschlief und ich nicht mehr tun konnte, als mich kraftlos neben ihn zu legen.

Einmal habe ich mit Mutter darüber gesprochen, ihr erzählt, dass ich nicht mehr weiterwüsste und nur hoffte, es würde bald besser werden. Ich wollte wieder arbeiten, musste auch, aber wie sollte das mit Kurti gehen?

»Wir haben Tim als Baby einfach schreien lassen. Das hat uns und deinem Bruder sehr geholfen«, sagte Mutter am anderen Ende der Leitung, ohne lang zu überlegen.

Ich habe nichts darauf gesagt. Nicht widersprochen. Aus dem hinteren Teil der Wohnung hörte ich Kurti auf dem Arm seines Vaters weiterschreien.

Es ist nicht so, dass ich nicht auch einmal die Tür hinter dem Baby geschlossen hätte und gewartet, ob es sich von selbst beruhigen würde. Aber ich habe das nicht lange ausgehalten. Es war nicht nur unmöglich, das Schreien auszublenden, es tat mir körperlich weh, der Schrei fuhr mir direkt in die Knochen. In meine Brüste schoss die Milch und drückte sich schmerzhaft durch die entzündeten Brustwarzen.

Er meinte mich. Nur mich. Kurti schrie nach mir. Nach Halt und Nähe. Ich war das Muttertier, das er brauchte, und mit nichts anderem wäre ihm geholfen gewesen.

Mein Sohn schrie genau, wie Tim geschrien hat, als die Welt, in die man ihn geworfen hatte, noch zu groß für ihn war. Damit das Schreien meines Bruders mich nicht weckte, legte man mich zum Mittagsschlaf in ein anderes Zimmer.

Ich hörte ihn trotzdem, aber ich wusste, dass ich das Bett nicht verlassen durfte. Auch nicht, wenn Mutter zum Einkaufen in die Stadt gegangen war.

Ich blieb im Elternbett liegen, bis man mir erlaubte aufzustehen. Und Tim schrie, bis er nicht mehr konnte und bis er gelernt hatte, dass es nichts nützte. Niemand würde kommen, egal wie sehr er es sich wünschte.

Meinem Bruder soll es geholfen haben.

Und vielleicht stimmt das sogar.

Einmal erzählen die Eltern vom Wanderurlaub im Harz, da waren sie bei Tim zu Besuch und spielten gerade mit seinem vierjährigen Sohn. Als Timmi selbst vier Jahre alt war, sind sie zusammen mit uns Kindern den Brocken hochgelaufen. Dieser Berg, auf dessen Gipfel sich in der Walpurgisnacht angeblich die Hexen und Hexer zum Fest treffen, hat seinen Namen nicht ohne Grund. Ich erinnere mich noch, dass Tim und ich manche Abschnitte auf allen Vieren hochgekraxelt sind.

Zwischen Kaffee und Kuchen berichten die Eltern stolz von diesem Aufstieg. Davon, dass Tim irgendwann nicht mehr konnte und weinend darum gebettelt habe, getragen zu werden. Schließlich sei er so müde gewesen, dass er sich in den Graben am Wegrand gelegt und beinahe eingeschlafen wäre. Vorbeikommende Wanderer hätten schon Mitleid mit ihm gehabt, sagt Mutter. Sie habe gewusst, ergänzt sie lächelnd, würde sie Tim auch nur einen Moment hochnehmen, müsste sie ihren Sohn den ganzen Weg tragen.

»Und am Ende hast du es ja doch geschafft.«

Tim hätte die Eltern hinauswerfen sollen mit ihren blöden Geschichten. Aber er hat bloß sein Kind angeschaut und nichts gesagt.

Alle Familien haben solche Geschichten. Gemeinsame Erlebnisse, die eine Familie zu einer Familie machen. Geschichten, die man sich immer wieder erzählt. Die Geschichten von einem missglückten Weihnachtsbraten, von Irrfahrten zu einem lang ersehnten Urlaubsziel, Missgeschicke und Tollpatschigkeiten, die einem noch immer die Lachtränen in die Augen treiben. Diese Geschichten, an die man denkt, wenn man *Zuhause* denkt.

Was Tim und ich uns erzählen, wenn wir über unsere Kindheit sprechen, sind Geschichten davon, wie wir gelernt haben, still zu sein.

6

An mehr als die Sache mit den Fahnen erinnere ich mich kaum vom letzten Geburtstag der Republik. Ich war auch nicht bei der Demo auf dem Marktplatz. Dabei waren viele Kinder da. Als Schutz vor Verhaftungen. Es war die größte Demonstration in Norddeutschland gegen die Machthaber der SED. Man ist vor die Stasizentrale gelaufen und forderte das Ende des Überwachungsterrors. Und als Zeichen des friedlichen Protests hatte man vor das Büro der Kreisleitung der SED Kerzen gestellt.

Warum hat man uns davon nie erzählt? Warum wurde darüber auch in der Schule nicht gesprochen?

Die neue Zeit kommt mit dem Mittagessen. 1990. Als alles vorbei ist. Der Gruppenraum im Kindergarten ganz am Ende des Flurs im Flachbau, nur fünf Minuten zu Fuß von der Wohnung mit der separaten Toilette.

Aus einem Radio knarzt die Stimme von Matthias Reim. »Verdammt, ich lieb dich, ich lieb dich nicht …« Während das Land um euch zusammenbricht, singt ihr mit piepsigen Stimmen: »Hier kommt Kurt – ohne Helm und ohne Gurt.« Und genau wie Frank Zander ruft ihr: »Schluss jetzt, wir wollen tanzen!«

Das Mittagessen wird nicht mehr gekocht, es werden Styroporkisten angeliefert, in die du neugierig lugst.

Es gibt echte Corny-Riegel mit Erdbeergeschmack!

Doch die bunte Verpackung hält nicht, was sie dir versprochen hat. Der Riegel schmeckt scheußlich, und du musst würgen. Aber die Kindergärtnerin, Frau Preußler, sagt, dass du aufessen sollst.

Während die anderen Kinder sich zum Mittagsschlaf hinlegen, sitzt du vor dem Riegel. Der ist nicht zu schaffen. Wie sehr du dich auch bemühst, du bekommst das klebrige Ding nicht runter.

Aber. Du. Musst.

Alles hatte sich verändert, heißt es.

Und das stimmte ja auch!

In diesem Sommer war ich mit Oma Ursel und Opa Arnd bei McDonald's.

Das neue Land schmeckte anders, aber die Regeln, denen wir uns unterzuordnen hatten, waren noch dieselben.

Du isst gefälligst auf, wenn du dir etwas genommen hast.

Wer Frau Preußler eine Freude machen wollte, massierte ihr den schweren Rücken. Und wer frech war oder laut, musste beim Mittagsschlaf neben dem rothaarigen Bettnässer Kim liegen. Wenn es regnete, stellten wir uns in Zweierreihen im Flur auf und sangen: »Liebe, liebe Sonne, komm ein bisschen runter, lass die Wolken oben, dann wollen wir dich loben ...«

Meine Eltern waren Mitglieder der Staatspartei SED. Die Großeltern auch. Das weiß ich, und dass sie nach der Wende noch eine ganze Weile Mitglieder in der von Gregor Gysi geführten PDS blieben. Irgendwann, als ich alt genug war und der ganze Umbruch weit genug weg, haben sie es mir erzählt. Es war ihnen wichtig, dass sie erst ausgetreten sind, als es plötzlich darum ging, Posten zu verteilen und sich Vorteile zu verschaffen. Sie wollten nicht einfach umfallen. Keine Wendehälse sein. Aus dem, was sie alle vier Jahre in der Wahlkabine ankreuzten, machten sie ein Geheimnis, dabei wusste ich, dass sie die PDS wählten.

Wendehals – ein Wort, über das ich als Kind viel nachgedacht habe. Aber ich habe mich nicht getraut zu fragen.

Unter einem Wendehals habe ich mir einen langen Schwanenhals vorgestellt, den Schwanenkopf, der sich darauf im Kreis dreht. Immer im Kreis. Aber wozu?

Als ich zehn Jahre alt war, das war 1996, erklärte Vater mir den Unterschied zwischen Sozialismus und Kommunismus.

Wir saßen in unserem roten Opel Kadett auf dem Parkplatz vor dem Marktkauf.

Sommerhitze. Und die Autos hatten noch keine Klimaanlage. Um an Luft zu kommen, musste man die Scheiben händisch herunterkurbeln. Trotzdem machte der Opel etwas her. Kurz nach der Wende hatte dieser unseren Trabbi ersetzt. Er hatte Anschnallgurte, ein Radio und einen Kassettenspieler.

Mutter war mit Tim in den Supermarkt gegangen, und ich wartete, mit Vater in der Hitze brütend, auf ihre Rückkehr. An dem Supermarkt gefiel mir, dass die Menschen ihre Einkäufe in Papptüten ohne Henkel heraustrugen, wie in den amerikanischen Filmen, die ich manchmal mit Katja sah, denn Katja hatte Videokassetten. Ansonsten mochte ich es nicht, einkaufen zu gehen. Langweilig. Ich blieb lieber im Wagen und hörte im Radio »die Hits der 70er, 80er und das Beste von heute!«.

»Im Kommunismus«, setzte Vater an, »sind alle Menschen gleich und verdienen das gleiche Geld. Eigentlich braucht es im Kommunismus überhaupt kein Geld mehr. Das wird dann wahrscheinlich abgeschafft.«

Das Geld brauche es im Kommunismus deshalb nicht, da allen alles gehören würde. Es würde sich also nicht mehr lohnen, Dinge anzuhäufen oder sich zu bereichern. Vielmehr würden die Menschen in eine Kaufhalle gehen und sich nur das nehmen, was sie wirklich bräuchten. Die Vorstellung gefiel mir, ohne dass ich hätte sagen können, warum. Es klang gerechter, vielleicht.

Im Kommunismus, erläuterte Vater weiter, würde der Müllmann genauso viel verdienen wie ein Professor, der Maurer genauso viel wie ein Architekt. Denn wenn man es genau nähme, dann sei kein Mensch mehr wert als der andere. Wie sollte ein Architekt ein Haus bauen, wenn er niemanden hätte, der ihm die Mauern hochzieht? Was würde passieren, würde niemand mehr den Müll fahren?

»Klassenunterschiede sind eine Erfindung der Herrschenden«, stellte Vater fest.

Im Radio rief jemand nach Macarena.

Ich wusste nicht, was er mit Klassen meinte, aber ich nickte und sagte ab und zu: *hmm*. Ich wollte ihm wirklich gern glauben, und das mit dem Geld und dem Wert der Menschen leuchtete mir sofort ein.

Du denkst daran, dass du einmal in der Grundschule eine Welt ohne Geld geschrieben hast, auf die Frage, was ihr euch wünscht. Eine Welt ohne Geld und Weltfrieden.

»Und was ist mit dem Sozialismus?«, fragte ich ihn.

»Der Sozialismus ist die Vorstufe vom Kommunismus. Das war die DDR.«

Dass wir in der ehemaligen DDR lebten und dass ich selbst noch in der DDR geboren war, wusste ich. Auf meinem roten Impfpass waren Hammer und Zirkel eingestanzt. Ich mochte das kleine rote Heft, nahm es manchmal aus der Schublade, in der Mutter ihre Dokumente aufbewahrte, und strich mit den Fingern über das Emblem. Der Kranz um die Symbole der SED-Diktatur verliehen diesem Nachweis meiner Immunität gegen Masern, Tetanus und Windpocken etwas Feierliches. Ich wusste aber auch, dass dieser Impfpass aus einer anderen Zeit stammte, dass hier alles einmal ganz anders gewesen war, dass meine Eltern unsere Vergangenheit in zu Ostzeiten und zu Westzeiten einteilten, dass es Ossis und Wessis gab, dass die Wessis schlecht und die Ossis, also auch ich, irgendwie besser waren, auch wenn die Wessis das ganz anders sahen.

Jon Bon Jovi brüllte so laut, dass Vater sich genötigt sah, das Radio abzudrehen.

Ich sah aus dem Fenster den Menschen zu, die vollbepackte Einkaufswagen über den Parkplatz bugsierten. Dabei drohten die Wagen, plötzlich auszuscheren und einem fremden Auto den Lack zu zerkratzen. Sie alle hatten vor wenigen Jahren die Mauer eingerissen, stellte ich mir vor. Sie alle hatten sich also gegen den Sozialismus gewandt? Wieso? Ich hatte dafür kein Verständnis. Was Vater gerade erzählt hatte, war doch vollkommen richtig. Wäre doch idiotisch, in einer solchen Welt nicht leben zu wollen. Arbeit und Versorgung für alle statt der drohenden Arbeitslosigkeit, die in den 90er Jahren so selbstverständlich war wie das Salzwasser der Ostsee.

Aber Vater kannte die Gründe. Die Menschen in der DDR seien noch nicht bereit gewesen, behauptete er. Sie hätten noch nicht verstanden, dass der Kapitalismus ihnen nur schaden würde. Sie würden eben nur an sich denken, an ihren eigenen Vorteil, und seien viel zu gierig. Aber eines Tages, wenn der Krieg um die Ressourcen ausbreche, wenn alle erkannt hätten, dass es kein unendliches Wachstum geben könne, dann käme der Sozialismus zurück. Dann würden die Menschen wieder für den Kommunismus und eine gerechtere Welt kämpfen. Dann würden sie verstehen, dass man nicht zwanzig verschiedene Sorten Joghurt bräuchte, sondern eine einzige eben auch satt mache.

Ich hatte mich schon manchmal gefragt, was diese DDR war, und nun war alles klar. Sie war das bessere Land, die bessere Idee. Ihre Zeit würde kommen.

Ich erinnere mich daran, wie sehr ich mir als Jugendliche ein FDJ-Hemd gewünscht hatte. Ich wäre gern Jungpionier gewesen. Wie man einen Pionierknoten bindet, hatte ich mir von Mutter zeigen lassen. Mit wehenden Fahnen wäre ich vorneweg marschiert, wenn wir den 50., den 60. und den 70. Jahrestag der Republik gefeiert hätten.

Als ich älter wurde, dachte ich deshalb konsequent, dann muss es eben eine Diktatur sein! Wenn die Menschen zu blöd sind, das Richtige zu tun und sich immer nur um sich selber scheren, muss man sie eben zwingen. Überhaupt – eine Diktatur wie die DDR, wäre das wirklich eine Diktatur? Mir machten viel mehr die Nazis Angst, die in den 90ern die Straßen beherrschten und im Osten der 00er-Jahre schließlich einen Weg in die Parlamente finden würden. 9,4 Prozent der Stimmen holte die NPD 2004 in Sachsen und 2006 zog sie auch in den Schweriner Landtag ein. Die Nazis waren für mich eine echte Gefahr. Der Sozialismus dagegen eine gute Idee, die man nur noch nicht richtig umgesetzt hatte.

II

VOR ACHT JAHREN
Da war eine Zeit
Da war hier alles anders.
Die Metzgerfrau weiß es.
Der Postbote hat einen zu aufrechten Gang.
Und was war der Elektriker?

Bertolt Brecht

7

Wo fängt eine Geschichte an? Wo fängt meine Geschichte an?

Wenn ich an den Anfang denke, sehe ich Paul vor mir, meinen Großvater.

Paul, der mit seinem viel zu großen Fahrrad, auf dessen Sattel er noch nicht sitzen kann, durch das Berlin der dreißiger Jahre flitzt. Er ist zwar groß, in seiner Schule ruft man ihn den Langen, aber für das Fahrrad reicht es noch nicht. Trotzdem ist es sein ganzer Stolz. Er spielt Rennfahrer und hängt sich in den Windschatten eines Busses. Dort strampelt er wie verrückt, bleibt dran, lässt sich nicht abschütteln und merkt, dass es ganz leicht wird, wenn er möglichst dicht hinter dem Bus fährt. Was der Zehnjährige nicht bedenkt, ist, dass der Bus gelegentlich hält. Also knallt der kleine Lange mit voller Wucht gegen den Riesen aus Blech und klatscht auf das Pflaster. Ängstlich und mit aufgeschlagenen Armen und Beinen schiebt er sein Rad zurück nach Hause. Als der Vater von seiner Dummheit erfährt, fragt er nur: »Und dit Ratt? Isset noch heil?«

Die Tage bei Oma Eva und Opa Paul waren ordentlich. Es gab gutes Essen, das Eva kochte (immer Sahnesoße), und Orangensaft aus Trinkpäckchen von ALDI. Die Zweiraumwohnung im obersten Stockwerk eines Plattenbaus war kurz nach der Wende vollgestopft mit Erinnerungen an früher, an Opa Pauls Reisen. An der Wand hingen Teppiche aus der Mongolei, und in einer Vitrine in der Schrankwand standen Trinkbecher aus Karlovy Vary und Figürchen aus Glas, die ich nicht schön fand.

Die Wohnung hatte einen Balkon, aber auf dem waren wir nie, obwohl man von dort aus sicherlich einen ganz guten Blick gehabt hätte. Die Spiele für meine Cousine Katja, Tim und mich befanden sich auch in der Schrankwand, in einer langen Schublade. Es war übersichtlich. Es gab ein Portemonnaie mit Spielgeld (das waren vor allem Ostmark), ein Kartenspiel, ein Steckhalmaspiel und eine Spielesammlung, aus der wir entweder Mensch ärgere dich nicht, Mühle oder später auch Schach spielten.

Opa Paul hat uns nie gewinnen lassen.

Ich habe Jahre gebraucht, um ihn im Mühlespiel zu besiegen, und selbst nie daran geglaubt, dass es einmal so weit kommen würde.

Als Tim und ich klein waren, spielten wir eigentlich immer das gleiche Kartenspiel mit ihm. Das Spiel hatte keinen Gewinner und hieß »Rote Karte, schwarze Karte«. Es bestand lediglich darin, dass Opa Paul den Kartenstapel nahm und ihn ordentlich durchmischte. Dann wurden die Karten nacheinander aufgedeckt und wir sollten raten, ob die nächste Karte eine rote oder eine schwarze Karte wäre. Das ging so etliche Runden.

Aber es gab auch einen Fernseher. Am liebsten sahen wir

das Zirkusfestival aus Monaco oder die Zaubershows von David Copperfield (der war mit Claudia Schiffer zusammen, die fand Vater »total scharf«). In meiner Erinnerung flimmerten diese Shows in den 90ern beinahe wöchentlich über die Bildschirme und brachten einen Hauch von großer, weiter Welt zu uns.

Ich war vollkommen fasziniert davon. Besonders einmal, als der Magier die Zuschauer vor dem Fernseher einlud, sich ein Symbol unter vielen, die auf dem Bildschirm erschienen, auszusuchen und es sich fest einzuprägen. Er versprach, er würde per Telepathie erraten können, welches Symbol ich mir ausgesucht hatte. Ich musste nur fest genug daran denken. Dann sollte ich von meinem Symbol ausgehend mit einem Finger mal drei Schritte hoch, vier Schritte nach links oder rechts, kreuz und quer über die anderen Symbole hopsen und am Ende landete ich tatsächlich wieder auf dem von mir ausgesuchten Symbol. Copperfields Fahrt die Niagarafälle hinab, gefesselt in einem Holzfass, oder sein Gang durch die Chinesische Mauer, das Verschwindenlassen der Freiheitsstatue in New York, waren nichts gegen die Magie, die von diesem einfachen Trick auf mich abstrahlte.

Weshalb Opa Paul genauso begeistert war, weiß ich nicht. Zu dieser Zeit war er schon fast blind, und ich musste ihm erklären, was auf dem Bildschirm passierte.

Meinem Großvater die Welt zu erzählen, ihm nicht nur zu sagen, wann eine Stufe kommt oder wann wir die Straße sicher überqueren konnten, war für mich nicht ungewöhnlich. Auf unseren Spaziergängen durch den nahegelegenen Tierpark berichtete ich ihm, was ich sah. Wie viele Bisons an den Zaun kamen, ob ein Pfau unseren Weg kreuzte oder was die Waschbären gerade veranstalteten. Wir gingen nebeneinanderher, und ich erklärte ihm alles. Manchmal fragte er: »Da vorn? Ist das ein Hirsch?« Und wir freuten uns jedes Mal, wenn er richtig lag. Als gäbe es noch Hoffnung darauf, dass der Schleier sich wieder heben würde.

Später würde er es mit einer Laseroperation versuchen, aber vergeblich. Die Augen waren zu trüb. Die Verbesserung war zwar prozentual erstaunlich, aber was sind schon fünfzig oder sechzig Prozent mehr von fast nichts?

Jedes Jahr zum Kindertag am 1. Juni bekamen mein Bruder Tim, unsere Cousine Katja und ich eine neue Jahreskarte für den Tierpark. Die Freude war mäßig, auch wenn Katja und ich den freien Eintritt manchmal nutzten, um auf den großen Spielplatz dort zu gehen. Ich war wohl die Einzige, bei der sich die 15 DM gelohnt hatten. Paul und ich spazierten viel. Meist durch den Tierpark. Später, als die Großeltern in eine andere Wohnung in der Nähe der Seebrücke zogen, gingen wir jeden Sonntag eine Stunde am Strand entlang.

Dabei hatte ich oft das Gefühl, dass es Mutter nicht recht war, dass ich mich mit ihrem Vater so gut verstand. Als wir kleiner waren, wurden Tim und ich viel häufiger bei Vaters Eltern untergebracht.

Mir gefiel es aber besser bei Oma Eva und Opa Paul. Es war ruhiger, es passierte nicht viel.

Die Geschichte, wie er mit dem Fahrrad auf den Bus geknallt ist, hat er mir am Gehege von den Greifvögeln erzählt. Dann noch eine, da ging es darum, dass man nicht auf ältere Kinder hören solle. Er selbst sei einmal von ein paar Jungen dazu überredet worden, in eine Stromleitung zu greifen, und habe bloß Glück gehabt, dass nicht allzu viel passiert sei. Schmerzhaft sei es trotzdem gewesen und dumm.

Und später dann, als ich schon ein Teenager war, erzählte er noch von der brennenden Synagoge in der Oranienburger Straße und dass er nicht zur Hitlerjugend gegangen sei, aber das sei nur in Berlin möglich gewesen und vor allem deshalb so gekommen, weil es ihm da einfach nicht gefallen habe, schon zur Begrüßung »Heil Hitler!« zu brüllen.

Er sagte auch, er habe im Krieg zum Glück niemanden erschießen müssen und dass es doch das gute Recht eines jeden Landes sei, die eigene Grenze zu verteidigen. Die Menschen, die man an der Mauer erschossen habe, die wussten doch, was ihnen drohte. Genau wie er, als er über sechs Zäune gesprungen sei, um aus der sowjetischen Gefangenschaft zu fliehen.

Wir gingen so nebeneinander her und ich war froh über alles, was er sagte. Jeder Satz ein kleiner Fetzen Geschichte, ein kleines Stück vom Anfang. Es kam mir vor, als könnte ich so ein bisschen was verstehen, als würde Opa Paul aus der Vergangenheit ein kleines Stückchen Boden holen, auf dem es sich laufen ließe, auf dem ich Tritt fassen könnte. Aber es war zu wenig. Unsere Schritte nebeneinanderher waren zu vorsichtig. Wir spielten Nicht-den-Fußboden-berühren, ohne zu lachen.

Die Eltern haben mit Tim und mir nie über ihre Kindheit gesprochen. Und auch Opa Paul erzählte nichts von dem Mädchen, das meine Mutter einmal gewesen war. Er erzählte nur von sich. Viel war es nicht, und ich war zu jung, um das Wenige zu hinterfragen. Ich nickte, und wie um zu beweisen, dass ich verstanden hatte, lernte ich die Brecht-Gedichte auswendig, die er mir vorlegte, um sie ihm vorzulesen.

»Adolf Hitler, dem sein Bart, ist von ganz besonderer Art. Kinder, da ist etwas faul, ein so kleiner Bart und ein so großes Maul.

Balthasar war Bürstenbinder. Er hatte siebenundzwanzig Kinder. Sie banden alle Bürsten, sie lebten nicht wie Fürsten ...«

Aber auch Brechts Bitte *An die Nachgeborenen* und das *Lob des Kommunismus.*

»Die Ausbeuter nennen ihn ein Verbrechen, aber wir wissen: Er ist das Ende der Verbrechen.«

Ich las und lernte. Opa Paul hatte noch ein paar AMIGA-Platten, aber keinen Plattenspieler mehr. Deshalb besorgte er uns eine CD – *Die sieben Todsünden der Kleinbürger.* Auch *Die Dreigroschenoper* konnte ich auswendig mitsingen. Und ich versuchte alles zu verstehen, alles zu begreifen.

Wenn Paul von den Anfangsjahren der DDR sprach, sagte er: »Weißt du, Stinchen, ich kam aus dem Krieg, für mich gab es nur eins: Nie wieder Faschismus!«

Wenn ich jetzt daran denke, wünsche ich mir, er hätte den Satz weitergeführt. Das große Aber ausgesprochen, das hätte folgen müssen und von dem ich später hoffte, dass es auf seiner Zunge lag.

Eine Ahnung davon, was er mir nicht erzählt hat, bekam ich, kurz bevor ich zum Studium nach Berlin ging.

Sein jüngerer Bruder Wilhelm war zu Besuch gekommen. Aus München. Was schon spektakulär war. Wilhelm wohnte nicht bloß im Westen, er war beim Fernsehen wer gewesen und hatte einen Schlager geschrieben, dessen erste Choruszeile noch heute ein geflügeltes Wort ist.

Über Wilhelm hat Paul nie viel gesprochen. Aber die Videokassetten mit den TV-Serien, die Wilhelm geschrieben hatte, standen alle bei Opa Paul im Regal, und ich hatte schon ein paarmal darin geblättert. Außerdem kannte ich alles aus dem Fernsehen.

Von den beiden wusste ich bloß, dass sie nach dem Krieg getrennt wurden. Opa Paul war in sowjetische Kriegsgefangenschaft geraten und Onkel Wilhelm, so hieß es, bei den Amerikanern gelandet. Da hatte Opas jüngerer Bruder dann angeblich Englisch gelernt und im Westen schnell Karriere gemacht.

Ich hatte mich sehr auf Onkel Wilhelm gefreut, und als ich in der Wohnung meiner Großeltern ankam, gefiel mir gleich alles an ihm. Er begrüßte mich als Kollegin, wohl weil ihm sein Bruder von meinen mageren Theaterversuchen erzählt hatte. Paul war äußerlich ruhig wie immer, aber ich sah seine Finger nervös auf der Sessellehne auf und ab tippeln.

Zum Kaffee gab es Kuchen, den Oma Eva bei ALDI gekauft und nur halb aus der Folie gezogen hatte. Eigentlich backte meine Großmutter die fantastischsten Kuchen. Nur für den Schwager aus dem Westen gab es den billigen Marmorkuchen, dessen Glasur aus Kakaoersatz, Fett und Zucker bestand.

Ich erinnere mich noch, dass Opa Paul die ganze Zeit schwieg und Onkel Wilhelm beständig von »ihr in der Zone« sprach.

Das Land war geteilt worden. Die Familie zerrissen. Opa Paul hatte sich als Einziger aus seiner Familie für ein Leben im Osten entschieden. Die DDR, das hatte er mir mit all den Gedichten von Brecht und seinen eigenen Erzählungen versucht zu verdeutlichen, war »das bessere Deutschland« gewesen. Die richtige Entscheidung.

Diese letzte Begegnung der beiden Brüder fand etwa zwei Jahre vor Pauls Tod statt. Nach jahrzehntelangem Schweigen hatten sie es gerade so geschafft, sich noch einmal zu sehen. Aber anschauen wollten sie einander nicht mehr. Gleich nachdem Opa Paul gestorben war, schickte Eva einen Brief an ihren Schwager Wilhelm. Darin lag die Todesanzeige aus der Zeitung und dazu eine knappe Notiz. Sie wünschte keinen weiteren Kontakt.

»Jedes Land hat das Recht, seine Grenze zu verteidigen.«

Ich dachte, ja, das stimmt, das ist doch richtig. Und verstand nicht, dass die DDR ihre Grenze vor allem nach innen verteidigen musste. Gegen sich selbst.

Gegen all jene, die die Republik waren, wie ich im Kindergarten gelernt hatte. Gegen jene, denen alles gehörte, die alles miteinander teilten, wie Vater gesagt hatte. Gegen die Gerechtigkeit.

Was ich auch nicht verstand, Paul sprach von sich selbst, von seinem Recht, seine Grenze zu verteidigen.

Du siehst euch laufen, er immer links, du immer rechts. Er sagt, das muss so.

Du kommst auf deinem Fahrrad vom Roten Weg, der bei Gegenwind ziemlich steil werden kann, und siehst in das Küchenfenster. Da steht schon Oma Eva und hält nach dir Ausschau.

Du winkst und weißt, dass sie Paul jetzt sagt, dass er sich anziehen kann. Wenn du zur Tür reinkommst, gibst du Oma Eva die Hand und umarmst sie flüchtig. Auch Opa Paul. Dann geht ihr los, und sie in die Küche, um zu kochen.

Er immer links und du immer rechts.

Du sagst: »Vorsicht Stufe.«

Dabei zählt er doch beim Gehen die Schritte und weiß genau, wo die Stufen sind. Weiß, wo der Bordstein höher ist und wo die Stolperfallen sich befinden.

Kurz vor der Seebrücke kommt ihr an einer Villa vorbei. Da bleibt ihr stehen. Am Gartentor. Opa Paul holt aus seiner Tasche eine Tüte mit Leckerlis für den Schäferhund. Wenn der Hund nicht kommt, ist Opa Paul ein bisschen enttäuscht.

Dann entscheidet ihr euch. Wie ist der Wind? Geht ihr auf die Seebrücke oder doch lieber hinter den Bäumen entlang durch das Wäldchen hinter der Steilküste?

Ihr sprecht über dies und das. Viel über Literatur. Und er sagt vorsichtig ein paar Sätze. Über den Krieg, über seine Jahre als Schuldirektor.

Und einmal erzählst du von der Todesangst, die du hattest, als du schwer krank warst. Als Mutter dich nicht zum Arzt gebracht hat und du vor Schmerzen kaum noch laufen konntest.

Statt ins Krankenhaus hat sie dich an diesem Sonntag zu ihm gebracht. So war es schließlich verabredet. Die Stufen hoch zur Wohnung versuchtest du zu nehmen, ohne die Miene zu verziehen. Du wolltest nicht zeigen, wie schlecht es dir ging, und batest nur darum, dich erstmal setzen zu können. Opa Paul sagte dann, dass ihr vielleicht lieber nicht spazieren geht, und du warst erleichtert.

Stattdessen saht ihr zusammen ein Tennisspiel im Fernsehen an. Rafael Nadal, als er das erste Mal bei den French Open über den Platz flitzte. Opa Paul war begeistert. Und du auch.

Einige Wochen später ging es dir besser, und da ist es aus dir herausgefallen: »Ich hab gedacht, ich sterbe.«

Opa Paul blieb kurz stehen und sah dich durch seine blinden Augen an: »Da hat Mutti es aber übertrieben«, sagte er.

8

Ein anderer Anfang.

Ich denke an Ada. Ich muss oft an sie denken. Das liegt daran, dass Ada lange meine beste Freundin war und ich diese Freundschaft kaputt gemacht habe.

Ich weiß noch genau, wie ich Ada am Tag unserer Einschulung das erste Mal sah. Als Einzige zwischen uns blonden Küstenkindern, hatte sie tiefbraunes, fast schwarzes Haar. Ihre Augen waren zwei lachende Knöpfe, die neugierig auf die Welt blickten, als gäbe es überall und zu jeder Zeit etwas zu entdecken. Conny, der Junge aus dem Kinderheim, dem wir gleich anmerkten, dass mit ihm etwas nicht stimmte, hat sich sofort in Ada verliebt. Auf dem Foto, das man von unserer Klasse an diesem Tag gemacht hat, lehnt er mit seinem Kopf glücklich an ihrer Schulter und Ada strahlt. Sie strahlt aus dem Foto heraus mich direkt an, als würde sie sagen: Weißt du noch?

Weißt du noch, Stine, wie wir zusammen durch die Stadt gestreift sind, weil wir Detektive spielten und dachten, wir müssten nur gründlich genug suchen, dann würden wir schon irgendeinen Verbrecher entdecken? Weißt du noch, wie wir in den Kleingärten am Bäckerteich nach Material für unser Versteck im Schilf gesucht haben? Weißt du noch, wie wir bei mir zu Hause Hörspiele eingesprochen haben? Du die rasende Reporterin und ich der Star unserer imaginären Fußballmannschaft?

Ja, ich weiß noch. Ich weiß noch, Ada.

Ada war anders, das merkte ich gleich. Sie war nicht nur das größte und schönste Mädchen der Klasse, sie hatte eine Wärme, die einem sofort auffiel, wenn man sie das erste Mal lachen hörte. Dieses Lachen war lauter, war polternder, war so ungestüm. Es flog wie ein Flummiball durch den ganzen Raum, als wäre es nicht ein einzelnes Lachen, als wären es drei, vier oder fünf, die miteinander Fangen spielen. Wenn Ada über etwas lachte, wollte man sofort dabei sein.

Im Gegensatz zu mir kannte sie die meisten Kinder in der Klasse schon. Sie und ihre Freunde aus dem Kindergarten waren anders miteinander verbunden. Sie verbrachten die Wochenenden zusammen und sie gingen alle in die Musikschule. Ihre Kleider waren aus altmodischer Baumwolle und nicht aus Polyester. Und die Blockflöten, auf denen sie problemlos zwei- und dreistimmig Stücke vortrugen, waren auch nicht aus Plaste, sondern aus Holz.

Auch als Ada dann meine beste Freundin war, wusste ich, zu dem Kreis dieser Gemeinschaft würde ich nie gehören. Dieses Gefühl verstärkte sich, wenn ich bei Ada zu Besuch war. Ihre Eltern konnten mich nicht leiden.

Ich habe nie bei Ada übernachten dürfen und nur selten war ich zum Essen eingeladen. Ich glaube, ihre Eltern waren einfach froh, wenn ich wieder weg war. Einmal, da saß ich mit Ada und ihren Schwestern in der Küche. Die Mädchen falteten ihre Hände zum Gebet. Ich tat es ihnen gleich, auch wenn ich nicht genau wusste, wie. Ein bisschen Angst, etwas falsch zu machen, hatte ich auch. Doch Adas Mutter sagte mir, ich solle mit dem Essen anfangen, ich bräuchte nicht zu beten. Ich nahm meinen Löffel, schaufelte den heißen Milchreis in mich hinein und schämte mich.

Eine Weile lang strengte ich mich sehr an, auch an Gott zu glauben, aber es klappte nicht. Um mich von dem Irrsinn zu befreien, nahm Vater mich mit auf ein Erntedankfest in einer Dorfkirche. Mutter war der festen Überzeugung, der Gottesdienst würde mir so albern und langweilig vorkommen, das würde mich von allen religiösen Ambitionen befreien.

Tatsächlich war es eiskalt in der Kirche und ich auch nicht besonders dick angezogen. Trotzdem war ich gewillt, hier meine Erweckung zu erleben. Ich lauschte gebannt der Predigt und den Liedern und strengte mich sehr an, dabei etwas zu fühlen.

Aber nichts.

Viel schlimmer noch. Panik stieg in mir auf, als der Pastor von der Kanzel stieg und durch die Reihen ging, um Einzelne in der Gemeinde zu fragen, warum sie glaubten. Ich saß direkt am Gang und befürchtete, der Geistliche könnte neben mir stehen bleiben und dann müsste ich gestehen, dann müsste ich zugeben, dass ich gar nicht an Gott glaubte, dass ich noch nicht einmal ein Vaterunser aufsagen konnte.

Ich wurde zum Glück nicht gefragt, aber ich befreite mich selbst von der Last meines zarten Kinderglaubens, indem ich Mutter gegenüber bestätigte, dass es wirklich ganz furchtbar gewesen sei.

Nicht nur der Glaube trennte uns oder der Missmut von Adas Eltern; Ada und ich, wir passten eigentlich gar nicht zusammen. Einmal, auf einem unserer Streifzüge durch die Stadt, gerieten wir fürchterlich in Streit. Es war Sommer und die Revolution gerade fünf Jahre her. Wir liefen über den Marktplatz und aßen ein Schlumpfeis. Dann setzten wir uns auf die Stufen vor dem Rathaus und sprachen über die DDR.

Ada erzählte etwas von den Demonstrationen, auf denen sie als Kleinkind mit ihren Eltern gewesen war, und darüber, was für ein schreckliches Land die DDR gewesen sei. Ich hielt dagegen. Sagte ihr, dass sie das doch gar nicht beurteilen könne. Dafür sei sie viel zu jung. In der DDR sei alles besser gewesen, es habe keine Arbeitslosen gegeben zum Beispiel. Jetzt seien viele arbeitslos, und wenn viele keine Arbeit hätten, würden irgendwann die Nazis wieder an die Macht kommen.

Ich wurde immer zorniger, und auch Ada war wütend auf mich. Meine Eltern seien rote Socken gewesen und ich würde eh nur nachquatschen, was die sagten, schimpfte sie. So gingen wir auseinander. Ich war mir sicher, dass sie im Grunde von alledem keine Ahnung hatte und man es ihr nur einmal richtig erklären müsste.

Aber das war nicht der Tag, an dem unsere Freundschaft zu Ende ging.

Einmal hast du Adas Mutter getroffen, als du aus Berlin zu Besuch warst. Du hast sie nach Ada gefragt, gefragt, was sie jetzt mache. Aber die Mutter hatte nur die Augen verdreht und gesagt: »Ada? Ganz schlechtes Thema.«

Ada war meine einzige Vertraute. Ich erzählte ihr nicht von zu Hause. Aber als ich begann, meinen Körper zu bestrafen, als ich begann, mir erste Verletzungen zuzufügen, war Ada meine Komplizin.

Zum Beispiel versuchten wir einen Nachmittag lang gemeinsam, mir den Arm zu brechen. Immer wieder nahm sie Anlauf mit dem Fahrrad und fuhr mir über meinen dürren Arm. Irgendwo hatten wir uns Ziegelsteine besorgt und sie zu zwei Säulen gestapelt. Auf diesen Säulen ruhte mein Arm, und ich war mir sicher, würde Ada genau die Mitte treffen, würde das Vorderrad durch ihn hindurch auf den Boden brechen und mir würde es besser gehen.

Ada nahm Schwung und ließ das Vorderrad ihres Fahrrads immer wieder auf meinen Arm krachen.

Aber der Arm hielt. Irgendwann gaben wir auf.

Sie hat nie gefragt, warum ich mir wehtun wollte. Sie hat es einfach hingenommen und versucht, mir zu helfen.

Ich weiß nicht mehr, wann das anfing. Wann der Wunsch in mir aufkam, mich selbst zu zerstören. Vielleicht war ich fünf oder sechs. Da begann ich, mir manchmal das Trinken zu verbieten. Bei Tisch hieß es damals: erst essen, dann trinken. Und so verbat ich mir an manchen Tagen das Trinken ganz. Mutter lobte mich dafür und tadelte Tim. Das war das Einzige, was mein kleiner Bruder nicht konnte, er hatte einfach immer Durst und sich überhaupt nicht im Griff.

Als Teenager konnte ich mich schon ganz gut disziplinieren. Da rationierte ich mir die Flüssigkeiten über den ganzen Tag und gestand mir auch bei großem Durst nur einen, höchstens zwei Schlucke Wasser auf einmal zu. Mit siebzehn begannen meine Nieren zu rebellieren. Es dauerte viele schmerzhafte Entzündungen, bis ich wieder zu mir kam. Und dann noch viele Jahre, bis die Organe keinen Schaden mehr meldeten, wenn ich einmal vergessen hatte, rechtzeitig zu trinken.

Ich wusste nicht, was ich tat, und wollte es doch tun. In meine Arme und Beine setzte ich tiefe Schnitte und manchmal schälte ich mit einem Messer die Haut vom Knochen. Schicht um Schicht. Dann streute ich Salz in die Wunden. Ich schnitt mir in die Fußsohlen und legte Steine in die Schuhe. Aber es quälte mich nicht. Der Schmerz gab mir eine seltsame Art von Sicherheit. Außerdem bewies er mir, dass ich stärker war als alle anderen. Ich könnte mehr aushalten als die Dumpfbacken um mich herum.

Einmal fragte Mutter mich nach den Verletzungen, aber ich gab ihr keine Antwort. Also beließ sie es dabei. Vater machte sich über mich lustig. Auf einer Autofahrt griff er vom Fahrersitz hinter sich und kniff mir ins Bein. Als ich dagegen protestierte, wies er mich darauf hin, dass ich mich doch sonst auch nicht so zimperlich anstellen würde.

Die wenigen Male, die Ada und ich uns in den letzten Jahren trafen, fiel es uns nicht schwer, miteinander zu reden. Manchmal hatte ich Angst, der Morgen, an dem unsere Freundschaft zu Ende ging, könnte noch zwischen uns stehen, aber dann war ich jedes Mal froh, dass wir nicht darüber sprachen. Ich dachte, vielleicht weiß sie es gar nicht mehr. Vielleicht hat sie es längst vergessen.

III

(eine Grundschulklasse singt:)

Wer möchte nicht im Leben bleiben,
Die Sonne und den Mond besehn,
Mit Winden sich umherzutreiben,
Und an Wassern still zu stehn
Mit Winden sich umherzutreiben
Und an Wassern still zu stehn.

Wer möchte nicht im Leben bleiben,
Den Mensch' und Tieren zugesellt,
Wer ließe sich denn gern vertreiben
Von dieser reichen, bunten Welt,
Wer ließe sich denn gern vertreiben
Von dieser reichen, bunten Welt.

O lasset uns im Leben bleiben,
Weil jeden Tag ein Tag beginnt,
O wollt sie nicht zu früh vertreiben,
Alle, die lebendig sind,
O wollt sie nicht zu früh vertreiben,
Alle, die lebendig sind.

Wera Küchenmeister

9

Oma Eva starb zwölf Jahre nach Opa Paul.

Tim rief an, um es mir mitzuteilen, und ich sagte nur: »Du musst alles einsammeln, alles, was du kriegen kannst. Alle Briefe, Rechnungen, Unterlagen ... und das kleine Steckhalmaspiel, das hätte ich gern.«

Ich konnte nicht selbst hinfahren und die Sachen abholen. Bis auf meinen Bruder hatte ich zu allen den Kontakt abgebrochen.

Tim sagte, es würde sowieso keine Beerdigung geben, weil Oma Eva der Familie die Kosten hatte ersparen wollen.

Meine Familie hat das »tot ist tot«-Prinzip auf die Spitze getrieben. Schon die Beerdigung von Opa Paul war mit Minimalprogramm über die Bühne gegangen und hinterher ärgerte Mutter sich, dass sie überhaupt einen Redner bestellt hatte. Der redete dann nämlich doch so daher, als hätte er ihren Vater gekannt, dabei wusste er gar nichts von ihm. »Ich habe es ihm wirklich deutlich gesagt, Mutti«, entschuldigte Mutter sich hinterher bei Oma Eva für die verbale Übergriffigkeit des Redners.

So was wäre ja zum Schämen peinlich. Und wem nutzte es? Wer tot ist, wird verbrannt, die Asche kommt in die

Urne, die Urne in ein anonymes Grab am Tag einer Sammelbestattung. Wir haben doch den Himmel den Engeln und den Spatzen überlassen.

Trotzdem war ich traurig, dass sie mir nicht Bescheid gesagt haben. Keine Karte, kein Brief. Ich hatte die Familie verlassen, also ging mich auch der Tod meiner Großmutter nichts mehr an.

Als ich mit Klara schwanger war, glaubte ich kurz, dass alles gut werden würde. Ich würde eine neue Familie gründen, und es würde meine Familie sein, mit meinen Regeln.

Das war tatsächlich mein erster Gedanke, als sich der zweite Strich in dem kleinen Fenster des Schwangerschaftstests zeigte – jetzt musst du Weihnachten nicht mehr nach Hause.

Ich hoffte, Mutter würde erkennen, dass es auch anders ginge, vielleicht würden wir sogar miteinander reden können. Ich hatte nicht viele Wünsche an sie. Nur, dass sie einmal sagen würde, dass es ihr leidtat.

Aber nach der Geburt von Klara änderte sich nicht viel. Wenn die Eltern zu Besuch waren, hatte ich Tage im Voraus bereits Angst, die Kinder könnten sich danebenbenehmen. Weil sie laut sein würden, chaotisch und sich beim Essen bekleckern. Weil sie weinten, wenn sie hinfielen, und weil sie mich anschrien, wenn sie wütend waren.

Mutter und Vater verabschiedeten sich und küssten Klara, es war der Tag ihrer Einschulung, auf den Mund. Du wolltest dazwischen gehen. Du wolltest doch sagen, sie sollen das lassen: Wir machen das nicht! Ich will das nicht. Hier gelten meine Regeln!

Aber nichts. Du bliebst sitzen und sahst bloß zu.

Als Klara noch sehr klein war, hast du versucht, ihr das Küsschengeben beizubringen. Das »sei lieb und gib der Tante ein Küsschen«, das »gib dem Opa doch mal einen Kuss«, das »sei nett zu dem Onkel und setz dich auf seinen Schoß«. Dazu hast du sie einmal auf den Mund geküsst. Aber es hat sich falsch angefühlt und du hast dich schrecklich dafür geschämt.

Du sahst Vater zu, wie er sich zu Klara runterbeugte. Du sahst Klara, die nichts sagte. Sie stand bloß da und dachte an was anderes.

Als die Eltern weg waren, hast du sie danach gefragt und ihr gesagt, sie müsse das nicht machen. Sie solle den Großeltern sagen, dass sie das nicht wolle. Aber Klara sagte: »Die haben mich nicht geküsst.«

Dass Klara dich anlog, dass sie mit ihren sechs Jahren schon begriffen hatte, dass du es nicht aushalten würdest, wenn deine Eltern ihr zu nahe kamen, markierte das Ende.

Sie sollte keinem Onkel, keinem Opa oder Mutti ein Küsschen schenken. Sie sollte keine Flugküsschen durch die Lüfte schicken und sich zu niemandem auf den Schoß setzen, wenn sie es selbst nicht wollte. Sie sollte nicht an etwas anderes denken müssen und glauben, sie hätte sich den Ekel nur eingebildet.

Klaras Einschulung war das letzte Mal, dass du deine Eltern gesehen hast.

Aber der Kontaktabbruch war nicht einfach. Es war viel schwieriger, als du es dir im ersten Moment vorgestellt hast. Du wolltest alle Verbindungen kappen und dich endlich von dem lösen, was dir die Tage oft zu schwer und die Nächte oft zu lang gemacht hatte. Du wolltest dir eine eigene Höhle bauen, aber du hattest gar keine Decken mehr und keinen Tisch, über die du sie hättest werfen können.

Oma Eva starb in Tims letztem Sommer in Berlin. Unser Abschied voneinander war schon beschlossen. Tim würde ans andere Ende des Landes ziehen. Weit weg von der Großstadt, weit weg vom Wasser, in eine bayrische Kleinstadt, und er würde richtig Asche machen bei irgendeinem mittelständischen hidden Champion. Ich habe nie ganz verstanden, was er da eigentlich macht. Aber es war ein richtiger Beruf, eine richtige Stelle, eine, von der aus es nur nach oben ging.

Ein Haus, ein Garten und ein Weinkeller. Für die Kinder eine Sandkiste, eine Rutsche und ein aufblasbarer Pool im Sommer.

Tim würde teure Anzüge tragen, in drei Sprachen Businesspläne vor ausländischen Investoren erklären, ab und zu ans andere Ende der Welt fliegen, um einen Kunden zu treffen, und dann am gleichen Abend zurück, um das Wochenende bei den Kindern zu sein. Er würde nicht mehr nach Berlin kommen, dafür hätte er gar keine Zeit mehr.

Auf Insta würde ich sehen, was er am Wochenende kocht.

Ab und zu würde ich zu ihm fahren, und es würde ganz sicher schön sein.

Das ist ja auch gut so, sagte ich mir, er will nicht in Berlin bleiben, er will ein Haus haben und einen Garten. Und all das soll er haben. Trotzdem weinte ich eine ganze Woche lang und hatte Angst, vor Schmerz verrückt zu werden.

Ich saß allein auf dem Schlitten und suchte nach dem Grund abzuspringen. Timmi war es nicht. Er brauchte keine große Schwester mehr, die ihn gerade noch retten würde. Er wollte weg, so weit wie möglich weg von den Eltern und auch von mir.

»Wenn ich erstmal das Haus habe, Stini, dann bau ich dir

da eine Hütte hin, eine Schreibhütte, da kannst du den ganzen Sommer sein und deine Sachen schreiben.«

Scheiß auf die Hütte, ich will meinen Bruder, mein Timchen, meinen Komplizen, meinen besten Freund, mein Brudertier. Ich will mich mit ihm streiten können und prügeln und wieder vertragen.

Als er mir das Steckhalmaspiel und die Unterlagen aus der Wohnung unserer Großeltern brachte, gab Tim mir einen Briefumschlag. Darin lag ein Bündel Geldscheine. Es war die Hälfte vom Erbe, das ihm die Eltern gegeben hatten. Wir reservierten einen Tisch im Grill Royal und tranken viel Champagner.

»Was willst du mit den Sachen machen?«, fragte er auf dem Weg zur U-Bahn.

»Ich weiß noch nicht. Vielleicht schreibe ich mal was über Paul und Wilhelm. Ist doch eine irre Geschichte. Der eine im Westen, der andere im Osten, und selbst, als die Mauer offen ist, kommen sie nicht zusammen. Vielleicht pitch ich das irgendwem.«

Tim nickte: »Ja, das ist gut.«

»Aber ich werde auch mal über uns schreiben.«

»Ich will, dass du alles schreibst«, sagte Tim plötzlich sehr ernst, »du musst das alles aufschreiben.«

Unsere U-Bahnen fuhren in unterschiedliche Richtungen. Seine kam zuerst. Ich sah ihm nach, als er im Tunnel verschwand, und dachte, warum eigentlich ich? Es ist doch auch deine Geschichte.

10

Du willst, dass die Träume aufhören und die Angst. Manchmal träumst du, die Eltern kommen. Du schiebst dein Rad auf den Hinterhof in Berlin, hast Mühe, das Gleichgewicht zu halten, weil am Lenker die Einkäufe für das Wochenende hängen.

Da steht ein schöner Mann in einem weißen Anzug an deine Haustür gelehnt und grinst dich an. Er trägt einen Panamahut und in der einen Hand hält er ein Glas Rotwein. Du erkennst gleich, es ist Vater.

Er spricht nicht zu dir, schleicht mit seinem süffisanten Lächeln über den Hof. Aber du kannst seine Gedanken lesen. Mutter würde auch gleich da sein, und er findet es lustig, wie du hektisch versuchst, in den Hauseingang zu gelangen. Du weißt, du musst in deine Wohnung, sie zusperren, den Schlüssel zweimal umdrehen und deinen Mann bitten, sie nicht reinzulassen. Aber als du in die Wohnung huschst, sitzen er und Mutter schon am Küchentisch, und Mutter lacht. »Na, Stine«, sagt sie. Dann wachst du auf. Du schreckst hoch, schweißnass, und merkst, dass du tatsächlich, wie im Traum, keine Luft mehr bekommst.

Ein anderer Traum geht so: Du bist am Strand und siehst Hans, deinem Mann, dabei zu, wie er im Wasser mit Delfinen schwimmt. Du selbst sitzt am Auslauf der Wellen in deinem kleinen Campingstuhl, den du überall dabeihast, weil du auf dem flachen Boden nicht sitzen kannst (der Rücken!). Du lachst und winkst ihm, aber dann bemerkst du einen riesigen Hummer, der sich in deinen rechten Fuß gebohrt hat. Du weißt gleich, den wirst du nicht mehr los. Jeder Versuch, den Fuß zu bewegen, macht es nur schlimmer. Menschen flanieren an dir vorbei und erkennen dein Unglück. Aber du lachst nur, das wird schon wieder. Du sagst: Vielleicht könnte doch einer von Ihnen einen Arzt holen? Inzwischen hast du begriffen, dass es um Leben und Tod geht, aber du möchtest auch nicht unhöflich sein. Ein Pärchen verspricht, auf dem Rückweg Bescheid zu sagen, und du bedankst dich artig. Dabei weißt du, es wird zu spät sein, du wirst verblutet sein.

Du erkennst, dass alle weg sind, dass du allein bist am Strand. Auch Hans schwimmt nicht mehr in den Wellen. Der Schmerz ist kaum noch auszuhalten, aber du denkst, du musst da durch, wenn du dich nicht bewegst, vielleicht wird es dann gehen, vielleicht kannst du es aushalten?

Doch dann färbt sich das Meer rot. Von deinem Blut.

Als du aufwachst, kannst du dich kaum bewegen. Der Schmerz im Fuß wirkt noch nach.

Du weißt nie, ob deine Schmerzen aus den Träumen kommen oder ob du wegen der Schmerzen träumst.

Du bekommst nur langsam wieder Luft, wenn du aufwachst. Wenn du aufwachst.

Hans schläft neben dir und bewegt sich bloß, um sich umzudrehen.

IV

Ich sehe darin nicht eine Beschmutzung des eigenen Nestes; ich möchte annehmen, das Nest werde dadurch gesäubert.

Fritz Bauer

11

Irgendwann traue ich mich und schicke Ada eine Mail. Dafür brauche ich mehrere Anläufe und stelle schließlich fest, ich schreibe schon seit Jahren an dieser Mail.

Dass ich das Gefühl hätte, es stünde etwas zwischen uns, schreibe ich ihr, und dass ich das gern klären würde.

Du fährst zurück.

Ich möchte den Ort unserer Freundschaft noch einmal begehen. Den Ort, an dem ich Kind war. Ich will die Straßen noch einmal sehen und die Häuser. Und nachsehen, ob dort noch etwas von mir wohnt.

Ich hatte mir vorgestellt, alles wäre kleiner als in meiner Erinnerung.

Beim Anblick des Ortseingangs verschwinden die letzten Jahre, in denen du versucht hast, diese Stadt von dir abzuschütteln.

Es fühlt sich an, als wäre ich nie weg gewesen.

Die Straßen und Häuser, in denen meine Freundinnen gewohnt haben, erkenne ich sofort und bekomme Angst, eine von ihnen könnte gleich auf die Straße treten und mich entdecken.

Als ich nach Berlin gezogen bin, habe ich als Erstes meine Tagebücher weggeschmissen. Noch bevor ich irgendeine Kiste ausgeräumt oder ein Regal aufgebaut hatte.

Gleich am Tag nach der Abiturzeugnisausgabe war ich aus der kleinen Stadt geflohen. Die Wohnung in Berlin hatten Hans und ich uns schon vorher besorgt. Das war am Anfang des Jahrtausends. Da kam man einfach nach Berlin und schlug die Zeitung auf. Zwei, drei Telefonate später hatte man einen Unterschlupf in einer Stadt, die alles versprach und noch mehr hielt für Leute, die von irgendwo wegmussten.

Ich parke am Hafen und sehe aus Gewohnheit noch einmal auf mein Handy. Ada hat auf meine Mail geantwortet. Sie würde gern telefonieren und hat mir gleich ihre Handynummer mitgeschickt.

Zu meinem Gefühl, dass noch etwas zwischen uns steht, schreibt sie nichts.

Du könntest auch einfach umdrehen, was gibt's hier schon zu sehen. Aber da hinten, da ist schon das Meer.

Das Fischbrötchen, das ich aus Verlegenheit kaufe, weil ich die Übelkeit auf ein fehlendes Frühstück geschoben habe, schmeiße ich nach zwei Bissen in den Müll.

Von dem Imbiss am Parkplatz nehme ich den Weg zur Hafenkante. Da habe ich früher oft gesessen, Selbstgedrehte geraucht und den Schiffen in der offenen Werfthalle beim Wachsen zugesehen.

Aber auf halbem Weg drehe ich um. Es ist zu viel. Zu viel auf einmal. Ich muss ja noch durch die ganze Stadt.

Und zum Strand!

Als ich unter dem Fenster meines alten Kinderzimmers Halt mache, bricht eine Flut von Bildern über mich herein.

»Stine wohnt da, wo immer Fensterbilder in den Fenstern hängen«, hatte meine Kindergärtnerin, Frau Petzold, gesagt.

Auf dem Teppichboden flogen Clowns an Luftballons.

Plötzlich stehe ich wieder in der Wohnung und sehe aus diesem Fenster auf die Straße. Die Bilder aus Papier versperren den Blick von außen. Niemand sieht hinein und es ist ganz still.

Du musst weg.

Du darfst nicht in diese Wohnung,
die Badewanne,
das Schlafzimmer,
dein Kinderbett,
von dem aus du in die dunkle Wand gefallen bist,
hinter das Bett,
wie durchs unendliche All,
vorbei an den Sternen der Milchstraße,
schwerelos ins Nichts.

Unter deinen wackeligen Füßen fliegen die lachenden Clowns über den Teppich.

Ich versuche Vicky anzurufen, doch die geht nicht ran. Aber immerhin – das dröge Tuten in der Leitung wirft mich zurück auf die Straße und lässt mich weiterlaufen. Ich wanke, aber die Beine werden mit jedem Schritt weg wieder fester.

Zur Schule,
zum Markt.

Hektisch und ohne den Blick zu heben, laufe ich den Boulevard entlang. Wie eine Irre, und natürlich gucken alle blöd.

Zurück am Hafen setze ich mich ins Auto und fahre den Russenberg hoch.

Als ihr die neue Erdgeschosswohnung für Oma Eva und Opa Paul renoviert habt, weil sie es bald schon nicht mehr schaffen würden, in den vierten Stock zu steigen, war Lou Bega mit »Mambo Nr. 5« wochenlang auf Platz 1 der Charts. Tim hat diesen Song geliebt und mit dem Besenstiel in der Hand dazu getanzt, als wäre der ein Mikrofonständer.

Ich parke das Auto vor der Platte, in der meine Großeltern gewohnt haben, und blicke hinauf zu dem Fenster, an dem Oma Eva auf mich gewartet hat. Dort steht niemand.

Einen Moment lang glaube ich, es ließe sich doch noch etwas klären, wenn wir noch einmal miteinander reden könnten. Kurz denke auch ich, dass es meine Schuld ist, dass ich alles kaputt gemacht habe, aber ich wehre mich dagegen. So nicht mehr, so nicht!

Am Strand schwappen die Wellen an Land und machen ihr ewiges Geräusch. Du suchst nach der kleinen Höhle, die dein Geheimversteck war. Darin hast du gesessen und gedacht: So klang das hier schon immer. Schon Jahrtausende vor dir und noch Jahrtausende später würden die Wellen unbeirrt an Land fahren und vollkommen planlos Sandkörner verschieben. Manchmal hast du dir vorgestellt, du würdest ins Wasser gehen und rausschwimmen. So lange, bis dir die Kraft ausginge, und dann wür-

dest du wie ein Stein zu Boden sinken und liegen bleiben. Und über viele Jahre würde das Wasser zuerst deine Haut auflösen, dann das Fleisch, die Knochen und schließlich wäre alles von dir verschwunden, aufgelöst im Wasser und verteilt über die ganze Welt. Du wärst verschwunden, und nichts würde bleiben.

12

Als ich zurück in Berlin bin, kann ich nicht gleich zu Hans und den Kindern gehen. Ich bin viel zu schnell durch den Regen gefahren und habe versucht, mich gegen das Chaos in mir zu stemmen. Laut singend habe ich alles mitgeheult, was mir das Radio zu bieten hatte – » ... und das Beste von heute«.

Und was, wenn ich jetzt gegen den nächsten Brückenpfeiler fahre?

Dann ist es eben so. Dann soll es so sein, dachte ich bei jedem Überholmanöver. Bloß nicht anhalten, bloß nicht langsamer werden.

Zu Tim würde ich gern fahren, aber Tim wohnt nicht mehr in Berlin. Dieses Arschloch hat mich alleingelassen. Wo ist er denn jetzt? Was bedeutet sein »wir können doch immer telefonieren«? Drauf geschissen. Er ist nicht da, wenn ich ihn brauche. Überhaupt tut er nur so, als ob er gern mit mir über alles spricht.

Tim hat die Erinnerung an seine Kindheit in irgendeine Kiste gepackt und vergessen, wo er sie abgestellt hat. Vor seinem zehnten Lebensjahr ist alles für ihn nur ein großes schwarzes Loch. Er sagt zwar, dass er sich gern erinnern würde, dass ich ihm erzählen soll, was passiert ist, aber das stimmt nicht. Jedes Mal, wenn ich versucht habe, mit ihm zu sprechen, hat er das Thema gewechselt, sich noch ein Bier geholt oder war plötzlich müde. Und meistens war mir das auch ganz recht.

Weil ich nicht nach Hause kommen will, bevor die Kinder und Hans im Bett sind, stelle ich das Auto in unserer Straße ab und gehe in meine Lieblingskneipe. Ich will mit fremden Menschen sprechen. Über das Wetter, die hohen Mieten in Berlin oder Schlagermusik. Irgendwas eben. Und ich will trinken.

Im *Melodie* bin ich jedoch allein mit Ricky, dem Barmann. Er kommt auch aus dem Osten, ist so alt wie ich und schwul. Er hat mir mal erzählt, woher er kommt, aber ob Spreewald oder Frankfurt O., weiß ich nicht mehr. Irgendwas Kleines, Tristes in Brandenburg.

»Du siehst scheiße aus, Süße«, begrüßt er mich und kann dabei seine Freude über mein Erscheinen nicht verbergen. Endlich hat er jemanden zum Trinken.

»Ich war an der Ostsee.«

Ricky gießt uns je einen Wodka ein und prostet mir zu: »Auf die Familie.«

Ohne mit ihm anzustoßen, kippe ich mein Wässerchen runter.

»Ich nehme noch einen und ein Bier.«

Später am Abend, da bin ich schon sehr betrunken, und es ist mir endlich alles egal, tanzen wir Discofox zu Ute Freudenberg und Karat. Das hat Vater mir beigebracht, und ich werde es nicht mehr verlernen. Ricky hat es von seiner Oma gelernt, aber ich glaube nicht, dass die so spitzenmäßige Drehungen draufhatte wie ich.

Am nächsten Tag rufe ich Ada an.

Wir sprechen ein bisschen über Leipzig und Berlin, über meine Kinder und ihren kleinen Sohn, der gerade laufen gelernt hat. Ich frage sie, wie es mit der Musik läuft, ob das gut klappt mit dem Baby, und Ada sagt »naja«.

»Warum ich mit dir sprechen wollte. Ich weiß nicht, ob du dich daran erinnerst, aber du hast mir einmal, ich glaube, da waren wir zehn oder elf, auf jeden Fall schon im Gymnasium und wir haben schon in dem Haus gewohnt, also wahrscheinlich elf …«

Am anderen Ende der Leitung ist es plötzlich still. Ich frage mich, ob Ada noch dran ist.

»Du meinst, als ich dir von dem Typen erzählt habe, der wollte, dass ich seinen Schwanz anfasse?«

Sie hat es also nicht vergessen. Auch Ada hat immer wieder daran gedacht. An diesen nasskalten Morgen, als ich Ada wie immer vor der Schule abgeholt habe. Es war ein kleiner Umweg für mich, aber wir waren beste Freundinnen und ich wollte den Weg mit ihr zusammen gehen.

Als wir an einem Schuhgeschäft vorbeikamen, blieb Ada plötzlich stehen.

»Kann ich dir was erzählen?«

Ich verstand den Ernst der Lage nicht und nickte unbekümmert.

»Ja, klar.«

»Der Mann, dem der Schuhladen gehört, hat versucht, mich zu vergewaltigen.«

Ich sah in den Schuhladen. Betrachtete die Lederteile in der Auslage, das Werkzeug und die Holzmuster, die glatt und schmal und schön waren, gar nicht so wie echte Füße …

»Er hat mich nach der Schule abgefangen.«

»Wann?«

»In der zweiten Klasse.«

Ada sah zu Boden, vielleicht ahnte sie schon, dass es keine gute Idee war, mir diese Geschichte zu erzählen.

»Aha«, sagte ich, als würde es mich nicht sonderlich beeindrucken.

Ich wollte nicht, dass sie weiterspricht.

»Er hat mich gefragt, ob ich ihm tragen helfen könne, also bin ich mit ihm in das Haus gegangen. Dann hat er seine Hose ausgezogen und wollte, dass ich seinen Penis anfasse.«

»Und?«, fragte ich, als wäre sie mir noch etwas schuldig.

»Ich bin weggelaufen. Er wollte mich festhalten, aber ich habe es geschafft, zur Tür zu kommen und nach Hause zu rennen.«

»Dann ist ja gar nichts passiert.«

»Doch«, sagte Ada.

»Es ist überhaupt nichts passiert«, brüllte ich.

V

Ich bin sicher, daß draußen nichts anderes ist, als die gleichen dunklen Räume, die sich durch die Finsternis bewegen.

Günter Eich in »Träume«

13

Meine Kindheit bleibt ein dunkler Traum, aus dem ich nicht aufwachen kann.

Wenn ich sie träume, passieren ständig absurde Wendungen in zugleich seltsam vertrauter Umgebung. Die Menschen sehen ganz anders aus, aber ich erkenne sie hinter ihren Masken. Ich verirre mich in den bekannten Gassen und weiß sofort, dass ich hier schon einmal falsch abgebogen bin. Im Nachhinein erkenne ich die Zeichen, die ich übersehen habe oder ignoriert.

Ein Beispiel: Mutter ruft an und sagt, dass ich Kartoffeln schälen soll für Tim und mich. Ich frage nach, wie viele? »Na, bis der Topf voll ist«, blafft sie mich durch das Telefon an.

Ich öffne den Küchenschrank und sehe auf dem Karussell die verschiedenen Töpfe.

Welcher Topf? Da kann man schon viel falsch machen.

Ich entscheide mich für den mittleren und gehe zur Vorratskammer, in der die Kartoffeln liegen. Ich lege zwei, drei Kartoffeln rein. Dann noch eine, es kommt mir so wenig vor und Mutter hat gesagt, ich soll den Topf voll machen. Also lege ich noch mehr Kartoffeln hinein, bis hoch zum Rand.

Es sind acht oder neun Kartoffeln, es kommt mir etwas viel vor, aber vielleicht auch zu wenig, eine geht noch.

Ich weiß nichts mehr, ich habe keine Ahnung, Angst steigt auf, was, wenn das zu viel ist? Aber Mutter hat gesagt, bis der Topf voll ist. Also schäle ich die Kartoffeln. Als Mutter nach Hause kommt und den vollen Topf sieht, fange ich mir eine Ohrfeige ein.

»Bist du denn total bescheuert?«

Kurz bin ich wütend und sage deshalb einfach: »Ich bin nicht bescheuert.«

Und so schlägt sie noch einmal mit aller Kraft auf meine Wange.

Ich laufe die Treppe runter in mein Zimmer, um nicht vor Mutter zu heulen.

Aber schon, als ich mich ein wenig ausgeheult habe, denke ich, natürlich waren das zu viele Kartoffeln. Ich bin vierzehn Jahre alt, ich werde doch wohl noch Kartoffeln schälen können.

Außerdem hatte ich den zweiten Schlag kommen sehen und ihn nicht abgewehrt, sondern Mutters Hand einfach auf mein Gesicht knallen lassen. Ich war also selbst schuld. Es hätte nur halb so sehr wehtun müssen.

Ein anderes Beispiel: Wir sind im Urlaub, und Tim und ich haben das Glückslos gezogen! Wir müssen nicht mit den Eltern wandern gehen, sondern dürfen den ganzen Tag im Freibad verbringen. Wir haben alles dabei, auch Sonnencreme und zehn Mark für ein paar Pommes am Mittag und vielleicht noch ein Eis. Kurz vor den Sommerferien hatte ich das goldene Schwimmabzeichen gemacht, Mutter hat es vor dem Urlaub extra noch auf den Badeanzug genäht.

Alles an dem Freibad gefällt uns. Die Rutschen, die Sprungtürme und auch das Restaurant, in dem ein Flipper steht. Ein Nachbar aus dem Hotel lässt uns sogar ein paar Runden spielen.

Die Frau des Nachbarn fragt mich, ob ich mich auch eingecremt habe. Meine Schultern hätten schon etwas Farbe.

Ich sage: »Mache ich gleich.«

Aber dann laufen wir doch wieder los. Es ist der schönste Tag unseres ganzen Lebens. Timmi braucht man nicht einzucremen, der ist immer sofort braun, sobald der Schnee verschwindet. Und ich will einfach nicht eine halbe Stunde warten, bis die Sonnencreme eingezogen ist.

»Lass uns vom Dreier springen!«

Ich sehe die Rutsche vor mir, den Flipperautomaten und den Sprungturm. Ich habe nie wieder ein so perfektes Freibad gefunden.

Als wir am Abend mit den Eltern beim Essen im Hotel sind, kann ich mich kaum noch bewegen. Meine ganze Haut ist verbrannt. An manchen Stellen wirft sie Blasen. Die Nachbarn, die uns im Freibad gesehen haben, fühlen sich schuldig. Sie hätten insistieren müssen, aber sie wüssten eine Creme, die Wunder wirke ... Mutter wehrt sie harsch ab: »Das braucht sie nicht!«

Selber schuld.

So war's ja auch. War ja nicht so, dass ich keine Sonnencreme eingepackt hatte. War ja nicht so, dass man mir das nicht gesagt hatte. War ja nicht so, dass ich mich nicht auch sonst für besonders intelligent halten würde.

In der Nacht versuche ich, den Schmerz wegzudenken und so auf dem Bauch zu liegen, dass möglichst nur der Teil, der durch den Badeanzug geschützt war, auf der Matratze aufliegt. Das ist unmöglich. Am nächsten Morgen am Frühstückstisch bitte ich darum, nicht mit auf die Wanderung zu müssen.

Die Haut ist rot wie die Äpfel auf dem Frühstücksbuffet. In den Brandblasen kann man schon sehen, wie sich der Eiter sammelt.

Aber Mutters Blick unterbricht mich, bevor ich ihr die Brandblasen auf meiner Schulter zeigen kann.

Ich frage Tim: Erinnerst du dich an die Schleuder? Die Wäscheschleuder? Am anderen Ende der Leitung nimmt Tim einen Schluck aus seiner Bierflasche. Ich weiß, dass er dabei aussieht wie Vater.

Er will sich gar nicht erinnern, denke ich wieder, die Schleuder kann er doch nicht ernsthaft vergessen haben.

In der neuen Wohnung, die mit dem Badezimmer und dem separaten WC, hatten Tim und ich ein eigenes Kinderzimmer zusammen. Darin standen Schrankbetten, auf die wir, wenn wir aufräumen sollten, alle unsere Sachen schmissen, um sie dann blitzschnell hochzuklappen. Diesen Trick hatte mir meine Cousine Katja verraten, sie war ja ein Jahr älter als ich und wusste so was. Da hatten wir dann auch eine Waschmaschine. Eine richtige, aber ohne Schleudergang. Deshalb mussten wir die tropfnasse Wäsche portionsweise in die Schleuder geben. War ihr Kabel mit der Steckdose verbunden, begann sie zu vibrieren, sobald man den Verschlusshebel über die Plastikluke schob. Der Motor rüttelte die kleine Tonne ordentlich durch. Wir mussten sie mit aller Kraft zu zweit festhalten, sonst wäre sie im Kreis vom Stuhl gehüpft und das Wasser, das wir mit einem Eimer auffingen, hätte sich im Bad verteilt. Legte man sich auf die Schleuder, kitzelte es im ganzen Körper. Timmi lachte und ich auch, Schleudern war unsere Lieblingsaufgabe.

Rumms. Die Badezimmertür sprang auf. »Was ist hier los?« Timmi ließ vor Schreck die Schleuder los, und so glitt sie mir aus der Hand. Das Wasser tropfte neben den Eimer, aber ich löste schnell den Hebel über der Luke, um den Motor abzuwürgen. Wütend zog Mutter den Stecker aus der Wand.

»Jetzt muss ich euch leider verhauen«, sagte sie und verließ das Bad.

Wir standen jeder an einem der Waschbecken und warteten.

Ich sagte zu Tim: »Du darfst nicht weinen. Sonst freut sie sich.«

Als Mutter zurückkam, bekam zuerst mein Bruder seine Strafe. Die große, weiche Frau begann mit ihrer Hand auf seinen Hintern einzuschlagen. Timmi heulte natürlich gleich los. Er war erst drei und hatte sich noch nicht so im Griff. Ich wollte, dass er damit aufhört, und blickte streng zu ihm rüber. Weil er den Kopf in den Nacken legte und ihm die Tränen und die Rotze in den Rachen liefen, verschluckte er sich, was sein Weinen aber nur kurz unterbrach. Sobald er wieder Luft bekam, begann er wieder zu heulen. Erst als Mutter nachließ, hörte er damit auf.

»Hast du das jetzt verstanden?«

Tim nickte und lief aus dem Bad.

»Putz dir die Nase!«

Ich werde nicht weinen. Ich. Werde. Nicht. Weinen.

Mit den Händen hielt ich mich am Waschbecken fest und stütze meinen Kopf darauf. So konnte ich mir den Mund zuhalten und aufpassen, dass ich nicht mit den Zähnen an die Keramik knallte. Davor hatte ich Angst, denn das tut fürchterlich weh.

Mutter schlug. Fester. Weil ich nicht weinte. Sie schlug fester und fester. Irgendwann musste sich dieses Kind doch ergeben. Mutter schlug, bis sie nicht mehr konnte.

Es war auch ein bisschen dumm von mir. Hätte ich früher nachgegeben, würde es jetzt nicht so weh tun.

Sie fragte mich nicht, ob ich etwas verstanden hätte.

»Ich erinnere mich nur an die Kopfnüsse, die es ständig gab. Dieses Knacken im Hinterkopf. Das kann ich bis heute hören.«

»Ich auch«, sage ich, ziehe automatisch die Schultern etwas hoch und spanne den Nacken an, um dem Schlag etwas entgegenzusetzen.

»Gib ihm mal 'ne Kopfnuss …« Ich weiß, dass Tims Hand am anderen Ende der Leitung durch die Luft schnellt und dann schnalzt er mit der Zunge, als die Hand an den imaginären Kinderkopf vor seiner Brust fährt.

Mutter sagt: »Gib ihr mal 'ne Kopfnuss.«

Sie sitzt dir gegenüber und Vater neben dir auf der Sitzbank um den Küchentisch. Mit seiner Rechten wird er gleich ausholen. Tim isst weiter. Er sitzt zwischen Mutter und Vater in der Ecke der Bank.

»Gib ihr mal 'ne Kopfnuss.«

Du hast gekleckert. Schon wieder. Der Spinat ist auf dein Kleid gefallen, und wer soll das eigentlich alles waschen?

Du hast gesagt: »Es war keine Absicht.«

»Wäre ja auch noch schöner«, sagt er.

Du siehst nicht auf, du versuchst, den Spinat von deinem Kleid zu wischen.

»Lass das, das verschmiert doch alles.«

Zack, Vater hat ausgeholt. Knack, macht es in deinem Kopf. Zack und knack.

»Und nimm die Finger da weg. Zieh das aus!«

»Es war nicht mit Absicht ...«

Auf deine Brust drückt etwas, es nimmt dir die Luft zum Atmen und zum Sprechen.

»Das muss man einweichen.«

Zack und knack macht es. Noch eine, weil du nicht hören willst.

Tim hat aufgegessen, springt Mutter auf den Schoß und ruft: »Rücken kraulen!«

Du musst noch aufessen. Ohne Kleid, und demnächst solltest du dir vielleicht überlegen, ob du dich zum Essen nicht lieber gleich ausziehst.

Auch wenn ich mich an Nachmittage mit Äpfeln im Blätterteig erinnere. Ans Skifahren oder das Größte, wenn wir alle vier an den Strand fuhren und Vater uns per Räuberleiter ins Wasser katapultierte.

Geburtstagskerzen, Familienfeste, Ferienlager.

So von außen sieht es schön aus, aber wenn ich einmal hineintrete, entfaltet sich vor mir ein düsteres Labyrinth. Es hat keinen Ausgang.

14

In meinem Zimmer stapeln sich die Bücher. *Wer war wer in der DDR? Lüg Vaterland. Nischen im Wandel. Meine Geschichte der DDR. Franziska Linkerhand. V. Hochschulkonferenz der DDR 1980. Die Schuld der Worte. Um 6 Uhr steh ich auf. Familienerziehung. Die zweite Geburt. Der Treuhand-Komplex. Blackbox DDR. Kindheitsmuster. Das dritte Buch über Achim. Ab jetzt ist Ruhe. Wäre es schön? Es wäre schön! Fröhlich sein und singen ...*

Ich durchwühle Bibliotheken und Antiquariate, warte auf Neuerscheinungen. Und lese alles. Alles. Immer wieder. Ich möchte es verstehen, möchte alles wissen. Wo kommen wir her? Wo kommt diese Familie her?

Die Antwort auf meine Fragen muss in der Vergangenheit liegen, da bin ich mir sicher. Das ist es doch, wofür die Erinnerungskultur, auf die wir so stolz sind, gut ist.

Wir haben aus der Geschichte gelernt. Wenn es etwas gibt, worin wir besser sind als alle anderen Nationen auf diesem Planeten, dann ist es das.

Ich lese jede Menge Studien, die mit verschiedenen Probanden und unterschiedlichen Methoden immer wieder zu ähnlichen Ergebnissen kommen: Den Deutschen ist die Erinnerung an den Nationalsozialismus wichtig.

Deutscher ist, wer weiß, was Auschwitz war.

Wir halten uns selbst für gut informiert und möchten, dass auch zukünftige Generationen über das *dunkelste Kapitel deutscher Geschichte* aufgeklärt werden. Untersuchungen wie der *Erinnerungsmonitor* der Universität Bielefeld oder die von der Universität Hannover geleitete Mehrgenerationenstudie *Tradierung von Geschichtsbewusstsein* haben aber nicht nur aufgedeckt, dass die Erinnerungskultur ein wesentlicher Bestandteil des bundesrepublikanischen Selbstbewusstseins ist, weshalb das Wissen über den Nationalsozialismus und die Ablehnung dieser Gewaltherrschaft familiär routiniert weitergegeben wird. Sie haben vor allem sichtbar gemacht, dass deutsche Familien über ihre eigene Geschichte schweigen oder mehr noch, dass Entlastungserzählungen und Lügen genauso weitergeben werden wie die Tatsache, dass im Namen der Deutschen ein industrialisierter Massenmord an sechs Millionen Juden und anderen Opfergruppen stattgefunden hat.

So gewiss wie Max Mustermann sagen kann, dass im Dritten Reich Juden, Homosexuelle, Sinti und Roma, Zeugen Jehovas, körperlich und geistig Behinderte, psychisch Kranke und Widerständler mit deutscher Gründlichkeit verfolgt, gedemütigt, gefoltert und ermordet wurden, so sicher ist er sich auch, dass Opa Hänsel und Uroma Gretel damit nichts zu tun hatten.

Eva Musterfrau glaubt sogar, dass ihre Großeltern ganz sicher keine Mitläufer gewesen sind, eher Widerständler unter

Einsatz ihres Lebens oder vielleicht sogar selbst Opfer der Tyrannei?

Mehr als zwei Drittel der Befragten sind davon überzeugt, dass ihre Vorfahren in der Zeit des Nationalsozialismus Widerständler oder Opfer waren.

Auf die Frage, ob es unter ihren Vorfahren Täter gab (also ob auch nur irgendein entfernter Großcousin der Mustermannschen Bagage ein Nazi war) antworten 2018 69,2 Prozent der Befragten des *Erinnerungsmonitors* mit: »Nein!«

Die Nazis waren immer die anderen. Die SS, die Wehrmacht, die Verbrecher. Schlimm, schlimm das. So schlimm, dafür übernehmen wir sogar dann gern die Verantwortung, wenn wir ganz sicher sind, dass unsere Familien damit nichts zu tun haben. Aber qua Herkunft, qua Abstammung, qua unseres deutschen Blutes gehören wir eben dazu, sind wir eben mitverantwortlich.

Auf den Filmen und Bildern aus dem Zweiten Weltkrieg suche ich nach Opa Paul. Ich suche sein Gesicht in den Schützengräben von Stalingrad und auf den Gefangenenmärschen der Roten Armee. Ich finde ihn nicht. Nirgends.

15

Krissi hatte gefragt: »Kommst du mit zu der Party?«

Ich hatte mit den Schultern gezuckt. Wir kannten uns noch gar nicht so lange. Sie ging in meine Parallelklasse, und wir hatten bisher nur etwas miteinander zu tun, wenn wir auf dieselbe Geburtstagsfeier eingeladen waren. Aber in diesem Sommer hatte sie mich angesprochen, ob ich bei einem Theaterprojekt mitmachen wollte, und ich hatte zugesagt. Wir haben uns gleich gut verstanden. Auch wenn Krissi eher aus der Öko-Schiene kam, mit der ich gar nichts anfangen konnte. Zur Begrüßung umarmte sie mich jedes Mal, als hätten wir uns lange nicht gesehen. Das war mir zu eng, aber ich war entschlossen, mich daran zu gewöhnen. Immerhin hauchte sie mir keine Küsschen auf die Wange, wie es die Mädchen aus der Parallelklasse seit dem neuen Schuljahr taten.

»Wo ist das denn?«, fragte ich zurück.

Krissi sagte bloß: »Ada ist auch da, ich frag sie mal.«

Ich vermisste Ada und fühlte mich oft einsam ohne sie.

Krissi kam zurück und sagte, die Party sei auf dem alten Bauernhof hinter dem Dorf, in dem das *Fun* war, unsere Disko.

Abends setzte mich Mutter an der Landstraße ab und ich folgte den Geräuschen und Lichtern.

Es gab Bier, billigen Wein und jemand hatte auch was zum Rauchen mitgebracht. Auf dem Gelände wimmelte es von langhaarigen Jungs und Mädchen mit Dreadlocks.

Als ich ankam, sah ich Ada umringt von Musikern, die ich nicht kannte. Sie spielten irgendwas und sahen dabei gut aus, während Ada immer wieder ihr lautes Lachen durch die Scheune jagte. In einer anderen Ecke stand ein CD-Player, aus dem auch Musik kam, und jemand probierte sich an einer afrikanischen Trommel.

Krissi sprang durch den Raum und begrüßte mich fröhlich. Sie versprach mir, gleich wieder da zu sein, und hopste fort.

Ich holte mir eine Fanta am Tresen und stand eine Weile an der Wand rum. Ada grüßte mich vom Schoß ihres Freundes aus flüchtig, drehte sich aber gleich wieder um und mir den Rücken zu. Weil Krissi nicht zurückkam, ging ich irgendwann raus ans Lagerfeuer. Dort war es warm, und so im Dunkeln fiel es nicht auf, dass ich nirgendwo dazugehörte.

Es dauerte nicht lange, und ein Typ erklärte mir Sternenbilder und dass sie aber bloß ein Blick in die Vergangenheit wären und auch, dass die Konstellation der Sterne überhaupt nichts zu bedeuten hätte, alles Aberglaube, aber auch irgendwie schön, denn es wäre doch gigantisch, dass die Menschen immer nach einem Sinn suchen würden. Würden sie nicht mehr nach diesem Sinn suchen, dann wäre die Hoffnung auf ein friedliches Zusammenleben und eine Welt, die für alle Menschen ein Zuhause sei, endgültig im Arsch.

Jemand reichte mir seinen Joint. Ich nahm ihn. Die Sternenbilder waren mir egal.

Später kamen Ada und ihr Freund dazu. Ada erkannte mich in der Dunkelheit zu spät. Sie hatte sich schon neben mich gesetzt und erschrak kurz.

»Das ist Markus«, sie deutete auf ihren Freund, »und das ist Stine«, gab sie ihm zu verstehen.

»Hi«, Markus stand auf und gab mir höflich seine Hand, »ihr kennt euch?«

»Ja«, sagten wir gleichzeitig, aber ohne darüber zu lachen.

Ada hatte ihre dunklen Haare lose zu einem Zopf zusammengebunden. Sie sahen struppig und ungepflegt aus.

Markus reichte Ada eine Zigarette.

»Kannst du mir auch eine drehen?«

»Ja, klar.«

Aber Ada nahm seinen Tabak und die Blättchen und reichte sie mir.

»Du kannst dir auch selbst eine drehen.«

»Nee.«

»Aha.«

Sie sah mich etwas abschätzig an, glaubte ich in der Dunkelheit zu erkennen.

»Ich kann's nicht. Also ich kann nicht drehen, und ich hab keine Zigaretten dabei.«

Ada reichte den Tabak an Markus zurück.

»Kannst du's mir zeigen?«

Er nahm ein Blättchen und rückte ein Stück näher zu mir, sodass ich sehen konnte, wie man Zigaretten ohne Filter dreht. Trichter, die so aussahen wie kleine Joints, sodass einem beim Rauchen nicht so viel Tabak im Mund hängen blieb. Ich drehte viele Zigaretten an dem Abend, und wir rauchten sie fleißig weg. Ich drehte Zigaretten für mich, für

Markus und für Ada und für alle anderen, die am Lagerfeuer saßen.

Als Krissis Vater uns gegen Mitternacht abholte, hatte ich es drauf.

»Ich wollte dich mal was fragen«, begann Krissi das Gespräch mit ihrem Vater auf der Rückfahrt. Er gähnte und betonte, dass das aber nicht jedes Wochenende so gehen könne, dass er uns nachts durch die Gegend kutschierte.

Ich saß hinten im Auto, und mir war etwas schlecht von der ganzen Raucherei.

»Stine und ich haben in einem Fotoalbum neulich das Bild von deiner Abschlussklasse gefunden.«

»Soso.«

»Und da ist uns aufgefallen, dass du mit Stines Mutter in einer Klasse warst.«

»Ja.«

»Und wie war das?«

»Wir waren in einer Klasse.«

»Aber warum hast du mir das denn nie gesagt?«

»Warum soll ich dir das sagen?«

»Weil Stine und ich auch befreundet sind.«

»Ich war mit Stines Mutter nicht befreundet.«

Als das Auto vor unserem Haus hielt, sprang Krissi aus dem Wagen, um mich noch einmal zu umarmen.

»Du stinkst«, grinste sie.

»Selber!«

Am nächsten Morgen auf dem Weg zur Schule kaufte ich mir Tabak und Blättchen.

Einige Jahre später stieß ich in einer Recherche auf den Namen des Bauernhofs. Dieser war bis zum Ende der DDR ein *Jugendwerkhof* gewesen. Ich wusste nicht, was das war, und gab den Begriff in die Suchmaschine ein.

Konnte das wirklich sein? War der Ort nicht vielleicht woanders?

Im Gesetzesblatt der DDR Teil II Nr. 53 (Ausgabetag 17. Mai 1965) heißt es in der Anordnung über Spezialheime der Jugendhilfe: »Im Einvernehmen mit den Leitern der zuständigen zentralen Organe des Staatsapparates und in Übereinstimmung mit dem Freien Deutschen Gewerkschaftsbund – Sozialversicherung – wird folgendes angeordnet: §1 Aufgaben (1) Spezialheime sind Einrichtungen der Jugendhilfe zur Umerziehung von Minderjährigen. (2) In den Spezialheimen werden schwererziehbare und straffällige Jugendliche sowie schwererziehbare Kinder aufgenommen, deren Umerziehung in ihrer bisherigen Erziehungsumgebung trotz optimal organisierter erzieherischer Einwirkung der Gesellschaft nicht erfolgreich verlief. Der Aufenthalt im Spezialheim stellt eine Etappe im Prozeß der Umerziehung dieser Kinder und Jugendlichen dar. Die Erziehungsarbeit erfolgt unter Einbeziehung der Kinder- und Jugendorganisation und der Betriebe auf der Grundlage der sozialistischen Schulpolitik und Pädagogik mit dem Ziel der Heranbildung vollwertiger Mitglieder der sozialistischen Gesellschaft und bewußter Bürger der Deutschen Demokratischen Republik. (3) Der Prozeß der Umerziehung stützt sich auf die Festlegung sinnvoller persönlicher Perspektiven für diese Kinder und Jugendlichen. Er vollzieht sich im Heim im Rahmen der Allgemeinbildung, der berufstheoretischen und berufspraktischen Ausbildung, der Arbeitserziehung, der staatsbürgerlichen Erziehung, einer sinnvollen Freizeitgestaltung und einer straffen Ordnung und Disziplin. Die Kinder und Jugendlichen werden aktiv in den Erziehungsprozeß einbezogen.

§2 System der Spezialheime; (1) Die Spezialheime gliedern sich in: 1. Aufnahmeheime; 2. Spezialkinderheime; 3. Jugendwerkhöfe. Die Jugendwerkhöfe gliedern sich in: a) Jugendwerkhöfe Typ I für Jugendliche, deren bisherige Entwicklung und gegenwärtiges Verhalten darauf schließen lassen, daß ein kurzfristiger Aufenthalt ohne berufliche Qualifizierung die Voraussetzung für die Wiedereingliederung in das gesellschaftliche Leben schafft. Die Aufenthaltsdauer beträgt 3 bis 9 Monate. b) Jugendwerkhöfe Typ II für Jugendliche, deren bisherige Entwicklung und deren gegenwärtiges Verhalten eine längere Umerziehung verbunden mit einer beruflichen Qualifizierung sinnvoll erscheinen lassen.«

Weiter unten im Gesetzestext ging es auch noch um den geschlossenen Jugendwerkhof, was wohl die schlimmste und härteste aller Umerziehungseinrichtungen darstellte. Dort durften Jugendliche nicht länger als sechs Monate bleiben.

Meine flüchtige erste Recherche ergab, dass es sich bei Jugendwerkhöfen um eine Art Arbeitslager und ja, dass es sich bei unserer Partylocation tatsächlich um einen ehemaligen Jugendwerkhof handelte.

Ich las davon zum ersten Mal und rief Mutter an. Sie hatte mich an diesen Ort gefahren, ohne auch nur ein Wort zu erwähnen. Wusste sie vielleicht nicht, was dort nur wenige Jahre zuvor passiert war? Dass man Jugendliche umerzogen, ihnen die Ausbildung verwehrt und stattdessen Zwangsarbeit auf dem Feld hatte leisten lassen.

Am anderen Ende der Leitung ein dumpfes Tuten.

Währenddessen flogen meine Augen weiter über die Dokumente. Die Kinder aus dem Jugendwerkhof mussten sich an den Tagen, an denen die Chemie auf die Äcker gesprüht wurde, am Rand der Felder aufstellen. Sie wurden genau wie das Land mit Schädlingsbekämpfungsmittel besprüht. Ihre besudelten Kleider markierten für die Aufseher, welche Felder von den Flugzeugen schon überflogen worden waren und wo noch gesprüht werden musste.

Mutter nahm endlich den Hörer ab.

Ohne »hallo und wie geht's« erzählte ich ihr, was ich im Internet entdeckt hatte, und sagte:

»Erinnerst du dich? Du hast mich da mal hingebracht, mit Krissi. Wusstest du, dass da ein Jugendwerkhof war?«

Mutter sagte, dass sie gerade erst nach Hause gekommen sei, dass sie noch einkaufen müsse, damit es heute Abend für Vati Flügelchen geben könne, und dann sagte sie: »Ich kannte Leute, die da gearbeitet haben. Die wollten nur das Beste für die Kinder.«

Natürlich kannte Mutter den Jugendwerkhof. Das hatte ich gleich gewusst und trotzdem gehofft, dass es anders war.

Sie hatte in der DDR als Erzieherin im Kinderheim gearbeitet und war nach der Wiedervereinigung erst Horterzieherin gewesen und dann ins Jugendamt gewechselt. Die Erzieher im Jugendwerkhof, das waren ihre Kollegen gewesen.

Vermutlich, dachte ich, war sie vor der Wende selbst einmal dort gewesen oder sie hatte ein Kind da hingeschickt. Vielleicht auch mehrere. Und bestimmt ist auch mal eins zurückgekommen ins Heim, und sie hat es gesehen. Wie es dann aussah, wie es dann war.

Ich fragte nicht noch einmal nach. Ich traute mich nicht. Ich traute mich die nächsten Jahre nicht einmal, darüber nachzudenken. Ich vergaß es einfach. Ich wollte es vergessen.

War Ihre Familie in das SED-Regime verwickelt? Gab es in Ihrer Familie Mitarbeiter der Staatssicherheit? Würden Sie sagen, dass Ihre Familie zu DDR-Zeiten eher Täter oder Opfer waren? Gehörten Sie zu den Mitläufern? Hat Ihre Familie vom SED-Regime profitiert? Gibt es in Ihrer Familie Mitglieder, die auf Grund ihres Glaubens oder ihrer politischen Überzeugung verfolgt wurden? Hat Ihre Familie aktiven Widerstand gegen das SED-Regime geleistet? Ist es wichtig, dass kommende Generationen in der Schule über das Unrecht, das in der ehemaligen DDR begangen wurde, aufgeklärt werden?

Diese Fragen werden nicht gestellt. Man befragt uns nicht dazu und misst daran auch nicht den Grad unseres politischen Bewusstseins oder den Zustand der Republik.

16

Ich brauche eine Pause.

Viele Jahre hatte ich mit kaum jemandem aus meiner Geburtsstadt gesprochen. Ich war einfach abgehauen. Ich wollte nicht zurück und war auch fast nie da.

Und jetzt steht die Stadt in mir wieder auf. Ich versuche, mich zu erinnern. Wen könnte ich anschreiben? Wer weiß etwas? Wie hießen die denn alle?

Warum glaube ich eigentlich, dass Tonis Eltern in der Partei waren? Wir haben wirklich nie darüber gesprochen. Und Karolina? Ada hat gesagt, die Mutter sei hundertprozentig Partei, vielleicht sogar Stasi. Das »Rote-Socken-Radar« ihres Vaters habe bei ihr jedes Mal angeschlagen, er konnte die überhaupt nicht leiden.

Ich versuche, mich an Tonis Eltern zu erinnern. Verwechsele ich sie vielleicht mit Rebeckas? Nein, das ist nur, weil ihr Haus die gleiche Farbe hatte. Mintgrün. Nach kackbraun ohne Fensterglas und Bad war Pastell gekommen.

Rebecka hatte ich in der Seidenmalerei-AG auf dem Gymnasium kennengelernt. Wir sind manchmal zusammen Inliner gefahren. Außerdem hatte sie einen großen Bruder.

Basti spielte Schlagzeug und hörte Nirvana. Einmal hat Rebecka mir erzählt, dass Basti dabei war, als sie den erschossen haben in Bad Kleinen.

»Den?«

»Von der RAF den. Die Polizei hat den erschossen, das hat er genau gesehen.«

Basti hatte wie Kurt Cobain in früher Kindheit einen Toten gesehen. Deshalb würde er die Musik auch besser verstehen, die ganzen Metaphern und so.

Wir hörten auch Nirvana, und Rebecka gab mir einen Zettel mit der Übersetzung, die Basti ihr gegeben hatte. »Lade die Waffen und bring deine Freunde. Es macht Spaß zu verlieren und so zu tun. Sie ist langweilig und selbstbewusst. Oh, nein, ich weiß ein schmutziges Wort.« Mir machten das Knatschen und Knarzen von Kurt Cobain etwas Angst, und ich verstand nicht ganz, was Rebecka daran fand.

Aber Rebeckas Familie hatte eine Mikrowelle! Mutter hatte gesagt, so was bräuchten wir nicht. Ich war fasziniert.

»Du musst das Innere zuerst essen, außen ist heißer.«

Mutter hatte auch lange gesagt, dass wir keine Spülmaschine bräuchten, und jetzt sagte sie fast jedes Mal, wenn sie die Klappe schloss und das Programm einstellte: »Es geht auch ohne, aber hergeben will ich sie nicht mehr.«

»Wie heißt du?«, hatte Rebeckas Mutter gefragt.

»Stine.«

»Ja, aber der Nachname, Rebecka hat gesagt ...«

Ich nicke und sage meinen Namen. Rebeckas Mutter versucht, ihre Augenbraue nur ein bisschen hochzuziehen, aber ich weiß es schon, sie kennt den Namen und sie wird gleich fragen:

»Bist du verwandt mit ...«

Ich schiebe mich aus der Küchenbank.

»Ja, das ist mein Opa.«

Dann laufen wir zurück in Rebeckas Zimmer und blättern noch ein bisschen in der BRAVO, die Basti für uns hat mitgehen lassen. Zu Hause darf ich die nicht haben, weil Mutter für »diesen Scheiß« kein Geld ausgeben will.

Alle kannten deinen Namen. Alle kannten Opa Paul. Aber woher, das wusstest du nicht. Es hat dir auch nie jemand erklärt.

Manchmal hast du dich geärgert, dass Vater bei der Hochzeit Mutters Nachnamen angenommen hat.

In der Schule sagten manche Lehrer: Grüß die Mutti! Und dabei lächelten sie, als wäre dieser Gruß ein geheimer Code, etwas für Eingeweihte.

Man kannte sich. Von früher. Also kannte man auch dich.

Wenn du dir im Buchladen ein Buch bestellt hast, an der Musikschule, beim Schwimmwettkampf …

»Ja, das ist mein Opa«, hast du gesagt.

»Ja, mache ich«, hast du gesagt und dann Grüße ausgerichtet.

Ada sagt am Telefon: »Natürlich konnten meine Eltern dich nicht leiden.«

»Mein Vater hat solche wie die einfach gehasst.«

Ich lache.

Ada lacht auch.

Ich sage etwas von »kann man ja auch verstehen«.

Es tut trotzdem weh.

Ich sehe die Unterlagen durch, die Tim mir mitgebracht hat. Schnell überfliege ich die Papiere und versuche, eine Antwort zu finden. Aber was genau suche ich eigentlich? Eine

Notiz, auf der ganz beiläufig steht, Dr. Paul Bahrlow, Inoffizieller Mitarbeiter des Ministeriums für Staatssicherheit hat dieses, hat jenes und in letzter Konsequenz …?

Ich finde gar nichts. Verstehe gar nichts.

Im Internet rufe ich die Website der Stasiunterlagenbehörde auf und komme mir dabei schäbig vor.

Ich lese mich durch die Seite.

»Jeder Mensch hat das Recht, jene Unterlagen einzusehen, die das Ministerium für Staatssicherheit über die eigene Person angelegt hat. Mehr als zwei Millionen Menschen haben seit 1992 von dieser Möglichkeit Gebrauch gemacht.«

Nur zwei Millionen, denke ich.

Nur zwei Millionen Menschen haben sich ihre Akten angesehen? Davon sind vermutlich noch nicht einmal alle aus der DDR. Mir sind schon häufiger Menschen begegnet, die stolz erzählten, sie seien ganz überrascht gewesen, dass die Staatssicherheit sich auch für sie interessiert hatte. Als hätte man ihnen damit ein Zertifikat ausgestellt – von den Untersuchungsorganen der Deutschen Demokratischen Republik für staatsfeindlich befunden. Und dann erzählten sie von Besuchen in der Zone, Kaffeeschmuggeleien und dass das ja völlig lächerlich sei, was die Stasi über sie herausgefunden habe. Der größte Geheimdienst der Welt eine Lachnummer in jeder Hinsicht.

Ich habe Paul einmal nach seiner Akte gefragt. Und auch die Eltern. Auf die Idee, sie könnten selbst bei der Staatssicherheit gewesen sein, bin ich damals noch nicht gekommen.

Paul hat gesagt, er habe sich seine Akte schicken lassen. Er wisse, wer über ihn geschrieben habe. Keiner habe sich je dafür bei ihm entschuldigt.

Mutter hingegen hat gesagt, das interessiere sie nicht.

»Ist manchmal besser, das nicht zu wissen. Nützt ja auch nichts.«

Wofür hätte sich jemand bei Paul entschuldigen müssen? Was war denn passiert?

Ich kann mich nicht erinnern, wie alt ich war, als ich Paul nach seiner Akte gefragt habe. Fünfzehn, vielleicht sechzehn? Vielleicht war ich auch schon erwachsen. Trotzdem wusste ich zu wenig, um nachzufragen. Und immer dann, wenn ich merkte, hier stimmt etwas nicht, blockierte alles in mir. Es war klar, hier geht's nicht weiter. Es steht mir nicht zu, noch einmal nachzufragen.

Ich war mir aber sicher, hätte es über mich eine Akte gegeben, hätte ich sie lesen wollen.

»Die Akten vermisster oder verstorbener Personen sind in der Regel nicht zugänglich. Für nahe Angehörige der Vermissten oder Verstorbenen gelten jedoch Ausnahmeregelungen. Nahe Angehörige sind Ehegatten, Kinder, Enkelkinder, Eltern und Geschwister (...)

Die genannten Angehörigen müssen ein berechtigtes Interesse glaubhaft machen und schlüssig darlegen, dass sie mit Hilfe eventuell vorhandener Stasi-Unterlagen im Zusammenhang mit dem DDR-Regime stehende Ereignisse oder staatliche Maßnahmen aufarbeiten möchten.«

Ich schließe die Seite der Stasi-Unterlagenbehörde wieder.

Darf ich das? Darf ich einfach so nach Pauls Akte fragen? Würde *er* sie mir geben?

Ich glaube nicht. Er hätte es ja tun können, wenn ihm was daran gelegen hätte.

Paul ist tot. Er ist mein Großvater. Ich darf die Akte beantragen. Ich kann herausfinden, ob er Opfer oder Täter ist. Beides vielleicht?

Ich frage Tim.

Mein Bruder sagt, ich soll es tun. Es interessiere ihn auch selbst.

Die Antwort wird Wochen dauern, und irgendwann muss man ja anfangen, denke ich.

Nachts träume ich von Schuld und dass sie mir auf der Brust hockt. Mutter sagt – sie sieht im Traum natürlich ganz anders aus, aber ich erkenne sie sofort –, es würde alles nicht stimmen, ich würde mir das nur ausdenken. Ich schrecke hoch und merke, dass meine Bronchien sich zusammengezogen haben.

VI

Es könnte viel bedeuten: wir vergehen,
wir kommen ungefragt und müssen weichen.
Doch daß wir sprechen und uns nicht verstehen
und keinen Augenblick des andern Hand
erreichen,

zerschlägt so viel: wir werden nicht bestehen.
Schon den Versuch bedrohen fremde Zeichen,
und das Verlangen, tief uns anzusehen,
durchtrennt ein Kreuz, uns einsam
auszustreichen.

Ingeborg Bachmann

17

Einmal hast du mit Klara, da war sie noch ein Baby, in dem Restaurant von Tante Sabine gesessen.
Du hattest die Eltern und Oma Eva besucht, zwei Jahre nach Pauls Tod, und mit Klara in deinem Kinderzimmer übernachtet. Es hatte sich seltsam angefühlt. Zu klein. Zu eng. Du wolltest nicht mehr hier sein. Mit Klara schon gar nicht.

Während die ganze Familie an einem langen Tisch zusammensaß, Katja war auch da, und Tim hatte sich den Nachmittag von seinem Zivildienst freigenommen, begann Tante Sabine plötzlich zu erzählen. Sie blickte auf Klara, die gerade zum ersten Mal quengelte, nachdem sie stundenlang in einer Babyschale rumgesessen und in stickigen Innenräumen fröhlich geblieben war.

Sabine blickte zu Klara und erzählte von ihrer Kindheit in einer Kleinstadt bei Berlin.

Zu dem Haus, in dem sie damals lebten, gehörte auch ein Schuppen. In den sei sie gesperrt worden, weil sie immer so geschrien habe. Ganz plötzlich hätte sie damit angefangen. Da sei sie so alt gewesen wie Klara jetzt. Und das ging dann mehrere Jahre. Oma Eva hätte sie ganze Tage lang in den Schuppen gesperrt, bis sie endlich mit der Schreierei aufgehört hätte.

Alles lachte. Auch Katja. Auch Tim. Oma Eva sagte, es hätte für das Kind überhaupt keinen Grund gegeben zu schreien. Tante Sabine nickte und bestätigte umgehend, der Schuppen hätte ihr nicht geschadet. Mit drei Jahren hätte sie schließlich ein Einsehen gehabt, und von da an war's mit der Schreierei vorbei.

»Na, du hast dich schon anders bemerkbar gemacht, Binchen.«

In Oma Evas Ton lag eine seltsame Strenge. Es ging um alles. Alles, was Sabine falsch gemacht hatte in ihrer Jugend, jeden Mist, den sie gebaut hatte, jeden Ärger und jeden Kummer, den sie bereitet hatte. Alles auf einmal strafte Oma Eva mit einem einzigen Satz ab und jeder wusste, wie es gemeint war.

»Sag ich doch, es hat mir nicht geschadet, wollt ihr noch was trinken?«

Alles lachte. Auch du.

Sabine schreit im Schuppen.

Ich stelle mir Mutter vor in dem Haus südlich von Berlin. Oma Eva nennt sie Möhnchen. Sie ist vier oder fünf und liegt allein in ihrem Kinderbett und sieht aus dem Fenster. Sie soll Mittagsschlaf halten, aber ihre Augen wollen einfach nicht zu bleiben. Draußen vor dem Fenster steht ein Baum, durch dessen Krone in unregelmäßigen Abständen der Wind fährt und die Blätter tanzen lässt.

Ihre Schwester Sabine schreit im Schuppen.

Mutter kocht in der Küche die Wäsche und backt Brot. Das kann die kleine Monika riechen.

Monika versucht, ihre Haare ein wenig zu zwirbeln, aber es geht nicht. Mutti hat sie vor einigen Tagen ratzekurz geschnitten. Jetzt bekommt sie sie nicht zwischen die Fingerspitzen, dabei macht es so viel Spaß, die Strähnen um die Finger zu wickeln und dann runterwirbeln zu lassen.

Sabine schreit im Schuppen.

Dass die Haare jetzt so kurz sind, ist auch Sabines Schuld. Sie hat sich die Haare ausgerissen, büschelweise. Man konnte sie gar nicht mehr mit zum Einkaufen nehmen, so furchtbar sah sie aus.

Vati hat schrecklich geschimpft.

Wenn Vati jetzt da wäre, dann würde Sabine nicht mehr im Schuppen hocken und brüllen, er würde sie nehmen und kalt abduschen, bis endlich Ruhe wäre.

Mutti holt das Brot aus dem Ofen.

Sabine schreit im Schuppen.

Vorhin noch hat Monika versucht, ihre Schwester zu beruhigen. Sie ist an die Schuppentür getreten und hat ihr zugeflüstert.

»Wollen wir was spielen, Bini?«

Aber ihre Schwester hat weitergebrüllt.

»Du darfst auch der Arzt sein.«

Das war eigentlich verboten. Denn einmal hatten Monika und Sabine schon Arzt gespielt und Sabine, die Jüngere, hatte Monika Blut abnehmen wollen. Es war eine unglaubliche Metzelei geworden, an deren Ende Monikas rechte Hand genäht werden musste – mit sechs Stichen! Deswegen war Arztspielen nur noch erlaubt, wenn Monika, die Ältere, der Arzt war.

Sabine ließ sich zu gar nichts überreden und brüllte weiter. Als Eva mitbekam, dass die Töchter sich zu verbünden drohten, rief sie Monika vom Schuppen weg und wies sie an, sich ins Bett zu legen.

Sabine schreit im Schuppen.

Monika beschließt, nichts mehr zu hören außer ihren eigenen Herzschlag. Bum bom bum bom bum bom bum bom bum … und ihren Atem … wie der Wind.

Sie stellt sich vor, dass *sie* die Blätter in der Baumkrone bewegt. Ihre Lippen formt sie zu einem kleinen Kreis, pustet in Richtung Fenster und tatsächlich, die Blätter beginnen zu tanzen. »Das war ich, das war ich«, denkt sie und springt beinahe aus dem Bett vor Freude. Aber sie muss ja still sein und darf sich nur ganz leise freuen. Sie muss ganz still sein, sonst kommt die Mutter.

Sie ist ganz still.

Sabine schreit im Schuppen.

Sie ist ganz still.

Ich war auch still.

Im Schlafzimmer der Eltern sollte ich Mittagsschlaf machen. Auf dem Hof, zu dem das Fenster rausging, jaulten die Katzen, die vom Nachbarn mit Futter angelockt wurden.

Tim jaulte auch.

Manchmal war ich mir nicht sicher, ist es Tim oder sind es die Katzen? Ich sollte im Schlafzimmer der Eltern schlafen, damit Tim mich nicht weckt.

Ich darf nicht aufstehen und nachsehen.

Bevor Mutter mir nicht erlaubt aufzustehen, ist der Mittagsschlaf nicht vorbei.

Das hat uns und deinem Bruder sehr geholfen …

Mutter ist vielleicht auch gar nicht da.

Mutter ist vielleicht einkaufen.

Ich erinnere mich nicht richtig.

Ich erinnere mich an das Bett aus braunem Cord und die Lampe, die darüber hing. In ihr konnte man sich spiegeln und dann war alles verkehrt herum.

Einmal lag Vater neben mir, und ich tat, als ob ich schlief.

Vielleicht musst du ihn einfach mal schreien lassen, das hat uns und deinem Bruder sehr geholfen.

Der Schmerz zerschneidet die Erinnerung in kleine Fetzen.

Puzzlekanten, die aussehen, als würden sie zueinander passen, aber dann muss man sie doch mit Gewalt ineinander drücken, damit sie ein Ganzes werden.

Vaters Hand ist unter meiner Decke, die Mutters Decke ist.

Timmi weint, und du tust, als ob du schläfst. Zum ersten Mal verschwindest du in eine Welt, die hinter dem Bett liegt.

Dort ist es ganz still.

18

Einige Wochen, nachdem ich den Antrag auf Akteneinsicht in Bezug auf meinen Großvater Dr. Paul Bahrlow gestellt hatte, schreibt die Stasiunterlagenbehörde, meine Anfrage sei berechtigt, ein Vorgang sei angelegt.

Noch ein paar Wochen später kommt endlich das Ergebnis des Suchvorgangs mit der Post.

Nichts.

Es gibt keine Akte über Paul. Keine Opferakte. Keine Täterakte. Ich rufe Frau S. unter der angegebenen Telefonnummer an und frage nach, wie das zu verstehen sei. Paul hat schließlich selbst davon gesprochen, dass er seine Akte eingesehen hätte.

»Es gibt keine Akten«, sagt Frau S. etwas gereizt und leiert routiniert herunter, dass immer noch nicht alle Akten rekonstruiert wären und dass die Möglichkeit bestünde, zu einem späteren Zeitpunkt ...

»Kann es denn sein, dass diese Akten vernichtet wurden?«

»Darauf gibt es keine Hinweise.«

Mir kommt das seltsam vor. Warum sollte man einen Hinweis darauf hinterlassen, welche Akten man vernichtet? Andererseits – auch die DDR war Deutschland.

»Finden Sie sich damit ab, es gibt keine Akten.«

Ich stelle mir Frau S. vor, die in einem leeren Raum sitzt. Es gibt also keine Akten. Überhaupt keine. Gab es nie! Und jeden Tag wird diese arme Frau von Leuten wie mir angerufen und nach den blöden Akten befragt.

Ich bin enttäuscht. So einfach ist es also nicht.

Aber was hat Opa Paul dann gemeint, als er sagte, er habe seine Akte gelesen? Niemand habe sich bei ihm entschuldigt, der etwas über ihn ausgesagt habe.

Zwei Drittel der Deutschen glauben, dass es in ihrer Familie keine Täter gibt. Und du?

Es scheint mir nicht unwahrscheinlich, dass ich Opa Paul einmal nach der Stasi gefragt habe und er mir darauf etwas geantwortet hat. Etwas nur halb Verständliches, Kryptisches, etwas, das ich mit dem spärlichen Wissen, das ich hatte, nicht entschlüsseln konnte. Vielleicht habe ich die Lücken unbewusst gefüllt und ihn so zum Opfer gemacht? Zu einem, bei dem sich eine ganze Reihe Leute entschuldigen mussten. Er aber war so edel und großzügig gewesen und hatte darüber hinweggesehen.

Nützt ja nichts, hat er vielleicht gedacht.

Alle Menschen machen Fehler, und wer weiß, wie man selbst in dieser Situation gehandelt hätte.

Durch triste Flure hetzende Journalisten, die ihre Füße gerade noch in die Türen kriegen, die man ihnen vor der hechelnden Nase zuschlagen will. Die Bilder der Sensationsgier in den ersten Jahren der Nachwendezeit siehst du nicht erst jetzt, während du alte SPIEGEL TV-Reportagen durchsiehst.

Stasischwein, Stasischwein, Stasischwein!

Mutter sagte: »Ich bin froh, dass sie mich nicht gefragt haben.«

Vater sagte: »Genau.«

»Ihr, die ihr auftauchen werdet aus der Flut
In der wir untergegangen sind
Gedenkt
Wenn ihr von unseren Schwächen sprecht
Auch der finsteren Zeit
Der ihr entronnen seid.«

Der blöde Brecht macht mich noch wahnsinnig. Er marschiert mir gerade rein in die Gedanken und mahnt und mahnt.

Bilde dir kein Urteil! Bilde dir ja kein Urteil, du Nachgeborene!

Ja, wieso eigentlich nicht? Das ist doch ein billiger Trick. Hinter der wortschönen Mahnerei drei Keller tief Schweigen. Dort habt ihr eure Schuld verbuddelt und verbietet uns, sie auszuheben. Sprecht uns ab, dass wir zu unserem eigenen Urteil kommen. Was kümmert's euch? Was geht's euch an, was wir über euch denken?

Nichts wurde erklärt. Aber du hast auch nicht gefragt. Stasi, Volkskammer, FDJ, Honecker, Mielke, Schalck-Golodkowski, MfS, SED, Blockparteien. Die Worte flogen durch die Luft wie Schwalben vor dem Regen, immer tiefer, immer dichter, und immer wurde so gesprochen, als müsste man wissen, was gemeint ist.

Du hättest doch wissen müssen, dass ihr nicht in Deutschland lebt. Dass ihr in der DDR lebt, hättest du doch wissen müssen. Du hast dem Flieger nachgesungen, die Sowjetunion gegrüßt und Druschba, Druschba! Wusstest du nicht, was du da tust?

»Ihr aber, wenn es soweit sein wird
Daß der Mensch dem Menschen ein Helfer ist
Gedenkt unsrer
Mit Nachsicht.«

So ein lautes, so ein jammerlautes Schweigen.

Einmal, das war in der Dreizehnten, da fragte Greta im Unterricht: »Stand die Mauer schon im Mittelalter?«

Die Klasse lachte, die Lehrerin lachte, alles lachte und diese Greta-Geschichte ist eine von den Geschichten, die es in jedes Gespräch mit meinen Schulfreundinnen schafft.

»Wisst ihr noch Greta? Die war echt dumm wie zehn Meter Feldweg.«

Ich würde gern noch einmal in dieser Klasse sitzen und die Lehrerin fragen: »Warum lachen Sie? Warum erklären Sie es uns nicht?«

Unser Geschichtsunterricht endete am 7. Oktober 1949 – Gründung der DDR, der Deutschen Demokratischen Republik. Als wäre da endlich alles vorbei gewesen. Der Krieg zu Ende. Ergebnis der ganzen Deutschwüterei war ein geteiltes Land. Das hatten wir uns reichlich verdient.

Genauso wie es die Frauen verdient hatten, von den Russen vergewaltigt zu werden. Denn die deutschen Soldaten hatten auch ganz schön gewütet, als sie in die Sowjetunion einmarschiert waren. Das erzählte die Grundschullehrerin auf einem Ausflug. Deshalb dürfe man den Russen nicht übelnehmen, was sie mit den Frauen gemacht haben, als sie nach Deutschland kamen. Die Kinder aber hätten sie immer freundlich behandelt, die Russen. Deshalb habe sich ihre Mutter beim Einmarsch der Roten Armee unter ihrem Kinderbett versteckt.

Die deutschen Soldaten. Wer war denn das bloß?

Ich fragte mich nie, ob Opa Paul eine Frau vergewaltigt hatte.

Ich fragte meinen Großvater nie, ob er eine Frau vergewaltigt hatte.

Diese ominösen deutschen Soldaten. Kein Lehrer sagte: Eure Großväter und Urgroßväter waren die deutschen Soldaten, die in Osteuropa und der Sowjetunion alles abgeschlachtet haben, was sich bewegte, die geraubt und vergewaltigt und ganze Dörfer angezündet haben.

Am 7. Oktober 1949 war bei uns Schluss. Wir stöhnten, denn von da an lief die Zeit im Geschichtsunterricht wieder rückwärts. Nochmal Zweiter Weltkrieg. Nochmal Holocaust. Die Gleichschaltung. Nochmal die Machtergreifung. Ist ja alles Abiturstoff. Und schließlich hatte uns der Westen ein dreizehntes Schuljahr eingebrockt.

»Warum brauchen Wessis dreizehn Jahre bis zum Abitur, ein Jahr länger als die Ostler? Antwort: Weil ein Jahr Schauspielunterricht dabei ist.«

Jedesmal grölte der Saal, wenn Regine Hildebrandt ihren Lieblingswitz zum Besten gab.

Was fing man also an mit dem geschenkten Wessi-Jahr? Rauchen und Kiffen auf dem Schulhof für die Großen.

Wir stöhnten gelangweilt, aber wir forderten nichts. Wir fragten nicht: Was war am 17. Juni? Was war in Prag? Was sind stalinistische Säuberungen? Was war im Hotel Lux? Was war das Neue Forum? Was war mit der Umweltbibliothek? Chruschtschow, Stalin, Mielke, Honecker und Margot, Schalck, Wolff, Kohl, Arafat, Mitteroooont. Namen flatterten durch die Nachrichten und Gespräche und flatterten wieder weiter.

Auf dem Schulhof und auf der Straße hieß es Anfang der 90er: »Bist du links oder rechts?«

Meine Cousine Katja antwortete für uns beide: »Wir sind politisch neutral.«

Als ich sie fragte, was das heißt, kaute sie etwas genervt auf ihrem Kaugummi, das schon ganz hart war: »Wir sind keine Zecken und auch keine Glatzen. Aber die Ausländer sind halt was Schlechtes.«

Einmal, als wir beim Gummitwistspielen nur zu zweit waren, hatten wir auch Zeit, über ernstere Dinge zu reden. Zum Beispiel darüber, dass Katja hoffte, am Wochenende würde ihr Vater vorbeikommen. Also ihr richtiger, der Seefahrer, nicht der neue, der Pommesfritze. Da hat sie mir das erklärt.

Wir banden das Gummi an der Regenrinne fest, und ich stellte mich ans andere Ende und spreizte die Beine. Das war ein bisschen doof, denn ich stand halb auf der Straße und immer kam ein Auto gerade dann, wenn Katja schon fünf Stufen hochsprang. Deshalb durfte sie wieder von vorne anfangen, und ich musste warten.

Wenn sie die Sprünge von eins bis zehn durchgesprungen hatte, schob ich das Gummi ein Stückchen höher Richtung

Hüfte. Katja war gut. Es dauerte, bis ich an der Reihe war. Während ich das Gummi hochschob, sagte sie: »Die Ausländer sind einfach zu viele. Das ist so. Die schlafen unter den Balkonen. Hast du das noch nicht gesehen? Und in Rostock haben sie sogar ein Hochhaus angezündet. Das ist wegen der ganzen Ausländer. Deswegen müssen die weg.«

Mutter hat gesagt, dass man nichts gegen Ausländer haben darf. Die machen hier die Arbeit, auf die die Deutschen keine Lust mehr haben. Und die Vietnamesen, wo sie in Rostock das Haus angezündet haben, die sind sogar schon zu Ostzeiten in Rostock gewesen, die können gar nichts dafür. Außerdem waren da auch viele Nazis aus dem Westen dabei. Die hat man extra da hingefahren, damit sie Randale machen. Das waren Rowdys. Aber im Fernsehen sagen sie immer, dass die alle Rostocker sind.

Ich machte mir über die Ausländer sonst nicht so viele Gedanken. Es gab ein paar. Bei manchen wusste ich aber auch gar nicht, ob das wirklich Ausländer waren. Die Russen zum Beispiel. Oder die Vietnamesen? Die sprachen ja auch Deutsch. So richtige Ausländer waren das nicht, fand ich.

Nur bei den Sinti und Roma war ich mir sicher. Das waren Ausländer, und die waren auch ein bisschen gruselig. Es gingen Geschichten über sie rum. Eben dass sie unter den Balkonen schlafen würden, klauen sowieso und auf die Spielplätze kacken.

Mutter sagte, dass es gar nicht anders ginge, sie hätten ja keine Wohnungen. Das würde man absichtlich machen, damit die Leute wütend werden und sie vertreiben, aber eigentlich konnten diese Leute nichts dafür. Ob sie damit die Ausländer meinte oder die Leute, die sie vertrieben, das hatte ich nicht so ganz verstanden. Katja hatte gesagt, dass sie sogar Kinder klauten, besonders blonde Mädchen. Die würden dann als Prinzessinnen bei ihnen wohnen.

Und genau so ist es dann auch passiert.

Katja und ich hatten mit dem Barbie-Mobil gespielt, aber dann wollten wir noch eine Runde rausgehen. Tante Sabine sagte, wir sollten vorher noch auf Toilette. Das versuchten wir meistens zu vermeiden, weil bei Katja das Klo auf dem Flur in der unteren Etage war und wenn man Pech hatte, kam die alte Frau, die dort wohnte, gerade dann rein, wenn man groß machte, oder noch schlimmer, die alte Frau war vor einem auf dem Klo gewesen und hatte selbst groß gemacht. Auf jeden Fall gingen wir zu zweit und bewachten gegenseitig die Tür.

Als ich auf dem Klo saß, hörte ich draußen eine seltsame Stimme. Ich konnte nicht verstehen, was sie sagte, und beeilte mich, schnell fertig zu werden. Meine Hose war noch nicht ganz zu, da trat ich aus der Tür und sah eine alte Frau vor dem Haus stehen. Zu ihr gehörte die knarzige Stimme. Sie sprach wohl mit Katja, aber es klang auch ein bisschen so, als würde sie nur vor sich hinreden. Sie hatte einen kleinen Handwagen bei sich, in den sie Sachen von der Straße lud. Vor Katjas Haus stand Sperrmüll rum und im Hausflur noch ein alter Fernseher, vermutlich von der Nachbarin.

»Was kosten Fernseher?«, fragte die Alte schließlich.

Katja zuckte mit den Schultern. Ich blieb etwas hinter ihr.

»Und Mädschen?«

Sie zeigte auf mich. Ich glaube, sie hob ihren Stock in meine Richtung. Katja griff nach meiner Hand und sagte: »Lauf!«. Dann zog sie mich mit sich, und ich rannte genauso schnell wie sie. Das war eigentlich unmöglich, denn ich war eine lahme Ente und Katja hatte vor Kurzem erst den

Schulrekord im 60-Meter-Lauf der Zweitklässler gebrochen. Ihre Bestzeit lag sogar unter der von den Jungen! Wir liefen die Straße rauf und bogen um die Ecke in meine Straße ein.

»Noch ein bisschen, komm, noch ein bisschen, bis zu dir«, feuerte Katja mich an.

Wie oft habt ihr euch diese Geschichte erzählt?

Wollte die Alte dich wirklich mitnehmen und Katja dafür bezahlen? Du siehst sie vor dir, die Alte. Ihr Kopftuch, ihre gebückte Körperhaltung, hörst noch ihre Stimme, den seltsamen Akzent.

Kann das sein? Oder kam die alte Frau, als ihr auf die Straße getreten seid, und den Rest, den habt ihr euch vorgestellt?

Die meiste Angst hatte ich aber vor den Heimkindern. Die waren nicht ohne. Eines der Kinderheime lag ganz in der Nähe meiner Grundschule. Mutter hatte dort auch einmal gearbeitet. Sie hatte mir das Haus gezeigt und gesagt: »Schau, da leben die armen Kinder, die keine Mutter haben und keinen Vater. Ihre Eltern haben sie dort abgegeben, weil sie sie nicht behalten wollten.« Mutter kannte viele traurige Geschichten von traurigen Kindern. Auch von solchen, deren Eltern über die Mauer gegangen waren und ihre Kinder zurückgelassen hatten. »Solche Leute waren das nämlich auch, die waren nicht alle nur Opfer.«

Ich stellte mir das so vor: Zwei Menschen gingen mit einer langen Leiter, wie man sie für die Apfelbäume brauchte, zur Stadtmauer unserer kleinen Stadt, es war stockduster, und die schlafenden Kinder wussten nicht, dass ihre Eltern sie nicht mehr wecken würden. Dann stiegen sie über die Mauer und liefen auf der anderen Seite Hand in Hand weg. Aber wieso?

Die meisten Heimkinder gingen auf meine Grundschule, denn die war ganz in der Nähe vom Kinderheim. Aber aufs Gymnasium gingen sie dann nicht mehr. Nach der Grundschule kamen sie auf die Sonderschule. So wie die Russen. Mutter sagte, es gibt von den Russen nur zwei Sorten. Die Fleißigen, solche wie Vicky, und die Faulen, mit denen hat man immer Ärger.

Vor den Heimkindern musste man sich hüten. Auf dem Schulhof zum Beispiel sollte man ihnen besser aus dem Weg gehen. Und man sollte ihnen nicht zufällig allein begegnen.

Einer von ihnen hat mich einmal abgefangen und mich auf meinem Weg vom Hort nach Hause erpresst.

Danny.

Ich war ihm schon öfter begegnet. Er war in der vierten und ich in der zweiten Klasse, und ich wusste, dass er ein Messer hat, ein Butterfly.

Als er mich dieses Mal alleine traf, hielt er mich auf der Straße an und packte mich am Arm: »Um vier bist du wieder hier und bringst mir zwei Mark.«

Ich erschrak und wusste nicht, was ich tun sollte.

Also sagte ich Ja und ging nach Hause.

Dort war niemand. Ich sah aus dem Fenster. Ich hatte keine zwei Mark. In meinem Sparschwein waren nur fünfzig Pfennig. Was sollte ich tun? Erklären, dass ich ihm das Geld an einem anderen Tag bringen würde? Er hatte nicht gesagt, was passieren würde, wenn ich nicht tat, was er wollte.

Ich erzählte einer Nachbarin, was passiert war.

»Da gehst du nicht hin«, sagte sie, aber was ich stattdessen tun sollte, sagte sie mir nicht.

Ich hatte gehofft, sie würde mir das Geld in die Hand drücken und sagen »keine Sorge, das wird schon« oder so etwas.

Als Mutter nach Hause kam, sagte sie, man dürfe dem nichts geben. Ich behielt also die zwei Mark, die ich gar nicht hatte, und ging nicht zu dem vereinbarten Treffpunkt. Es hatte keine Konsequenzen, nur dass ich eine ganze Weile einen Umweg auf meinem Heimweg nahm.

Aber es gab noch mehr Orte, an denen man sich vor den Heimkindern hüten musste. Zum Beispiel bei Karstadt.

Dahin ging ich oft mit Tim, um Nintendo zu spielen. In der Spielzeugabteilung gab es zwei Konsolen mit den neuesten Spielen. Meist waren sie schon besetzt, aber wenn man ein bisschen Geduld hatte, konnte man sich einen Platz erstehen. Pech war nur, wenn die Heimkinder kamen und keine Lust hatten zu warten. Uns kleine Hoschis zu vertreiben, machte ihnen mindestens so viel Spaß wie das Spiel selbst. Tim und ich fuhren gerade Mario Kart gegeneinander, da spürte ich eine Messerklinge an meinem Hals. »Zisch ab!«, flüsterte jemand in mein Ohr, und ich erkannte Danny, ohne ihn zu sehen.

Sofort ließ ich den Controller los und nahm Tim wortlos an die Hand. Als wir zwischen den Kleiderständern verschwunden waren, sah ich mich noch einmal um. Danny und seine Freunde lachten. Aber nicht über uns, sie waren bereits ins Spiel versunken.

Es gab noch andere, noch viele mehr, denen man besser aus dem Weg ging. Den Jugendlichen auf den Spielplätzen zum Beispiel. Und den Nazis. Sie waren oft schwer voneinander zu unterscheiden.

So wenig, wie sie sich dafür interessierten, was Danny

und seine Freunde trieben, so egal waren den Erwachsenen auch die Nazis. Dabei war es durchaus wichtig, zu erkennen, ob es sich um Nazis oder nur um besoffene Skinheads handelte. Man erkannte sie an ihren Schnürsenkeln. Ich weiß nicht, wer mir das erklärt hatte, aber es gehörte schon bald nach Beginn meiner Schulzeit zu meinem nützlichen Alltagswissen. Schwarze Springerstiefel mit weißen Schnürsenkeln, das bedeutete Nazis. Alle anderen sind unangenehm, aber nicht gefährlich. Das waren bloß Skinheads und Hänger. Sie lungerten auf den Spielplätzen rum, tranken Bier und rauchten. (Mutter sagte, es liege daran, dass sie die FDJ verboten haben.)

Wenn man zum Spielen nach draußen geschickt wurde und noch nicht wieder reinkommen durfte, hieß es Blickkontakt meiden, auf keinen Fall flennen, wenn sie dir ein Bein stellen, und wenn einer von denen auf die Schaukel will, Platz machen.

Mit den Nazis aber war es anders. Wenn die auf dem Spielplatz waren, musste man sich verziehen. Woanders hin, egal wo.

Das erste Mal bin ich ihnen auf dem Weg von der Schule in den Hort begegnet. Unser Hort war im Nebengebäude meines alten Kindergartens eingerichtet und lag einen gut zwanzigminütigen Fußweg von unserer Grundschule entfernt.

Zu Beginn der ersten Klasse wurden die Hortkinder eine Weile von einer Erzieherin begleitet. Sie zeigte uns den Weg und mahnte, uns genau an diese Route zu halten. Schließlich mussten wir den Weg als Gruppe eine Weile unbegleitet gehen, bevor wir uns irgendwann auch selbstständig in die Nachmittagsbetreuung begeben durften.

Zu unserer Gruppe gehörte auch Chau, ein Mädchen mit vietnamesischen Eltern. Sie war eines von diesen Kindern, bei denen ich nicht wusste, ob sie Ausländer waren. Ich wusste es wahrscheinlich schon, aber es hatte keine Bedeutung. Nicht wie bei den Sinti und Roma, vor denen ich immer noch etwas Angst hatte, denn der Sommer, in dem ich eingeschult worden war, war auch der Sommer, in dem in Rostock das Sonnenblumenhochhaus gebrannt hatte.

Chau ging nicht in meine Klasse, aber wir hatten zusammen Plattdeutschunterricht. Plattdeutsch hatten die Kinder, die nicht in den Religionsunterricht gingen. Deswegen waren die Vietnamesen auch alle da.

Wir sangen:

»Sing man tau, sing man tau van Herrn Pastor sin Kauh, jau, jau. Sing man tau, sing man tau, van Herrn Pastor sin Kauh.«

Oder, was ich besonders mochte, weil es so eine schön geleierte Melodie hat:

»Un wenn Marie nich dansen kann, dann hett se scheeve Been. Dann treckt se Schleppenkleder an, dann is dat nich tau sehn.«

Und für die nächste Einschulungsfeier natürlich auch:

»Wo de Möwen schriegen gell int Stormgebrus, dor is miene Heimat dor bün ick tu hus.«

Chau hatte außerdem die Hauptrolle in dem Theaterstück bekommen, die eigentlich ich haben wollte.

Aber den Nazis war egal, wie gut Chau Plattdeutsch sprach. Von denen konnte eh keiner Platt, höchstens verstehen, was die Alten schnackten. Die Nazis waren ja noch bei den Pionieren und in der FDJ gewesen und da gab es kein Plattdeutsch.

Wir mussten an ihnen vorbeilaufen, und sie freuten sich schon, als sie uns kommen sahen. Endlich ohne Erzieherin. Sie waren jeden Nachmittag da. Jemand hatte aus seinem Küchenfenster heraus einen Kiosk eröffnet. Genau gegenüber der alten Kirchenruine. Aber an der durften wir nicht entlanglaufen, wegen Baufälligkeit.

Der Küchenkiosk hatte mittags immer schon Hochbetrieb. Da standen Erwachsene und prosteten sich mit Bier zu, aber eben auch Nazis, Jugendliche, die Großen. Sie läuteten hier mit dem Klackern ihrer Dosenbiere schon mittags das Ende des Tages ein.

»Na, Schlitzie?«

Wir versuchten, sie zu ignorieren und einfach weiterzugehen, denn auch wenn es das erste Mal war, wussten wir schon, was passieren würde.

»Haste wohl zu viel Reis gefressen, ne?«

Sie kreisten uns ein. Das ging sehr schnell. Ich weiß nicht mehr, ob die anderen Männer am Küchenkiosk lachten.

»Kannst du nicht antworten, Schlitzauge?«

Aber geholfen haben sie weder der sechsjährigen Chau noch uns, die wir begannen, die Jungs zu beschimpfen.

»Lasst sie in Ruhe!«

»Kiek dir die ma an, jetzt flennt se.«

»Sie hat euch doch gar nichts getan!«

Die Nazis schubsten Chau noch ein paar Mal hin und her, bis sie über ihre Füße stolperte und hinfiel, dann wurde es ihnen langweilig.

Auf dem Rückweg weinte Chau leise, und wir wussten nicht, wie wir sie trösten sollten.

Ich war froh, als wir ein paar Wochen später endlich die Erlaubnis bekamen, den Weg zum Hort alleine und nicht mehr als Gruppe zu gehen. Mich und meine Freundinnen griffen die Nazis nicht an. Und irgendwann war uns klar, dass die Erzieher es gar nicht bemerkten, wenn wir auf der anderen Straßenseite an der Ruine lang gingen.

Ich hatte Glück in diesen Jahren. Für die großen Straßenschlachten war ich zu jung. Und ich sah nicht aus wie Chau. Mich ärgerten die Nazis manchmal, wenn sie auf dem Spielplatz waren, aber häufig auch nicht. Oft sahen sie mich gar nicht. Chao und die anderen wurden immer gesehen und für sie bedeutete das Lebensgefahr.

»Unter den Angreifern befanden sich auch viele Zugereiste.«

So hieß es überall, in den Zeitungen, in Fernsehberichten, in den Gesprächen der Erwachsenen.

»Das wird auch alles so sehr aufgebauscht.«

»Die kommen doch von drüben her.«

Ich habe das geglaubt. Die DDR, das antifaschistische Deutschland! Davon hatte auch Opa Paul erzählt. Und jedes Mal, wenn es um die Nazis ging, auch später noch, auch dann noch, als Katja längst eine Bomberjacke trug, immer dann hieß es wieder: »So was hat es hier früher nicht gegeben. Früher, als es die Pioniere noch gab und die FDJ. Aber gibt es ja heute alles gar nicht mehr. Heute wissen die Kinder nichts mehr mit sich anzufangen!«

Und dass alles bloß daran liegen würde, dass so viele keine Arbeit hätten.

Das stimmte. Viele hatten keine Arbeit. Wir hatten alle Angst davor. Was, wenn wir später keine Arbeit bekommen?

Was, wenn wir keine Lehrstelle kriegen? In meinem Sportverein gab es einige, die Pech gehabt hatten. Die nach der neunten oder zehnten Klasse nichts fanden. Die erst rumhingen und dann in Maßnahmen gesteckt wurden, von denen sie längst wussten, dass sie den sicheren Abstieg bedeuteten. Dort sollten sie fit gemacht werden für den Arbeitsmarkt, aber vor allem sollten sie raus aus der Statistik. Vor der Wende konnte man im Osten Arbeit haben und war trotzdem ohne Beschäftigung. In den 90ern waren alle irre beschäftigt und viele dennoch arbeitslos. Allen war klar, wie groß das Elend war und dass die Statistik nicht stimmen konnte. Es waren viel mehr Arbeitslose, als die offiziellen Zahlen vermuten ließen, und auch die sahen ja nicht gut aus. Mit 16, 17 oder 20 war manchmal alles schon vorbei. Gefangen im Netz des neuen Sozialstaats. Hängengeblieben. Endstation ABM.

»Ich mach Berufsvorbereitung. Da mach ich alles. Drehen, fräsen und so. Und auch Berufsschule.«

Daran lässt sich nicht glauben. Trotzdem nickten wir und sagten: »Ja, ist doch gut, klingt doch interessant, nächstes Jahr klappt's bestimmt.«

Wie es für die war, die von den Nazis nicht übersehen wurden, weiß ich nicht. Das heißt, ich weiß es schon, ich kann es mir vorstellen, aber ich will nicht behaupten, ich wüsste, wie das war. Ich habe es nicht erlebt, und ich habe niemanden von ihnen je gefragt. Es reichte mir, dass ich selbst »nicht gegen Ausländer« war.

Ich gewöhnte mich an die Glatzen. An die weißen Schnürsenkel, denen ich aus dem Weg ging. Ich riss NPD-Aufkleber aus Telefonzellen. Vorsicht, manchmal kleben Rasierklingen darunter! Ich ging demonstrieren. Ich sagte nicht, dass ich politisch neutral war. Ich war links.

Manche Dinge wusste ich einfach. Wo man nachts nicht langgeht zum Beispiel. Schon gar nicht allein. Die Straßen, in denen Nazis ganze Häuser gekauft hatten und dort in ideologisch reinen Wohngemeinschaften wohnten. Dass die 88 auf einem Nummernschild »Heil Hitler« bedeutete und die 18 für »Adolf Hitler« stand. Ich wechselte die Straßenseite, um nicht am Schaufenster des Naziladens in der mittelalterlichen Altstadt vorbeizukommen. Blickkontakt war immer gefährlich. Aus Hakenkreuzen malte ich Fensterrahmen. Und wenn ich auf einer Bank oder an einer Haltestelle einen dieser kleinen Fensterrahmen sah, wusste ich, das war einmal ein Hakenkreuz.

»Bei uns an der Schule gibt es ja zum Glück keine Hakenkreuze.«

Nein, bei uns gab es zum Glück nur Fensterrahmen.

Ich rufe Krissi an.

Krissi hatte nicht so viel Glück. Sie wohnte am Stadtrand, wo es eigentlich nur Nazis gab oder Kinder, die mit den Nazis spielten. Aber Krissi und ihre Familie waren Ökos. Sie wusste schon, was Dinkelschrot ist, da habe ich mich noch von meinem Erlebnis mit dem Corny-Riegel erholt. Ihre Eltern waren in der Umweltbewegung aktiv gewesen und engagierten sich bei den Grünen.

Als Krissi und ich einmal zufällig auf dem gleichen Kindergeburtstag eingeladen waren – damals kannten wir uns noch gar nicht, nur vom Sehen, wie das in einer kleinen Stadt eben ist – hat sie sehr viel Zeit darauf verwendet, mir im flackernden Diskolicht der Bowlingbahn mit einem Nimm-2-Bonbon, der einen flüssigen Kern hatte, zu erklären, was es mit den schwindenden fossilen Brennstoffen auf sich hatte.

Ich muss jedes Mal daran denken, wenn ich sie sehe.

»Ich bin halt immer gerannt«, sagt Krissi.

Von der Bushaltestelle bis nach Hause im Laufschritt. Sie kannte die alle und mit vielen saß sie in einer Klasse und nahm den gleichen Bus.

»Die haben ja trotzdem manchmal mit mir gespielt.«

In mir steigt ein dumpfes Gefühl auf. Ein »so war das eben«, das in mir überwintert hat, für all die Momente, die man überwintern musste. Wie soll man anders leben, wenn aus dem Nichts die Fäuste kreisen und der Ranzen in der Pfütze landet? Man muss doch am nächsten Tag wieder nebeneinander sitzen und in der Fibel laut lesen üben:

so wo wer war was
Wo war Uwe?
War er im Sessel?
Er war in einer Wanne.
Wo war Anne?

»Das Schlimmste war eigentlich«, erzählt Krissi von ihrem letzten Besuch in der kleinen Stadt, »als die Nachbarn meiner Eltern das Haus verkauft haben. Da ist wieder so ein Nazi eingezogen. Der hat erstmal schön die Einfahrt planiert, damit seine Freunde ihre Pickups parken können, wenn die Arier sich samstags zum Grillen treffen.«

»Ostdeutsch« stand in Fraktur auf der Rückscheibe des Nachbar-SUVs und rechts über dem Bremslicht, wo früher der »Todesstrafe für Kinderschänder«-Aufkleber geprangt hätte, stand nun »UNGEIMPFT!«

»Meine Mutter ist zusammengebrochen. Die wusste gar nicht mehr, was sie sagen soll. Sie hat nur noch geheult. Sie schafft das nicht nochmal.«

Ich habe mehr Glück gehabt als Krissi, aber trotzdem wollte ich nie, dass Klara und Kurt in Mecklenburg aufwachsen. Wenn man sich nie sicher sein kann, ob das Gegenüber nicht heimlich darüber fantasiert, dich und deine Kinder beizeiten zu vergasen. Wenn um euch herum nur Deutsch gesprochen wird und man einander vor »Zuständen wie in Berlin oder Köln« warnt. »Nein, so was kann ja nun wirklich keiner wollen!«

»Was mache ich denn, wenn Ole hier später sein Antifa-Shirt trägt und dann geht's ihm genauso wie mir oder schlimmer noch, die hauen ihn richtig zusammen«, fragt Krissi mich.

Ich stelle mir vor, dass unsere Söhne Kurti und Ole gemeinsam durch die Stadt streifen. Dass aus ihnen Freunde geworden sind und wie Krissi und ich uns darüber freuen würden.

An einem Sommerabend sitzen sie am Strand und rauchen Gras. Sie genießen den Moment und wünschen sich zugleich schon weg, träumen von einer Zukunft ganz woanders. Raus aus der Kleinstadt, der Enge, was sehen!

Und dann kommen die anderen. Sie erkennen sich gleich. Die Glatzen erkennen die Zecken. Die Zecken die Glatzen. Und Kurti und Ole laufen einen Moment zu spät los. Es war gerade so schön gewesen, und sie hatten gehofft, sich vielleicht zu irren.

Und das ist dieser Moment, in dem sich alles verändert, weil Kurti danach lange keine Zähne mehr hat und Ole sich nicht mehr an den Strand traut.

Ich weiß jetzt erst, wie oft ich Angst hatte.

Aber ich habe Glück gehabt. Ich habe wirklich Glück gehabt. Mir ist nichts passiert.

Die Bilder dieser ersten Jahre sind voller Ruinen.

Das Pflaster ist aufgerissen und provisorisch geflickt. Dort über die Mauer seid ihr gestiegen, um einmal zu gucken, ob ihr wohl in das alte Hotel kommt.

Schwarze Stiefel stapfen durch den grauen Spielplatzsand.

Nein, das haben sie wirklich schön gemacht, das muss man schon sagen. Der Boulevard zum Beispiel und auch der Marktplatz.

Es ist alles kaputt, aber du denkst, so sieht eine Stadt eben aus. Das ist deine Stadt, eine andere kennst du nicht.

Auf der Buckelwiese hinter der Platte von Opa Arnd und Oma Ursel kann man Drachen steigen lassen. Oma Ursel sagt: »Steck den Pulli in die Hose, du holst dir noch den Tod!« Und wenn Opa Arnd gute Laune hat, kauft er Fallschirmspringer aus Plastik, die ihr vom Balkon fallen lasst. Wie schön sie segeln. Hin und her. Ihr hechtet durchs Treppenhaus nach draußen, die letzten drei Stufen auf jeder Etage überspringt ihr, und weil das Mut macht, sind es bei der letzten Treppe sogar vier.

Hinter den oberen Fenstern in der mittelalterlichen Altstadt wartet schon der blaue Himmel und die Häuser am Marktplatz sind ganz hohl, da lassen sie nur die Fassaden stehen.

Als Katjas Familie umzieht und auch endlich eine Wohnung mit Toilette bekommt, könnt ihr aus ihrem Zimmer aufs Dach steigen und über den ganzen Marktplatz schauen. Es ist schön geworden. Der Krieg ist vorbei. Die Ruinen sind verschwunden. Das haben sie wirklich schön gemacht.

19

Wir haben uns an das Schweigen um uns herum gewöhnt und an die Geschichten, die wir nicht verstanden haben. Wir wussten, wann wir besser nicht nachfragten, auch wenn hinten und vorne nichts stimmte. Wir merkten es gar nicht. Bevor wir etwas merkten, schalteten wir ab und füllten die Lücken in unseren Köpfen selbst.

Frau S. von der Stasi-Unterlagenbehörde hat gesagt, es gebe keine Akten. Deckel drauf und fertig. Mein Großvater, der Held meiner Kindheit, würde einer bleiben.

Was treibt mich eigentlich an?

Ich komme mir schäbig vor. Wie ein Praktikant beim *SPIEGEL*, der Anfang der 90er auf der Suche nach der Geschichte ist, die ihm zum Durchbruch verhelfen könnte.

Was unterscheidet mich von den DDR-Kaputtnicks, die bei ihren Nachbarn und Kollegen nach blinden Flecken und wunden Punkten gesucht haben?

Diese Diktatur hat ihre Legitimation vor allem aus der moralischen Idee gezogen, das andere, das bessere Deutschland zu sein. Das Deutschland ohne Faschisten! Aber offenbar hat sich hier die Blockwartmentalität über die Jahrzehnte gerettet, und auch in mir wohnt noch dieser gehässige Kleingeist, der sich über andere erhebt und ihnen zu beweisen versucht, dass sie etwas falsch gemacht haben. Es schüttelt mich, und ein bisschen habe ich das Gefühl, der Geschmack in meinem Mund würde sich verändern. Etwas säuerlich, etwas abgestanden.

Vorsichtig blättere ich durch die Fotoalben, die Tim aus der Wohnung von Eva und Paul mitgebracht hat, und schiebe die Unterlagen von links nach rechts, ohne sie zu lesen.

Ich denke an meine Fahrten nach Hohenschönhausen. Wie oft schon habe ich die hohen Mauern der Haftanstalt angestarrt?

Ich muss es mir doch wenigstens angucken, habe ich gedacht.

Jedes Mal, wenn ich von Hohenschönhausen, Torgau oder anderen Dunkelorten der DDR hörte, wurde ich von einer Schamwelle fortgeschwemmt, aus der ich mich nur langsam herauskämpfen konnte, indem ich sorgsam alles studierte. Ich versuchte, mir alle Geschichten anzuhören, alle Dokumentationen zu sehen und jedes Buch gründlich zu lesen. Jedem Gesicht, das mich von den matten Seiten ansah, einmal richtig in die Augen zu schauen.

Als könnte ich damit etwas ungeschehen machen, etwas heilen. Als könnte ich allen sagen, ich sehe euch, ich sehe euch wirklich und ich weiß, dass euch ganz fürchterliches Unrecht geschehen ist.

Aber warum? Woher kommt diese Scham? Das hat doch nichts mit mir zu tun. Selbst wenn die Eltern und Großeltern alles gegeben hätten, um dieses finstere Land am Leben zu halten. Selbst wenn Mutter persönlich Kinder an die Tore des Jugendwerkhofs gebracht hätte. Es war vorbei, lange bevor ich überhaupt davon wusste.

Ich kannte die Geschichten der Häftlinge, der Dunkelzellen, der Nasszellen, in denen die Gefangenen in kaltem Wasser die Nächte durchstehen mussten. Ich wusste von der weißen Folter mit Schlafmangel und von der harten Arbeit, der Zwangsarbeit, von der auch Firmen im Westen und im Ausland profitiert hatten; Quelle zum Beispiel oder IKEA. Ich wusste längst, das Land, das in meiner Familie noch immer als Versuch galt, eine Gesellschaft, die von Menschlichkeit und Solidarität mit den Schwachen getragen ist, aufzubauen, dieses Land hatte hinter den Mauern von Hohenschönhausen und anderen Gefängnissen Gräuel verrichtet, die an die Vorgängerdiktatur erinnerten. Gräuel, mit denen Menschen ihr Menschsein geraubt werden sollte.

»Jedes Land hat das Recht, seine Grenzen zu verteidigen«, hatte Opa Paul zu dir gesagt und dabei so ernst, wie es mit seinen Maulwurfsaugen eben ging, in dein Gesicht geblickt. So waren nun einmal die Gesetze. Wer nach drüben will, wird erschossen oder eingesperrt. Und das hatte ja auch alles seine Gründe. Der Westen hat den Osten leergekauft. Die Fachkräfte hat man abgeworben und gleichzeitig in der DDR billig eingekauft. Billig gewohnt und das gute Studium genossen im Osten und dann für viel Geld in Westberlin gearbeitet. Ist das gerecht? Macht man das so? Immer bloß nehmen?

Du stellst dir vor, du hättest Paul widersprochen.

Es weht ein ganz schöner Wind auf der Seebrücke, deshalb geht ihr lieber geschützt hinter den Bäumen. Opa Paul hat noch gesagt: »Willst du nicht eine Mütze von mir haben? Schau mal, ich habe einen richtig schönen Pudel, der hält ordentlich warm.«

Die Wellen toben im Wind. Sie fahren immer schneller an Land und überschlagen sich dabei. Die Schreie der Möwen schießen wie Pfeile durch die Luft.

»Jedes Land hat das Recht, seine Grenzen zu verteidigen. Die Leute wussten, was sie erwartet. Das wusste ich auch, als ich aus der Gefangenschaft geflohen bin.«

»Aber das ist doch schlimm. Es wäre Unrecht gewesen, dich zu erschießen, und es war genauso Unrecht, die Menschen, die in den Westen wollten, zu erschießen.«

»Ach, Stinchen, wir haben den Krieg begonnen.«

»Aber doch nicht du, du hast doch nicht den Krieg begonnen.«

»Das sind nun einmal die Gesetze. Wenn man sich an die nicht hält, endet alles im Chaos.«

»Aber wenn die Gesetze Unrecht sind? Wie bei den Nazis, zum Beispiel? Da gab es ja auch Gesetze.«

»Dieser Vergleich verbietet sich.«

Wenn du es bis hierhin geschafft hättest, würdest du nach ein paar stillen Schritten vielleicht doch noch fragen: »Wieso?«

»Du weißt nicht, wovon du sprichst, Stine, es reicht jetzt wirklich.«

Nichts davon ist meine Schuld.

Ich fühle mich dennoch schuldig, sodass ich mich noch nie hineingetraut habe in das dunkle Herz der DDR. Ich bin jedes Mal vorher abgebogen. Verschwunden zwischen Schulklassen und Touristengruppen, die lachend und neugierig auf die Gefängnismauern zugingen.

Einmal hat mich ein Mitarbeiter angesprochen: »Wollen Sie eine Führung machen?«

»Nein. Keine Führung. Ich möchte es mir nur ansehen.«

»Das geht nicht«, sagte er und ich holte schnell mein Smartphone raus und tat so, als müsste ich dringend etwas erledigen.

Ich versuche, von vorne anzufangen. Der Reihe nach.

Das kleine Fotoalbum, das ich als das älteste ausgemacht habe, gehörte Oma Eva. Von Opa Paul gibt es keine Bilder vor der gemeinsamen Zeit.

Ich öffne es vorsichtig und stolpere gleich über ein seltsames Bild. »Mein erstes Foto« steht darunter. Es ist winzig und zeigt eine Ziege. Das Bild ist schlecht, etwas verwackelt und das Tier lieblos zentral, angebunden an einen Pflock. Die Ziege gehörte wohl zum Haushalt der Familie Schalonski.

1954 hatte das Mädchen Eva Schalonski, die gut dreißig Jahre später meine Großmutter werden würde, also das erste Mal einen Fotoapparat in die Hand genommen und dieses Ereignis für so wichtig befunden, das dürftige Ergebnis zu dokumentieren. Die Sechzehnjährige hatte ihre Leidenschaft entdeckt und würde nun beginnen, weitere Fotos zu machen und damit ihr Leben festzuhalten.

Plötzlich denkst du an die ängstliche Frau, als die du deine Großmutter kennengelernt hast. Woher kam Evas Angst? Es sieht alles so schön aus. So ruhig und friedlich.

Eva Schalonskis Kindheit ist kaum ein Dutzend Bilder lang.

Sie ist 1938 zur Welt gekommen und in einer Kleinstadt, eine gute Stunde westlich von Berlin, aufgewachsen.

Als die kleine Eva lesen lernte, lag Opa Paul schon in den Schützengräben irgendwo bei Stalingrad. Das Kind hat den Krieg nicht gesehen. Auf den Fotos finde ich keine Bombenlücken, keine Ruinen.

Vielleicht hat sie Glück gehabt, denke ich. Vielleicht war der Krieg für sie gar nicht so schlimm. Sie hat ja auch nie darüber gesprochen.

Von Evas Vater, meinem Urgroßvater, gibt es nur ein Passbild. Vielleicht hat er »in Russland bleiben« müssen, vielleicht war er längst tot, als das Album angelegt wurde?

Zwei weitere Bilder zeigen den Großvater von Eva, der viel älter aussieht, als er sein kann. Alle sehen älter aus, auch Eva. Die Bilder, die sie als ernste Zwölf-, Dreizehn- oder Vierzehnjährige zeigen, unterscheiden sich nur in der Jahreszahl, die darunter geschrieben steht.

Eines der Bilder ist unscharf, weil Eva ihren Kopf wegdreht. Auch wenn man ihr sicher eingetrichtert hat, ganz still zu sitzen, ist sie vielleicht noch zu jung gewesen, um zu begreifen, was es mit der Belichtung des Films auf sich hat. Zugleich macht Evas Kopfbewegung das Bild lebendig. Ich kann sie lachen hören und die Mutter schimpfen. Auf dem nächsten Bild ist sie schon ein Schulkind, das artig die Hände auf der Schulbank übereinanderlegt und dem Betrachter entgegenlächelt, ohne sich zu rühren.

Auf die angebundene Ziege, die Eva 1954 fotografiert hat, folgen Porträts ihrer Mutter, Blumen, Landschaften und Tiere auf dem Hof. Beim Nähen sieht die Mutter noch etwas ernst in die Kamera, aber beim Ernten liegt eine große Rübe auf ihrer Schulter, und sie lacht breit über ihr ganzes schmales Gesicht.

Eva war ein schönes Mädchen. Ich finde sie sofort zwischen den vierzig anderen, mit denen sie auf dem Klassenfoto zusammensteht. Ihr Haar ist dunkel und zu einem Zopf geflochten. Ihre Augen funkeln mir sogar von dem matten Fotopapier entgegen.

Nach der Schule machte sie mit ihren Freundinnen Ausflüge in die Umgebung. Zwei Jungen spielten Gitarre und einer der beiden war ihr ein eigenes Porträt wert.

Eva Schalonski liegt im Gras, lacht und streckt mir die Zunge entgegen.

Woher ist die Angst gekommen?

Du rufst Tim an, und er sagt: »Oma war böse.«

»Wieso?«

Weiß er auch nicht, »aber eben so kalt und irgendwie falsch«.

Du erinnerst dich an die Schokoladenplätzchen mit der Mandel in der Mitte. Das waren deine liebsten. In deinen ersten Jahren machte Eva viele verschiedene Plätzchen in der Adventszeit, von denen du aber immer nur die Schokoladenplätzchen gegessen hast. Und irgendwann hat sie dann nur noch diese gemacht. Alle gleichgroß, die Mandel perfekt in der Mitte. So etwas gab es doch nirgendwo zu kaufen! Trotzdem hat sich das zu Westzeiten nicht mehr gelohnt, weil es dann ja alles zu kaufen gab.

In diesem Fotoalbum finde ich keine Antworten.

Wann ist aus dem Mädchen Eva die strenge Frau geworden? Die Frau, die kaum sprach und vielleicht auch gar nicht zuhörte. Die selten einmal laut lachte und mir schon gar nicht die Zunge rausgestreckt hätte.

Schon in den Alben, in denen sie die Mutter von Monika und Sabine geworden war, ist von dem Mädchen Eva nicht mehr viel übrig. Nichts von ihrer Schönheit oder ihrer Lebenslust. Da war ihr der Körper schon entglitten, das Lächeln zu einer Pose geworden, die sie für den Moment, in dem die Belichtungsklappe aufsprang, abrufen konnte.

Die Eva, die ich kennengelernt habe, hat nie allein das Haus verlassen. Ohne Opa Paul ging sie noch nicht einmal zum Konsum an der Ecke.

Die Eva, die ich kannte, hat sich die Zeiten aufgeschrieben, wann die Busse fuhren, von jeder Haltestelle. Und sie war immer mindestens fünf Minuten vor der Zeit dort. Die Eva, die ich kannte, ist nie auf den Balkon getreten und sah am Abend aus Angst vor Einbrechern nach, ob ihre Balkontür auch wirklich geschlossen war.

Die Eva, die ich kannte, hat gebacken und gekocht, und wenn es nichts mehr zu tun gab, hat sie ein Kreuzworträtsel gelöst oder eine Patience gelegt.

Am schönsten war es, wenn wir gemeinsam mit Katja und Tim Mensch ärgere dich nicht mit rückwärts Rauswerfen gespielt haben. Das konnte Stunden dauern!

Oma Eva hat mir Halma beigebracht und Canasta. Ich hatte jedoch nicht das Gefühl, dass sie gern spielte. Sie hat die Zeit verbracht und wollte ihr beim Verstreichen nicht bloß zusehen.

Die Eva, die ich kannte, sagte: »Es ist schon wichtig, auch ein bisschen Französisch und Englisch zu können, sodass man die Wörter zumindest richtig vorliest. Das gehört zu einer guten Bildung dazu.«

Sie war Bibliothekarin und ordnete ihr Leben in Stichpunkten.

In kleinen Kalendern notierte sie die Bücher, die sie gelesen, und die Filme, die sie im Kino gesehen hatte. Im Jahr 1961 waren es vor allem Briefe, die von einem Erwin kamen, und die Briefe, die an diesen Erwin gingen. Wer zu Besuch gekommen war und wer nicht, weil eine Magenverstimmung es verhindert hatte.

Die Ausflüge mit den Kolleginnen von der Stadtbücherei. Ordentlich markierte sie die Tage, an denen sie ihre Periode hatte. Sie war dreiundzwanzig Jahre alt und wahrscheinlich lachte man zu Hause schon über sie und Erwin, das alte Ehepaar, das einfach keine Kinder bekam und noch immer keinen Trauschein hatte. »Unser braves Evchen … schreibt immer nur Briefe …«

Bevor Oma Eva Opa Paul kennenlernte, ist sie viel herumgereist. Sie war sportlich und nicht nur ihre Tagebucheinträge bezeugten, dass sie nach dem Leben griff. Sie ist durch die kleine Republik gefahren, aber auch nach Prag und Warschau und wer weiß, vielleicht würde sie eines Tages sogar nach Moskau kommen!

Während ihrer Ausbildung fuhr sie regelmäßig zu den Eltern und blieb für ein paar Tage.

Im Juli dann noch eine kurze Reise mit Erwin nach Berlin: »E. holt mich ab. Berlin – Tierpark«.

Aber am 9. August 1961, während eines Urlaubs auf Usedom notierte Eva: »vorm. u nachm. a. d. Grenze. – abends Herr Bahrlow u. ich ausgegangen. – Strandterrassen«.

Und an allen weiteren Tagen nur noch: »Strandterrassen«.

In den Wochen und Monaten darauf kommen keine Briefe mehr von Erwin. Nur noch von Paul. So war das, so kam unsere Familie also auf mütterlicher Seite zustande.

Nach dem Tod von Opa Paul hat Oma Eva ihre Wohnung nicht mehr verlassen. Wenn wir telefonierten, sagte sie: »Das Alter ist nichts für Feiglinge, Stinchen.«

Vermutlich wollte sie sich damit Mut zusprechen. Mut für das Weiterleben. Für das Sichhinlegen, für das Einschlafen, für das Wiederaufstehen und für das Schweigen. Weiterschweigen. Nicht darüber zu sprechen, wie die Angst in sie gekrochen war. Wie aus dem Mädchen mit der Kamera und den Freundinnen die sprachlose Oma Eva geworden war. Die keinen Zopf mehr band, sondern sich die Haare bis auf wenige Zentimeter abschneiden ließ. Die immer nur Schürze und niemals mehr Lippenstift trug.

Aber Mutter kam täglich zu ihr zu Besuch und brachte ihr die Einkäufe. Dann trank Monika bei ihrer Mutter Eva einen Sekt oder einen Jägermeister, den sie vorher gekauft hatte, weil er auf dem Einkaufzettel stand, obwohl Oma Eva gar keinen Alkohol vertrug.

Mutter trank einen Sekt und Oma Eva aß ein Stück Kuchen, um dem Tod wieder einen Schritt näher zu kommen. Der Arzt hatte es verboten, denn sie war viel zu schwer, bewegte sich zu wenig und jeder Mückenstich, der sich entzündete, hätte zu einer Blutvergiftung werden können.

Ihre Welt wurde kleiner und kleiner und war ihr trotzdem noch zu viel. Zweieinhalb Zimmer. Es waren nur etwa hundert Meter zur Ostsee, aber sie tat keinen Schritt hin zum Wasser.

Aus ihrem Küchenfenster konnte sie die Kräne sehen. Und sie konnte sich vorstellen, wie das war, als das Stinchen noch jeden Sonntag angeradelt kam. Als sie Stine und Paul im Wohnzimmer quasseln hörte. Und wie Stinchen sich über das Essen gefreut hat. Es hat ihr doch immer geschmeckt. Manchmal blieb sie bis zum Kaffeetrinken!

Und dann war sie selbst auch wieder satt gewesen für den Rest der Woche. Da hatten sie etwas erlebt und konnten sich auch wieder etwas erzählen.

Seit sie allein war, erlebte sie nichts mehr und sie konnte ihren Paul auch nicht mehr fragen: »Na, wie ist es gewesen auf der Brücke? War das auszuhalten? War ja doch ein ganz schöner Sturm.«

Ihre größte Reise war die am Morgen vom Schlafzimmer in die Wohnung – es dort auszuhalten und erst am Abend wieder zu versinken und das leere Bett neben sich zu ertragen.

Als ihr Zustand schlechter wurde, verbarg sie es vor Mutter und Tante Sabine. Wenn sie es nicht mehr auf die Toilette schaffte, stopfte sie die vollgemachten Klamotten in Plastiksäcke und vergrub sie unten im Kleiderschrank hinter Pauls alten Jacken.

Monika und Sabine entdeckten die Säcke, wenn sie, unter dem Vorwand, das Geschirr in die Küche zu bringen, stattdessen dem Gestank folgten. Dann stellten sie die Säcke nach draußen und warfen sie später in die Mülltonne. Sie kochten noch einen Kaffee und fragten ihre Mutter, ob es nicht doch besser wäre, wenn sie für sie eine schöne Wohnung in der Altstadt suchen würden, eine mit Betreuung. »Reich mir doch mal die Fernbedienung, Moni«, sagte sie dann.

Eva richtete sich zu Grunde und dachte, es würde so vielleicht schneller gehen mit dem Sterben. Aber es zog sich. Sie fiel hin und hoffte, sie wäre tot. Aber ihr war nur kurz schwindelig geworden. Als sie wieder zu sich kam, merkte sie, dass sie zu schwer war, um aufzustehen, und musste warten, bis eine ihrer Töchter vorbeikommen würde. Vielleicht würde sie vorher sterben?

Aber so leicht stirbt es sich nicht.

Zum Arzt wollte sie nicht mehr. Was sollte der schon sagen? Sie war kaum einen Meter fünfzig groß, wog gut 130 Kilo, das müsste doch irgendwann reichen.

Zwölf Jahre nach Paul starb sie endlich an einem Schnupfen, der eine Lungenentzündung geworden war.

»Sammle alles ein, alles, was du kriegen kannst«, sagte ich zu Tim, als er mich anrief, um mir zu sagen, dass Oma Eva gestorben war.

Ich hätte Oma Eva auch gern einmal so lachen gesehen wie auf den Bildern. Ich hätte es gern erlebt, dass sie mir mal die Zunge rausstreckt.

Als ich nach Berlin zog, bat ich sie, mir eine Reihe Gewürze zu besorgen, die man so braucht, und dass sie mir auf die Unterseite schreibt, was man damit kochen kann.

Zwei Jahre später würde sie mich verraten, in diesem einen schwachen Moment, als ich sie darum bat, mit Mutter zu reden. Ich war schwanger mit Klara, und Mutter wollte mich disziplinieren, indem sie mir das Geld für das Studium strich.

Oma Eva schrieb nach unserem letzten Telefonat:

»Liebe Stine,

dieses soll kein Anfang einer Diskussion sein. Ich möchte Dir ein paar Denkanstöße liefern und Dich an einiges erinnern. Darüber solltest Du einmal in Ruhe nachdenken und Dein Verhalten überdenken …«

Keine Diskussion, natürlich nicht. Wie könnten wir?

Wieso glaubst du, dass der Krieg an ihr vorbeigezogen ist?

Irgendwas stimmt hier nicht, denke ich.

Wie bin ich überhaupt auf die Idee gekommen? Jahrgang 1938, da gab es keine Kindheit ohne Krieg. Zumindest ein paar Panzer werden doch mal durch den Ort gefahren sein und oben drauf standen vielleicht die Amerikaner, die den Kindern Schokolade, Zigaretten und »Tschuwinggam!« zuwarfen. War doch schließlich westlich von Berlin. Die Russen kamen da erst später, oder?

Ein seltsames Gefühl beschleicht mich. Hier stimmt etwas nicht, es fühlt sich nicht richtig an, wenn ich es wieder und wieder durchdenke. Es gibt etwas in den Bildern aus dem Fotoalbum, das Schmerz erzählt. Eine Einsamkeit vielleicht? Zu wenig Männer?

Ich tippe den Namen ihrer Geburtsstadt in die Google-Suchmaske und ergänzte WK II.

Tatsächlich. Alles, was ich mir anhand der Fotos und der Erinnerungen an Oma Eva zusammenfantasiert habe, ist falsch. Es stimmt gar nichts.

Die Kleinstadt westlich von Berlin wurde am 18. April 1944 von den Amerikanern aus der Luft angegriffen. Schon in den Jahren davor waren Flieger über Evas Kopf hinweggezogen, weil sich die Stadt direkt in der Einflugschneise zur Reichshauptstadt Berlin befand. Der Luftangriff selbst soll ein Versehen gewesen sein, sagten die Amerikaner später, aber die Angriffe galten wohl der Flugzeugfabrik im Ort. Ich lese von einem Zwangsarbeiterlager mit Soldaten aus der Sowjetarmee, Frankreich und den Niederlanden. Und ein paar Tage nach den verheerenden Angriffen zog ein Trauerzug durch die Stadt. Die Särge auf den Fotos im Internet sind mit Hakenkreuzfahnen geschmückt. Gesichter kann ich auf den Bildern nicht entdecken.

Für diesen Luftangriff hatten sich die Nazis gerächt. Noch war die Front weit weg, wenn auch der Krieg bereits verloren war. Die Luftwaffe blies zum Gegenangriff und holte 44 amerikanische Flugzeuge vom Himmel, die als Feuerbälle auf das Havelland hinabstürzten. Und im Jahr darauf rollten die sowjetischen Panzer durch die Stadt. Statt Schokolade zu bringen, schossen sie auf alles, was sich noch bewegte. Dabei kamen noch einmal viel mehr Menschen ums Leben als zuvor bei dem Luftangriff. Von den Häusern der Havelstadt stand, nachdem die Rote Armee sie überrollt hatte, nur noch ein knappes Drittel. Unter dem Kommando von General Keitel verteidigte der Volkssturm vergeblich jeden Stein, auch die, die nicht mehr aufeinander lagen.

Dass eben jener Keitel in Nürnberg zum Tode verurteilt werden würde, weil er die rassistischen Fantasien seines Führers in militärische Befehle übersetzt und so überhaupt erst den Vernichtungskrieg durch die Wehrmacht ermöglicht hatte, würden die meisten Jungen, die das letzte Aufgebot an der Havel bildeten, nicht mehr erleben.

Ich blättere noch einmal durch das Fotoalbum und finde – nichts. Keine Ruinen, keine Bombenlücken. Überhaupt keine Häuser. Nur Landschaft und Blumen, ein paar Kaninchen. Oma Evas lachende Mutter mit der Riesenrübe. Ein fremdes, schielendes Kind, das ich nicht zuordnen kann. Und die jugendliche Eva mit ihren Freundinnen. Wie sie da auf der Wiese liegt und mir die Zunge rausstreckt.

Hektisch blättere ich ihre Unterlagen durch. Eva hatte alles geordnet. Sogar die Grundschulzeugnisse, die ihr ein tadelloses Benehmen und beste Noten bescheinigten, hatte sie aufgehoben.

Ich stutze. Ein roter Zettel mit Tannenberg beschrieben, der Nazischrift? Den hatte ich bisher immer überblättert.

»Abmeldung (Odhlàška)«, steht in fetten großen Lettern über dem Zettel. Und weiter: »eines aus der Slowakei in das Reichsgebiet zur Arbeit Vermittelten«.

Es handelt sich wohl um eine Bescheinigung über Krankenkassen- und Sozialversicherungsbeiträge. Vielleicht für Häftlinge aus den Zwangsarbeiterlagern? Der Zettel ist abgerissen und sieht aus wie ein Schmierblatt. In den Lücken, die mit gepunkteter Linie anzeigen, dass hier Namen und Summen einzutragen sind, steht nichts. Eine Nummer, mit Bleistift notiert, verläuft quer über das Blatt, und ein Stempel, ebenfalls Tannenberg, vom 9. Juni 1946 verlautbart die Zugehörigkeit des Zettels zum Gesundheitsamt. Am 8. Juni 1948 wurde noch einmal das Amt und der Ort auf das Papier gedrückt. Aber mit neuem Stempel. Schnörkellose, schmale Buchstaben verweisen schon auf das Land, zu dem dieser Ort bald gehören würde.

In meinem Kopf breitet sich ein dumpfer Druck aus. Kann das sein? Hatten die Schalonskis auf ihrem Hof Zwangsarbeiter eingestellt? Oder hatte Evas Vater, der ja Dreher war und wohl in der Flugzeugfabrik arbeitete, vielleicht etwas damit zu tun?

Plötzlich fällt mir auf, dass dieses Papierchen das einzige Dokument aus der Nazizeit ist. Alles andere scheint vernichtet. Es gibt weder eine Geburtsurkunde noch ein Zeugnis der ersten Klasse. Dabei hat Eva in ihren Lebensläufen selbst geschrieben, dass sie 1944 eingeschult worden ist. Aber während sie die Zeugnisse von der Friedrich-Engels-Schule alle feinsäuberlich abgeheftet hatte, auch wenn sie ganz sicher niemandem mehr ihre Fähigkeiten in Handarbeit hatte nachweisen müssen, gab es kein einziges Dokument, das ihr Leben in der faschistischen Diktatur belegte. Kein Hakenkreuz im Fotoalbum, kein Reichsadler auf einer Urkunde. Vielleicht war es im Feuersturm der Roten Armee verloren gegangen, vielleicht hatten die Schalonskis auch alles vernichten wollen oder müssen.

Auf einem kleinen, gelochten und unsauber abgerissenen Zettel, in dessen Kopfzeile »Notizen« steht, hat Eva alle ihre Adressen aufgeschrieben. Aber erst ab 1950. Das muss das Haus sein, in dessen Hof die Ziege gestanden hat. Ich blättere noch einmal durch die Unterlagen. Zu hektisch, ich sehe gar nichts mehr, warum übersehe ich immer etwas? Es ist, als würde ich fieberhaft suchen, aber zugleich dürfte das, was ich mit meinen Augen erblicke, nicht in meinem Kopf ankommen oder zumindest nicht so, dass ich etwas erkennen und daraus Schlüsse ziehen könnte.

Noch einmal, langsam. Ich versuche, jede Zeile von jedem Papier in mich aufzunehmen und zu durchdenken. Auf dem Schwimmzeugnis finde ich tatsächlich eine weitere Adresse, unter der das Mädchen Eva Schalonski gemeldet ist. Als ich sie auf einer Karte suche, wundere ich mich – das ist die Adresse ihrer Schule. Vielleicht ein Irrtum? Vielleicht hatte sie den Freischwimmer im Unterricht gemacht? Dann endlich! Ein amtlicher Zettel mit allen Meldeadressen von Eva Bahrlow. Den muss sie sich besorgt haben, nachdem sie schon mit Opa Paul verheiratet war. Ihre erste Anschrift lautete: Straße der SA 11.

Dort fand das Leben der Familie Schalonski vor 1945 statt. Danach folgt auf dem amtlichen Schreiben ebenfalls die Adresse der Schule und später dann das Haus im Süden der Stadt.

Im Internet suche ich nach dem Zwangsarbeiterlager.

Gibt es vielleicht Hinweise darauf, dass Oma Evas Familie damit etwas zu tun hatte?

Aber es gibt nicht bloß das eine Zwangsarbeiterlager in der Havelstadt, die zu dieser Zeit gut 30 000 Einwohner hatte. Es gibt gleich dreißig. Davon ist eines ein Außenlager des Konzentrationslagers Sachsenhausen. In den Lagern leben etwa 5000 Menschen, deren Arbeitskraft für die deutsche Kriegsindustrie ausgebeutet wird. Sie sind über die ganze Stadt verteilt. Die Adressen, unter denen Oma Eva gelebt hat, sind umzingelt von Lagern. Wenn meine Großmutter damals auch erst sieben Jahre alt gewesen ist, diese Fremden können ihr nicht entgangen sein. Ebenso wenig wie der Krieg.

Schon Monate vor der letzten großen Offensive der Sowjetarmee im Frühjahr 1945 ziehen die Flüchtlingstrecks aus Ostpreußen durch das Havelland und auch durch ihre Heimatstadt. Sie sind auf der Suche nach Nahrung und einer Bleibe, aber die Stadt hat ihnen nichts zu bieten. Ihr Aufenthalt ist kurz, schnell ziehen sie weiter Richtung Westen, in der Hoffnung, bei den Amerikanern und Briten anzukommen, bevor die Sowjets sie holen.

Fast ihr ganzes Kinderleben lang hört Eva die britischen und englischen Flieger über sich heulen. Sie fliegen nach Berlin und bringen Bomben. Sie möchte nicht, dass Menschen in Berlin sterben, aber noch größere Angst hat sie davor, eine der Bomben könnte aus einem Flieger in die Straße der SA fallen, direkt auf ihr Haus oder das ihrer Freundin Käthe, die ja nur zwei Häuser weiter wohnt. Das passiert vor allem dann, wenn die Tommys nicht alle Bomben losgeworden sind. Dann werfen sie die übrig gebliebenen auf dem Heimflug ab.

An eine Zeit ohne Luftangriffe kann Klein Eva sich gar nicht erinnern. Trotzdem machen Fliegerlärm und Sirenen ihr jedes Mal wieder Angst. Bald schon muss sie ein neues Geräusch fürchten lernen. Vor den Toren der Stadt werden die Sowjets ihre Katjuschas, die gefürchteten Stalinorgeln aufstellen, die im Sekundentakt Raketen abschießen können.

Im April noch hatte es Flugblätter geregnet, auf denen stand – und das konnte Eva schon selbst lesen, denn sie hatte es ja gerade gelernt– »Sieg oder Untergang!«.

General Keitel, Heinrich Himmler und Martin Bormann hatten kurz zuvor den Durchhalteappell unterzeichnet, der dazu aufforderte, die Städte als wichtige Knotenpunkte bis zum Letzten zu verteidigen und jeden, der sich dagegen wehrte, zum Tode zu verurteilen.

In der Havelstadt bedeutete dies, dass alte Männer, denen die Sorgen und der Hunger der letzten Wochen tiefe Furchen in die Wangen gerieben hatten, Panzerfäuste in Kinderhände legten und ihnen zeigten, wie diese zu benutzen waren. Auf Bildern, die ich im Internet finde, erkenne ich Gesichter, die vielleicht zehn oder elf Jahre alt sind, wie sie ängstlich und gespannt zugleich den Alten zusehen.

Deserteure zogen durch die Straßen im Versuch, sich schnellstmöglich in amerikanische Gefangenschaft zu begeben. Sie hatten Angst vor der Rache der Sowjets. Sie wussten ja zu gut, was sie selbst angerichtet hatten.

Die Straße der SA, in der die Schalonskis lebten, wurde gleich zu Beginn der Kampfhandlungen ausgebombt. Sie waren rechtzeitig in den Bunker geflohen. Die Frauen weinten aus Angst vor den Russen. Auch Oma Evas Mutter hatte Angst. Sie hofften, die Amerikaner würden es noch schaffen. Sie könnten ruhig alles zerstören, aber wie sollte man die Barbaren aus Sibirien überstehen? Evas Mutter drückte ihre Tochter an sich: »Wenn der Russe kommt, musst du dich verstecken und dann presst du die Augen aufeinander und hältst dir die Ohren zu, dass du nicht sehen kannst, was er mit der Mama macht, hast du mich verstanden, Eva?«

So ging es gut zwei Wochen, bis auf beiden Seiten mehrere hundert Soldaten tot und tausende Zivilisten im Bombenhagel verendet waren. Die Innenstadt war vollkommen ausgebrannt.

»Det sieht aus wie dem Vadder sein Jebiss, nüscht hat's uns jelassen, das Bolschwistenpack!«, schimpfte einer, der die Frauen aus dem Bunker holte.

Nicht einmal ein Drittel der Häuser war noch ganz. Manche Familien waren aus Angst vor der Roten Armee in die umliegenden Wälder geflüchtet, auch wenn es Anfang Mai in den Nächten noch fror. Wieder andere fand man tot in ihren Häusern und Fabriken. Erschossen, erhängt.

»Sieg oder Untergang!«

Als das Morden endlich zu Ende und die Generäle verschwunden waren, ging das Mädchen Eva Schalonski in kleinen Schritten durch die Stadt, um bei den Bauern nach Eiern und Milch zu fragen. Mutter hatte sie fortgeschickt, sie musste wieder zum Russen.

Eva versuchte, auf ihrem Weg nichts zu sehen. Nichts zu hören.

Dafür brauchte sie sich ihre Ohren nicht mehr zuhalten und konnte auch mit offenen Augen schon ganz gut blind sein.

Die Toten hatte man an den Wegrand gelegt. Zuerst bekamen die Sowjets ein ordentliches Begräbnis. Von denen gab es genauso viele, wie von den Deutschen. Damit musste man auch erst einmal fertig werden. Die Arme und Beine der Toten waren seltsam verdreht. Eva sah weg.

Sie wollte niemanden von ihnen erkennen.

Sie roch nicht die Verwesung und auch nicht die verbrannten Tiere und Menschen.

Sie hörte kein Weinen, kein Klagen über die Verluste.

Und sie hatte sich auch vorgenommen, dass sie nicht mehr an ihre Puppe denken würde, die in ihrem alten Haus begraben lag.

Mutter hatte gesagt: »Jetzt ist der Krieg vorbei.«

Das hatte Eva sich so oft gewünscht.

Die Schalonskis wohnten nun in der Schule. Dort war es eng und laut, aber es waren auch viele Kinder da.

Bald könnte sie wieder eingeschult werden und endlich noch die restlichen Buchstaben lernen.

Dann würde sie vielleicht sogar mal ein ganzes Buch lesen können.

Es war ein ganz schöner Weg zu dem Bauern.

Je weiter sie lief, umso leichter fiel es ihr, nichts zu sehen und sich gar nichts einzuprägen. Sie setzte einfach einen Fuß vor den anderen und spürte, wie sich das anfühlte, wenn erst die Hacke den Boden berührt und dann die Zehen sich wieder abdrücken ...

Der Bauer freute sich, sie zu sehen, das hatte er schon lange nicht mehr getan.

Er gab ihr zwei Eier und ein ganzes Stück Butter!

VII

Was ich habe, will ich nicht verlieren,
aber wo ich bin, will ich nicht bleiben,
aber die ich liebe, will ich nicht verlassen,
aber die ich kenne, will ich nicht mehr sehen,
aber wo ich lebe, will ich nicht sterben,
aber wo ich sterbe, da will ich nicht hin:
Bleiben will ich, wo ich nie gewesen bin.

Thomas Brasch

20

Manchmal drohe ich zu verschwinden. Hinter den Geschichten der anderen, hinter den Dokumenten, hinter den Büchern, die sich wie eine Mauer auftürmen.

In den Jahren habe ich mir ein Fundament an Wissen zugelegt und trotzdem immer das Gefühl, dass es noch nicht reicht, dass ich mir kein Urteil bilden darf.

Und so viel ich auch sammle, es ist, als würde ich dem Kaleidoskop nur ein weiteres Steinchen hinzufügen. Das Bild zersplittert in immer kleinere Teile. Es ist ein Faszinosum, von dem ich nicht lassen kann, und ich möchte in jede Ecke schauen, alles erfassen, aber schon habe ich mich wieder ein Stück bewegt und da sieht es plötzlich ganz anders aus.

Eine schöne Art vor sich selbst zu fliehen. Vor den Albträumen, den Erinnerungsströmen und rastlosen Gedanken, die immer bloß im Meer meiner Schuldgefühle münden. Ein finsteres Wasser, ohne Inseln, ohne Land und rettendes Ufer. Unendlich und schwarz wie das All.

Es gibt ein Bild von mir, das mich bereits einen Monat nach meiner Geburt auf einer Demonstration für die Interessen der Arbeiterklasse zeigt. Auf dem Bild schiebt meine Mutter einen Kinderwagen vor sich her und lacht fröhlich in die Kamera. Auch Oma Eva, die neben ihr läuft, scheint den Spaziergang durch die Frühlingssonne zu genießen. Unter dem Bild in dem Album steht ein Datum: 1. Mai 1986. An mir hat es also nicht gelegen, dass es mit dem Sozialismus nicht geklappt hat.

Ein anderes Bild, das ich nicht finde, weil es in einem Album meiner Eltern klebt, zeigt Tim und mich bei einer festlichen Veranstaltung. Tim ist noch ein Baby, und ich blicke auf dem Arm meines Vaters schüchtern in die Kamera. Als ich Mutter einmal danach gefragt habe, hat sie mir erklärt, dass wir dort unsere sozialistische Namensweihe empfangen hätten. Ich wusste nicht, was das bedeutet, aber habe auch nicht gefragt.

Da in der DDR der Kommunismus und mit ihm auch der Sozialismus zur neuen Religion erhoben worden war, brauchte es auch Rituale. Deshalb versuchte man verschiedene Lebensabschnitte festlich voneinander zu trennen. Das erste Bekenntnis zum Sozialismus hatte bei der Namensweihe zu erfolgen und wurde durch die Eltern abgeleistet, die versprachen, ihre Kinder zu sozialistischen Persönlichkeiten zu erziehen. Das zweite Bekenntnis legte das Kind dann selbst ab. In der achten Klasse, also mit 14 Jahren, sollte das sozialistische Kind qua Jugendweihe in die Welt der Erwachsenen aufgenommen werden und musste dafür lauthals geloben, sich »mit ganzer Kraft für die große und edle Sache des Sozialismus einzusetzen«. Später wurde sozialistisch geheiratet und auch die Totenfeier konnte nun im Namen der neuen Staatsreligion abgehalten werden. Damit er auch wirken konnte, war es offenbar wichtig, seinen steten Glauben an den Sozialismus und den damit verbundenen

Fortschritt zu bekunden. Am besten so, dass alle es hörten – im Kollektiv.

Unsere sozialistische Nottaufe hatte kurz vor Schluss, 1989, noch stattgefunden. Man wusste ja nie, und außerdem gab es hundert Mark und ein Sparbuch für jedes Kind. Das konnte man immer gebrauchen.

Im Gegensatz zur Jugendweihe, die in der DDR einer Notwendigkeit gleichkam, hat sich die Namensweihe nie wirklich etabliert und wurde zum Ende der DDR kaum noch praktiziert. Wer keine Jugendweihe machte, hatte in der Schule mit Gängelungen und Demütigungen zu rechnen und durfte meist kein Abitur machen. Bei der Namensweihe war das anders. Sie war von den Betrieben auszurichten und die hatten darauf wenig Lust. Es kostete Geld und band Arbeitskraft. Manchmal mussten die Betriebe von höherer Instanz zu ihrem sozialistischen Glück gezwungen werden.

Ich weiß nicht, ob meine Eltern diese Feierlichkeit aus politischer Überzeugung eingefordert hatten oder nur des Geldes wegen. Vielleicht beides.

Sie waren auf jeden Fall von der DDR überzeugt und ihre Rituale bedeuteten ihnen etwas. Schon während ich mit Klara schwanger war, hat Mutter die Jugendweihe meiner ungeborenen Tochter herbeifantasiert.

Das war der Anfang unseres Streits.

Mutter sagte: »Und dann wird dein Kindchen ja auch irgendwann Jugendweihe haben!« Und ich: »Auf keinen Fall. Mein Kind hat keine Jugendweihe und mein Kind wird auch nicht geschlagen.«

Woher dieser Satz gekommen war, weiß ich nicht mehr. Er stand plötzlich im Raum, ist einfach aus mir rausgefallen, und ich habe mich selbst darüber erschrocken.

Stille.

Schweigen.

Jetzt bloß nicht ins Reden kommen.

Mutter nahm meine Ansage zur Kenntnis und stand vom Küchentisch auf. Kurz war ihr der Schreck in den Magen gefahren und von dort direkt ins Herz, hatte sich auf ihre Lungenflügel gelegt und einen Moment lang war ihr das Atmen schwergefallen.

Es tat mir gleich leid, denn ich wusste, wie sehr Scham brennen kann.

Als sie sich gefangen hatte, stand sie auf und räumte wortlos das Geschirr in die Spülmaschine. Ich wartete auf den Gegenangriff. Ich war bereit und auch schon einsichtig, selbst schuld zu sein. Wie war ich auf die Idee gekommen, dieses Thema anzusprechen? Dazu noch vollkommen unvorbereitet? Ich hätte mir doch vorab Gedanken machen können, was genau ich eigentlich von ihr wollte.

Es war nur so, dass ich mich in den letzten Wochen, als mein Bauch immer größer wurde, an vieles erinnerte, was ich zuvor zwar nicht vergessen, aber doch nicht für wichtig befunden hatte. Vielleicht lag es auch daran, dass sich nicht wenige dazu berufen fühlten, mir zu sagen, wie furchtbar sie es fanden, dass Kinder heute so verwöhnt werden. Dass man sie kaum noch erzog. Nicht einmal bitte und danke müssten sie sagen, wenn sie sich gerade nicht danach fühlten. In diesen Aussagen schwang der Wunsch nach Bestätigung mit. Dafür, dass ich nun dieses Kind, das in mir wuchs, ganz anders, also zu ordentlichem Benehmen und angemessener Leistungsbereitschaft erziehen würde.

Da fiel mir dann zum Beispiel ein, wie Tim und ich gelernt hatten, ordentlich mit Messer und Gabel zu essen. Wie selbstverständlich es war, dass einem jeder, von den Eltern über die Tanten und Bekannten, ständig auf die Finger schlug.

»Setz dich gerade hin!«

»Falsche Hand, die Gabel in die Linke!«

»Nun fass das Messer ordentlich an, spiel nicht mit dem Essen und sprich verdammt nochmal nicht mit vollem Mund.«

Mutter schwieg noch immer und räumte still vor sich hin.

In mir verzog sich alles, ich war bereit, jede Zurechtweisung und Strafe entgegenzunehmen, und wagte nicht, mich zu rühren.

»Was hältst du davon, wenn wir nachher in die Stadt gehen und ein paar Sachen für das Baby kaufen?« Ich bejahte sofort und sprang erleichtert auf.

Sie hatte vielleicht beschlossen zu ignorieren, was ich gesagt hatte, oder es mir nicht übelgenommen. So kann es eben auch gehen. Das kam schon mal vor.

Später, als wir gemeinsam durch die Altstadt liefen und ich in einem Ernsting's Family ein paar günstige Strampler für Klara aussuchte, plauderten wir über dies und das. Es war alles wieder in Ordnung, dachte ich.

Nachdem die Kassiererin den Betrag genannt hatte, sah ich zu Mutter rüber. Ich dachte, sie würde die Strampler bezahlen. Aber das war ein Missverständnis gewesen. Mutter lächelte zufrieden: »Es ist doch dein Kind ...«

Ich hielt der Kassiererin wortlos meine EC-Karte hin und hoffte, dass der Lohn für meinen Studentenjob schon überwiesen war. Ich wollte die Sachen nicht zurückgeben und ihr damit noch mehr Genugtuung verschaffen und ich wollte sie auch nicht anbetteln müssen. Ich wollte nur noch weg.

Zurück nach Berlin, zurück zu Hans, in meine Wohnung mit meinen Regeln.

Am Abend lag ich im Bett meines Kinderzimmers und versuchte zu weinen, um die bohrende Demütigung loszuwerden. Aber es ging nicht. Ich starrte bloß in die Zweige des großen Ahornbaums, der auf dem Hinterhof stand.

Wie bloß, wie bloß, wie bloß kann man ein Baum werden, dachte ich, ein Baum, ein Stein, ein Sandkorn am Strand, das nichts will und niemanden stört, das einfach nur ist und sich bewegen lässt von Wasser und Wind?

Ich hatte mich so erwachsen gefühlt für einen kurzen Moment. Gewalt, das würde es für meine Tochter nicht geben. Egal, was passiert. Aber das war nur ein Moment gewesen. Das Kind schlief in meinem Bauch, und ich fühlte mich so elendig klein und schwach, als wäre ich selbst noch eines.

Hatte das nicht auch die Frau im Theater gesagt?

Vor ein paar Tagen erst war ich an der Garderobe eingeteilt gewesen und hatte ihren Pelzmantel entgegengenommen. Da hatte sie den Kopf geschüttelt und zu ihrem Mann gesagt: »Wenn Kinder Kinder kriegen ...«

Mit meiner Kollegin hatte ich darüber gelacht und wir hatten uns gemeinsam Antworten überlegt, die ich der alten Schrulle hätte entgegnen können, wäre ich ausreichend schlagfertig gewesen. Aber vielleicht hatte sie recht.

Ich war eben erst einundzwanzig geworden, hatte ein Studium abgebrochen und ein zweites gerade angefangen. Seit man mir die Schwangerschaft ansah, trafen mich diese mitleidigen Blicke, und es war gar nicht so selten, dass mir jemand ungefragt sagte, er halte das alles für keine gute Idee und ich hätte besser aufpassen sollen.

Auch die Gynäkologin, zu der ich nach dem positiven Test gegangen war, hatte das Bedürfnis gehabt, mir als Erstes die Möglichkeit einer Abtreibung zu erläutern.

Den Test hatte ich auf der Toilette des Theaters gemacht, in dem ich jobbte. Und als der zweite Strich auf der Anzeige auftauchte, war mein erster Gedanke: Jetzt muss ich Weihnachten nicht mehr nach Hause fahren! Dann erst erschrak ich. Alles war so schnell gegangen. Viel schneller als gedacht. Aber ich freute mich trotzdem und erzählte es gleich allen.

Jetzt lag ich also wieder in meinem Kinderzimmer und fuhr mit meinem linken Zeigefinger die Körnchen der Raufasertapete ab. Wie Sterne, die miteinander verbunden ein Bild ergeben.

Fühl mal ... hier ... das könnte der große Wagen sein ... das kommt schon hin ...

Jeden zweiten Freitag ging Mutter zu Tante Elli. Dort tranken sie Sekt und schnatterten, was das Zeug hielt. An den anderen Freitagen ging Vater mit Onkel Hartmut zum Kegeln. Männerabend.

So war das, oder?

Und heute war Frauenabend.

Dein Bruder schläft oben im Bett. In eurem Doppelstockbett, das ihr vor Kurzem erst bekommen habt.

Das ganze Zimmer ist renoviert worden. Davon hast du auch Frau Petzold im Kindergarten erzählt. Du hattest jetzt einen eigenen Schreibtisch, weil du ja bald in die Schule kamst! Du konntest es kaum erwarten und hast dich manchmal schon an den Schreibtisch gesetzt und so getan, als würdest du über einer Hausaufgabe brüten, und du hast gesehen, wie das Lesen geht.

Jackie, die große Schwester von Nastie aus eurem Haus, die las manchmal Comics, und das ging so: Sie sah sich die Seiten richtig lange an und dann wusste sie, was drinstand. Also hast du das auch versucht. Du hast dir die Comicbilder aus dem Mickey-Maus-Heft sehr lange angeguckt und dich gefragt, ob man dich so wohl für ein Schulkind halten würde. Vermutlich schon.

Es riecht nach Bier und da war ein Geräusch, als du aufgewacht bist. Erst hast du dich erschrocken, aber dann wusstest du gleich, dass du ganz still sein musst. Wenn du die Luft anhältst und Augen und Ohren zumachst, passiert nichts. Das wissen viele gar nicht, dass man die Ohren von innen schließen kann. Antonia, aus dem Kindergarten, wollte dir das auch nicht glauben, als du es ihr erzählt hast.

Das Bier hatte eklig geschmeckt. Das war wirklich eine dumme Idee gewesen. Jetzt kam dir der Geschmack wieder hoch.

Vorhin hast du Vater gefragt, ob du mal probieren kannst. Immer wenn er nach Hause kommt, trinkt er ein Bier. Und beim Essen ein zweites. Und wenn ihr dann fertig gegessen habt und er die Beine ausstreckt auf deinem Stuhl und du neben ihm auf der Sitzbank sitzen darfst, gießt Mutter ihm noch eins ein. Es ist aus flüssigem Gold, und der Schaum oben am Glasrand sieht aus wie der Eischnee, aus dem Tante Sabine einmal Baisers gemacht hat.

Du hast ihn schon so oft gefragt und immer hat er nein gesagt. Heute hat er einen großen Schluck getrunken und gelacht. Der ganze Schaum hing in seinem Bart, und du hast dich an ihn gelehnt und gesagt:

»Nur den Schaum, bitte!«

Er hat den Schaum abgewischt und dir seinen Zeigefinger hingehalten. Du meintest eigentlich den Schaum im Glas. »Da, leck ab, dann kannst du auch einen Schluck trinken.«

Der Schaum hatte fast keinen Geschmack, nur ein bisschen bitter war er. Aber das Bier schmeckte eklig.

»Nicht ausspucken!«, mahnte er dich und Mutter schaute streng zu dir rüber.

»Wer A sagt, muss auch B sagen.«

Das sagte Vater immer. Wer A sagt, muss auch B sagen. Kann er hier nicht, Kanada. Warum hat der Teufel die Großmutter erschlagen? Weil sie keine Ausreden mehr hatte! Jedenfalls – ist der Kopf dicker als der Hals. Ei, was hab ich da entdeckt, zwei Erbsen auf ein Brett gezweckt …

Geschafft. Das Bier schmeckte gar nicht so, wie es aussah. Nicht nach Gold und nicht nach Baiser.

Jetzt ist alles wieder still. Du kannst die Ohren wieder aufmachen, aber nicht durch die Nase atmen.

Dein Nachthemd ist nass.

Oder ist das die Decke?

Nicht daran denken, Stine! Konzentriere dich.

Du darfst dich nicht bewegen, dann geht das Gefühl auch wieder weg. Mit deinem Zeigefinger fährst du die Punkte auf der Raufasertapete ab »… vier, fünf, acht und elf«.

Am nächsten Tag kam Hans aus Berlin, um mich abzuholen. Eigentlich wollte er noch bleiben, aber ich wollte wieder weg. Mutter schwieg den ganzen Morgen. Als Hans da war, kochte sie Kaffee und plauderte.

Dann sagte sie mir, dass sie mich finanziell nicht mehr unterstützen wird, sollten Hans und ich tatsächlich ohne sie und »Vati« heiraten.

»Okay«, sagte ich.

Mehr nicht. Ich nahm es einfach hin wie einen dumpfen Schlag in die Flanke, dessen Wirkung erst in der Ringecke einsetzt und einen überlegen lässt, ob es sich wirklich lohnt, noch weiterzukämpfen.

Während ich allmählich in den Ring zurücktaumelte und dem Kampfrichter fahrig signalisierte, ich könnte noch, dachte ich nach.

Ich. Werde. Nicht. Weinen. Nicht. Betteln. Nicht. Jammern.

Ich überschlug meine Einnahmen und Ausgaben.

Wie viele Sonderdienste könnte ich noch übernehmen?

Vielleicht sollte ich gleich mal Henry anrufen, der freut sich meistens, wenn jemand für ihn einspringt.

Wenn wir jetzt gleich nach Berlin fahren, dann könnte ich heute Abend noch arbeiten, oder?

Hans sagte: »Komm.«

Und wir standen auf, um zu gehen.

»Sag es, was habe ich dir getan?«, zischte Mutter.

Mit dieser Frage hatte ich nicht gerechnet. Ich blieb auf der Treppe stehen. Aber was sollte ich antworten? Vater saß schweigend am Küchentisch und starrte wie immer dumpf vor sich hin.

»Hattest du eine schlimme Kindheit?« Mutters Ton wurde zynischer.

Natürlich wollte sie nicht wirklich eine Antwort haben.

»Ach, jetzt bist du plötzlich ganz still.«

Ich musste aufpassen, jedes falsche Wort, jeder Versprecher, alles würde gegen mich verwendet werden. Mutter konnte aus dem winzigen Nichts einer Unüberlegtheit dünne Fäden spinnen, die sie einem als Schlinge um den Hals legte und blitzschnell zuzog.

Mein Herz raste wie verrückt. Es war schlimmer als gestern, als ich einen Moment lang die Beherrschung verloren und versucht hatte, Mutter eine Grenze zu setzen. Aber wann, wenn nicht jetzt?

»Ich dachte immer, dass du mich hasst«, sagte ich leise, aber da schrie sie schon.

Was ich mir denn erlauben würde und dass das alles Lügen seien und dass ich das mache, um die Familie zu zerstören, und noch einiges, an das ich mich nicht mehr genau erinnere, weil mir plötzlich die Beine weich wurden und ich mich nicht länger halten konnte.

Als ich wieder zu mir kam, sagte Vater auch mal was: »Das haben wir immer an dir gehasst, Stine, dass du so hysterisch bist.«

Da hat Hans gesagt, dass wir gehen und erstmal nicht wiederkommen.

21

»Ick finde ja, dass wir jetze überhaupt nüscht mehr mitte DDR zu tun haben. Wir ham det ja nich mehr richtich erlebt mitter Stasi zum Beispiel, wie det allet jelofen is und so«, sagt Hanno, während er mir ein Bier zapft.

Hanno ist der zweite Kellner in meiner Stammkneipe und genauso schwul wie Ricardo. Er trinkt keinen Alkohol, sondern immer große Spezi, weil er Epileptiker ist.

»Aber du hast doch mal erzählt, dass dein Vadder über die Grenze ist und dabei fast ertrunken und dann gekascht wurde. Dass er im Gefängnis war, völlig kaputt ist und du ihn deshalb nicht kennengelernt hast.«

»Kennjelernt hab ick ihn schon, nur nich lieben ...«

»Aber das wäre doch ohne DDR alles nicht passiert.«

Hanno zuckt mit den Schultern und für mich sieht das so aus, als gäbe er mir recht.

»Meine Mutter globt, dass ick mit'n Vadder zu Hause jar nich schwul jeworden wär.«

»Also wärste ohne den Sozialismus nich schwul jeworden, wat ick allerdings äußerst schade fände, Hase!«, flötet Ricardo, als er an den Tresen tritt. Er sieht mir in die Augen: »Auf den Sozialismus, ihr Mäuse!«

Er war kurz auf der Toilette und gibt Hanno nun zur neuerlichen Begrüßung einen ausgiebigen Kuss. Aber Hanno stößt ihn von sich.

»Mann, du hast noch die janze Nase voll.«

Wenn Koks im Spiel ist, bin ich raus.

»Ich bin müde. Kannst du mir die Rechnung machen, Hanno?«

Das *Melodie* ist diesmal kein guter Ort für mich.

»Bleib doch noch, komm, ich mach dir noch'n Bier.«

Als ich denke, dass ich mich für Ricardos langsamen Absturz nicht verantwortlich fühlen will, habe ich ein schlechtes Gewissen. Wir sind ja vom selben Stern in diese Stadt gefallen, und ich weiß, wie weit der Weg ist und wie kalt das All sein kann.

»Nein, heute nicht. Ich muss morgen früh ins Archiv, ich habe nur diesen einen Termin, sonst muss ich ein ganzes Jahr warten.«

Das Bier steht schneller da, als ich nein sagen kann, und schon sehe ich, wie ich mein Glas an seines stoße und dann geht es eben doch noch eine Runde. Außerdem ist Ricardo der einzige Kokser, den ich mag.

»Sagt mal, schwul in Brandenburg, das war doch bestimmt auch scheiße.« Ich denke, wenn schon denn schon, dann sollen sie mir wenigstens was erzählen.

Aber Hanno und Ricardo schweigen synchron.

»Ich war mal vor ein paar Jahren zu Hause, da liefen zwei Typen Hand in Hand durch meine Straße, und ich habe sofort gedacht: Ihr seid Touristen ...« Es ist ein bisschen eklig, dass ich die beiden dazu bringen möchte, dass sie mir doch jetzt bitte erzählen mögen, wie ihre Klassenkameraden sie fertig gemacht und die Skinheads sie über die Landstraße gejagt haben. Aber Hanno und Ricky sind nicht wehrlos. Sie schweigen noch immer, und das ist vielleicht das längste Schweigen, das es im *Melodie* jemals gegeben hat.

Als dann auch noch die Playlist zu Ende ist, beginnt die Stille auf unsere Gemüter zu drücken.

Eine gute Gelegenheit für Ricardo, aufzustehen und sich von mir zu entfernen.

Er geht an den Computer, von dem aus die Musikanlage gesteuert wird, und sucht nach »Rickys Ost-Hits«, was er demonstrativ vor sich hinmurmelt.

Hanno beäugt ihn skeptisch.

»Scheiße war vor allem Klein-Ricky hier, der det größte Arschloch war vom Oderbruch.«

»Vorsicht, Freundchen!«

»Ah, ha! Na los, Großer, steh doch zu dein'n Taten. Mach'n Rücken grade und deim Herz'n Luft!«

»Det größte Arschloch war ick nich, aber reinjekrochen bin ick immer als Erster, in dem Steven Rohloff sein Hinterteil. Da konntste dir nämlich am besten verstecken ...«

Und dann erzählt Ricardo, Ricky, eben doch davon. Vom Prügeln und Klauen, Scheißebauen, Drogen und dem ganzen Mist.

Und von Katharina Spiegler. Kathi.

Gleich nach der Einschulung ist es losgegangen. Kathi hatte einen Scout-Ranzen, als Einzige in der Klasse. Und das war, da waren sich alle sicher, weil Kathi ein Scheiß-Bonzen-Kind war. So genau wusste keiner, was Katharina Spieglers Eltern machten, aber der Scout-Ranzen war ein eindeutiges Indiz.

Außerdem kann einen das wirklich wütend machen, wenn eine allein so viel mehr hat als alle anderen.

Fünf Minuten vor dem Abklingeln der letzten Stunde begann Kathi, ihre Hefter und die Federtasche in ihren schönen Scout-Ranzen zu packen, und das möglichst leise, damit die Lehrerin es nicht bemerkt. Das ist natürlich schwierig, wenn man ganz vorne sitzt. Andererseits war sie vorne rechts auch sehr dicht an der Tür.

Ricardo saß neben Steven, und die beiden mussten schon lachen, wenn sie Kathi von hinten beobachteten. Sie konnten sehen, dass das Mädchen sich gegen den Drang wehrte, sich umzudrehen und nachzusehen, ob Steven und er es wirklich auch heute wieder auf sie abgesehen hatten. Das hatte sie sich in den ersten Wochen in der Schule mühsam abgewöhnt, um gar nicht erst Aufmerksamkeit zu erregen.

Am besten lief es für Ricky und Steven, wenn die Lehrerin merkte, dass Kathi schon den Ranzen packte. Dann gab es gleich noch Ärger für das Mädchen.

»Den Unterricht beende ich, Katharina Spiegler! Sachen auspacken.«

Wenn das passierte, hatte sie wirklich keine Chance mehr.

Sobald es klingelte, musste Kathi rennen. So schnell sie konnte. Die Treppen runter, über den Schulhof und dann hoffen, dass die Ampel grün ist und dann weiter, das waren mindestens 800 Meter, das ist ganz schön weit, wenn man sechs Jahre alt ist und es zu Hause alles zu fressen gibt, was die Kaufhalle an Süßkram bereithält, erklärt Ricardo.

Je nachdem, wie viel Vorsprung sie durch das Ranzenpacken hatte, standen Kathis Chancen besser oder schlechter.

»Eigentlich war's besser für sie, wenn wir sie direkt auf'm Schulhof jekricht ham.«

Hanno hält mir ein leeres Bierglas hin, und ich nicke.

»Dann ham wir sie nur rumjeschubst und ihr'n Turnbeutel auf das Trafohäuschen jeworfen oder so. Dann musste sie halt zum Hausmeesta und um Hilfe betteln.«

»Du darfst dich nicht immer mit den anderen Kindern streiten, Katharina«, kommentiert Hanno, als er mir das Bier reicht.

»Man weeß ja och nie nich, wer hier anjefang'n hat«, ergänzt Ricky genauso zynisch wie die innerliche Lehrer-Erzieher-Hausmeistergarde, die sich auch in meinem Kopf gerade schon formiert.

Schlimmer, erzählt Ricky weiter, sei es gelaufen, wenn Kathi es bis in die Siedlung geschafft hätte. Denn da wäre überhaupt niemand mehr gewesen, der dazwischengegangen wäre.

»Ick weeß noch, wie wir sie'n paar Mal janz kurz vor ihrer Wohnung erwischt ham. Und dann runter auf'n Boden, Jacke über'n Kopp und immer schön treten, so an die Beine und auch mal in'n Bauch. Und dann ham wa jespielt, Ranzen spucken.«

Ricky erzählt immer hektischer. Er muss die Sache jetzt schnell loswerden.

Ranzen spucken – der schöne Scout-Ranzen wurde in die Mitte gestellt. Ein Kreis wurde darum gezogen, und dann durfte jeder sein Glück versuchen und auf den Ranzen spucken. Drei Runden. Wer am häufigsten getroffen hat, hat gewonnen. Wenn mehrere die gleiche Punktzahl hatten, dann gab es Stechen.

»Na, und irgendwann war's halt nich mehr Ranzen spucken, sondern Kathi spucken.«

»Du warst so ein Arschloch, Ricardo.«

»Ja, scheiße, ick weeß. Das ist doch sogar so, dass ick noch manchmal an die denk.«

Es fällt mir schwer, mir den schmalen, lieben Ricky als einen der brutalen Jungen vorzustellen, wie ich sie auch in meiner Schulzeit kannte. So ein Danny oder einer auf der Straße, dem man das gleich ansah, dass er genau so etwas mit einem vorhatte, wenn man nur blöd guckte.

»Was ick aber richtich krass fand, war, dass Kathis Mutter immer am Küchenfenster stand und zujekiekt hat. Die hat nüscht jesacht. Nich ein Mal.«

Genau so war's, denke ich.

Genau so war das damals.

»Ick weeß nich ma mehr, warum wir mit der Scheiße uffjehört ham.«

Aus der Musikanlage trompeten die Tröten die ersten Takte von Nina Hagens »Du hast den Farbfilm vergessen«. Ricky springt erleichtert auf.

»Ha! Jetzt wird aber jetanzt, Süße.«

Ich stehe auf und lege Hanno einen Zehn-Euro-Schein hin.

»Auf gar keinen Fall, ich muss ins Bett.«

»Nee, nee, nee Madame ...«

Ricky greift nach meinen Armen und versucht, mit seinem lauten Singen die bösen Geister von früher aus dem Raum zu vertreiben.

»Du weißt ganz genau, dass ich zu dem Lied nicht tanze.«

»Mach doch eine Ausnahme, nur für mich, nur für heute.«

»Nein, für Pädos mache ich keine Ausnahme. Kein Michael Jackson und keine Lieder, die Kurt Demmler geschrieben hat.«

»Ja, du hast ja recht, aber ick hab die Playlist durchjekiekt, nachdem de mir das erzählt hast, und dann könnt ick ja fast nüscht mehr davon hör'n.«

Ich werfe Hanno einen Luftkuss zu: »Bis bald.«

Und bin endlich wieder an der frischen Luft.

Ich will noch ein bisschen laufen. Das kann doch alles nicht sein, denke ich, das ist alles noch genauso da, als wäre es nicht schon ewig her. Und wenn ich jetzt hier fünf Minuten die Straße hochgehe, dann bin ich am Ku'Damm, und wenn ich den rechts runter laufe Richtung Schöneberg, dann kommt auch schon bald das KaDeWe. Das mache ich jetzt. Ich laufe zum KaDeWe und gucke in die Schaufenster.

Als ich mir für den Weg etwas Musik anmachen will, sehe ich, dass Tim versucht hat, mich anzurufen. Mehrfach, aber da ich das Handy meist auf lautlos stelle, habe ich ihn verpasst.

Ich drücke auf Rückruf, aber er nimmt den Anruf nicht entgegen und schickt mir stattdessen eine WhatsApp:

»liege im bett«

»was war denn?«

Es folgt eine Reihe Fotos. Ich erkenne sofort, dass es sich um einen Brief von Mutter handelt. In ordentlicher Schreibschrift, leicht schräg nach rechts und ohne ein einziges Komma, da Mutter nur in Hauptsätzen schreibt. Sie bittet ihn um Hilfe.

Sie würden sich Sorgen um die Enkelkinder machen. Sie hätte sich jetzt viele Gedanken gemacht und sei zu dem Schluss gekommen, »Vati ist übrigens auch dieser Meinung«, dass ich, also »deine Schwester Stine«, krank sei. Und das sei das Schlimmste, was Kindern passieren könnte, dass ein Elternteil psychisch krank sei. Sie führt noch ihre ausführliche Expertise als Erzieherin und Erfahrung als Sozialpädagogin im Jugendamt an.

Tim schreibt:

»keine ahnung, was die will.«

»na, du hast doch drei semester jura studiert.«

»soll heißen?«

»sie will klagen, dass sie die kinder sehen darf. vielleicht auch mehr. ich traue der alles zu!«

»glaub nich«

»wetten?«

»ich bin kein anwalt«

»sie ist auch keine soziale pädagogin …«

»ich muss jetzt mal penn«

Ich drehe die Musik lauter und denke, ich weiß immer, was die will. Und es nützt gar nichts, mir einzureden, dass es nicht so wäre. Es passiert immer das, was ich als Erstes denke oder etwas Schlimmeres.

22

Im Bundesarchiv war ich noch nie und befürchte, dass man mir das anmerkt. Zwar weiß ich, was ich suche, aber nicht, was mich erwartet.

Ich stelle es mir ungefähr so vor: ein großer, hell ausgeleuchteter und sachlicher Raum, in dem viele schlaue Menschen an Leseapparaten sitzen, von denen ich nicht weiß, wie man sie bedient. Kaum wäre ich angekommen, würde ich sicher irgendetwas fallen lassen, etwas unwiderruflich kaputt machen, löschen oder sonst wie zerstören.

Dass ich überhaupt einen Termin bekommen hatte, war bloßer Zufall.

Oder Bestimmung, vielleicht. Fast zu schön, um nicht daran zu glauben.

Auf jeden Fall ließen es die Umstände nicht zu, dass ich den Termin einfach so verstreichen lasse, denn wegen der Pandemie ist alles eingeschränkt, und Lese- und Arbeitsplätze sind knapp.

Den nächsten freien Slot gab es erst in sechzehn Monaten. Deshalb reservierte ich, ohne lange nachzudenken, und schrieb gleich eine Mail an einen mir unbekannten Empfänger.

Da ich wusste, welche Signaturen ich brauchte, bat ich in einer sehr freundlichen Nachricht um diese kurzfristige Bereitstellung. Eigentlich war das unmöglich, aber ich würde am nächsten Morgen einfach sehr früh ins Archiv radeln und es versuchen, und vielleicht hatte ich ja Glück.

Das war es gewesen, mein Tagwerk gestern, bevor ich mit Hanno und Ricky etwas zu lang beieinandergehockt hatte. Zu viele Zigaretten und vielleicht auch ein bisschen zu viel Alkohol, aber das würde ich mir schon aus dem Kopf strampeln.

Das Bundesarchiv liegt am südlichen Rand von Berlin in Lichterfelde, einer Villengegend, in der man noch immer die Spuren der amerikanischen Besatzer erkennen kann.

Mit dem Fahrrad brauche ich eine gute halbe Stunde. Es ist eine schöne Strecke am Botanischen Garten vorbei. Sollte das heute nichts werden, dann könnte ich hier zumindest noch ein bisschen spazieren gehen. Durch eine Allee finster funkelnder SUVs hindurch fahre ich schließlich auf die alte Kaserne zu.

Die Geschichte der Gebäude kann mit den Archivbeständen durchaus mithalten. Sie sind im 19. Jahrhundert als *Preußische Kadettenanstalt* errichtet, nach dem ersten verlorenen Weltkrieg erst als Gymnasium und später von der *Leibstandarte SS Adolf Hitler* genutzt worden und nach dem zweiten verlorenen Weltkrieg von den Amerikanern besetzt und ausgebaut.

Nachdem ich meinen Personalausweis vorgezeigt habe und man mich gemahnt hat, den Spindschlüssel auch wieder zurückzubringen, das würden viele nämlich vergessen, suche ich meinen Weg über das weite Gelände. Mit etwas Pflege könnte es hier durchaus ganz schön sein, denke ich. Es gibt viel Platz, auch viel Grün, und ich stelle mir vor, mit Freunden ganze Sommertage hier zu verbringen und zwischendurch immer mal in das Gebäude zu gehen, um zu verstehen, wie man hier gelandet ist. Und dann geht man wieder raus und isst ein Stück Melone auf der Picknick-Decke. Den Schwindel, der einen manchmal befällt, wenn man versucht, die Schwindel der Vorfahren zu entwirren, müsste man nicht allein kurieren.

Überhaupt wäre es doch schöner, mit all dem nicht immer so allein zu sein.

Am Mitarbeitertresen liest ein Herr in blau kariertem Hemd über der Jeans meinen Benutzungsantrag mit Skepsis.

»Ich hatte gestern Abend noch eine E-Mail geschickt.«

»Ach, Sie sind die E-Mail.«

»Es wäre wirklich toll, wenn das klappt. Ich weiß, dass es eigentlich nicht geht, aber ich wäre Ihnen über alle Maßen dankbar.«

»Ich muss eine Kollegin fragen, einen Moment.«

An den Tischen sitzen schweigende Menschen mit Fotoapparaten und Laptops, die konzentriert vor sich hinarbeiten.

Die Anfrage, die mir die Signaturen beschert hat, nach denen jetzt hoffentlich gesucht würde, betraf Opa Paul. Ich habe sie gleich gestellt, nachdem Tim mir die Unterlagen aus Oma Evas Wohnung gebracht und ich diese hektisch durchgeblättert hatte. Mir waren als Erstes die zahlreichen Preise aufgefallen, die man ihm in der DDR verliehen hatte.

Als ich ihre Bedeutung im Internet recherchierte, konnte ich mir besonders auf einen keinen richtigen Reim machen.

1988 hatte man Opa Paul, da war er schon längst wegen seiner Maulwurfsaugen verrentet, die Johannes-R.-Becher-Medaille verliehen. Dabei handelte es sich um die höchste Auszeichnung des Kulturbundes der DDR, die für »Verdienste um die Entwicklung der sozialistischen Nationalkultur« vergeben wurde. Anna Seghers zum Beispiel hatte eine bekommen.

Worin Opa Pauls Verdienste für die sozialistische Nationalkultur lagen, wusste ich nicht. Davon erzählt hatte er jedenfalls nicht. Deshalb hoffte ich, im Bundesarchiv etwas zu finden. Vielleicht gab es ja eine Korrespondenz zur Auswahl preiswürdiger Personen, vielleicht auch die Festrede?

Meine erste Anfrage wurde relativ schnell beantwortet. Ja, es gäbe etwas und man sei mir gern behilflich. Ich hatte aber alles wieder zur Seite gepackt. Aus Angst vor dem Archiv und vor dem, was es für mich bereithielt.

»Ist Mikrofilm«, sagt der Mitarbeiter, als er wieder zu mir an den Tresen kommt.

Das hatte ich befürchtet.

Flüsternd erklärt mir der Mann das Gerät.

Es scheint gar nicht so schwierig zu sein und ist auch praktisch. Man kann sogar Screenshots machen und sie sich an die eigene E-Mailadresse schicken. Es fällt mir trotzdem schwer, alle Arbeitsschritte zu verinnerlichen. Ich muss immer daran denken, dass der Mikrofilm unter meiner Nutzung reißen könnte und ich beschämt mit dem beschädigten Archivgut zum Tresen tapern würde.

Schließlich lässt der Mann mich allein.

Neben der Verleihung der Becher-Medaille 1988 befindet sich noch jede Menge Material zum Kulturbund und zu anderen Preisverleihungen auf den Mikrofilmen.

Aber zu Opa Paul finde ich nichts.

Nichts dazu, wer ihn nominiert hatte, und auch nicht, wofür.

Das ist schon wieder so absurd, dass ich einmal laut lachen muss. Dafür ernte ich direkt einen finsteren Blick vom Tresen, aber ein älterer Herr lächelt freundlich zu mir herüber. Vielleicht bin ich hier gar nicht ganz allein und der ein oder andere arbeitet sich ebenfalls durch sein Familienschlamassel.

Trotzdem war die Fahrt nach Lichterfelde nicht umsonst. Auf dem Lesegerät hat sich mir eine absurde Welt offenbart.

In der sozialistischen Planwirtschaft hatte man mit Hilfe von hunderten verschiedenen Auszeichnungen, Orden, Ehrennadeln und Preisen versucht, die Arbeitskraft zu steigern, die Bevölkerung zu disziplinieren und die Identifikation mit dem Staat und seiner Ideologie zu festigen. Hunderte Auswahlverfahren mussten jedes Jahr durchlaufen, Urkunden gedruckt, Medaillen und Anstecknadeln hergestellt werden. Dazu gab es noch Sach- und Geldprämien. Reisen und Kuraufenthalte wurden verschenkt und zahlreiche Festakte mussten geplant und gestaltet werden.

Ich habe mich durch die Korrespondenzen des Kulturbunds aus den 70er und 80er Jahren gewühlt. Regelmäßig wurden die Untersektionen gemahnt, geeignete Kandidaten für die Becher-Medaillen und Ehrennadeln zu melden. Die Ernsthaftigkeit des Unterfangens wirkt auf mich befremdlich. Im Januar 1973 zum Beispiel begründet das »Staatliche

Komitee für Fernsehen beim Ministerrat der DDR« auf fünf eng beschriebenen Seiten, warum ein »Kollektiv der Redaktion der Nachrichtensendung ›Aktuelle Kamera‹« mit der Becher-Medaille in Gold ausgezeichnet werden sollte. Wenn man das liest, bekommt man direkt das Gefühl, ohne diese Leute ginge gar nichts mehr im Land. Zwei Monate später kommt die knappe Antwort. Ein Dank für den Vorschlag und die Medaille gibt's, aber nur in Silber. Ohne weitere Begründung. Die Hierarchie wird sichtbar. Oben steht, wer schweigen darf, wer nicht begründen und sich nicht rechtfertigen muss.

Die Korrespondenzen allein zur Becher-Medaille spinnen ein feines Netz von Verpflichtungen, Abhängigkeiten, Zugeständnissen und Fragwürdigkeiten durch die sozialistische Republik mit Berlin als Zentrum. Was die Fäden zusammenhält, ist die Akzeptanz dieser aberwitzigen Prozedur. Jahr um Jahr gibt es Vorschläge und Begründungen. Wieder treffen Vorschläge zu spät ein. Andere werden kommentarlos abgelehnt. Die meisten akzeptiert. Manche auf später verschoben.

1980 fehlen plötzlich Medaillen und Urkunden, und es droht alles durcheinanderzugeraten.

Besorgt schreibt Berlin:

»Genosse H. weist mich mit Recht darauf hin, daß die Situation mit den Becher-Medaillen sich immer noch nicht geändert hat und daß wir im Monat Mai keine Becher-Medaillen verleihen können, wenn bis dahin diese Frage nicht geklärt ist.

An welche Stelle der Partei müßten wir uns wenden, daß wir entsprechende Unterstützung erhalten? Soll ich an den zuständigen Minister schreiben? Sollten wir zwischendurch einmal auf Grund der Beziehungen, die die CDU und Genosse H. haben, die Medaillen wo anders herstellen lassen? Dabei geht es auch nicht nur um die Medaillen und Anstecknadeln, sondern auch um die Kästchen. Auf der Aktivkonferenz in Rostock habe ich z. B. die Becher-Medaille mit überreicht und es blieb doch ein ungutes Gefühl, wenn man nur die Nadel überreichen kann.«

Ich suche auf Ebay nach Becher-Medaillen und werde fündig. Für etwa zwanzig Euro könnte ich mir den kompletten Satz in Bronze, Silber und Gold bestellen.

Die prominentesten unter den Geehrten werden in Berlin bei einem zentralen Festakt um Bechers Geburtstag herum gewürdigt. Ein Abend voller Ideologie, voller Lob auf Sozialismus und Vaterland.

Alle anderen bekommen ihre Medaillen und Urkunden zu passenden Gelegenheiten. Zum Geburtstag der Republik zum Beispiel oder an anderen hohen Feiertagen. So lauteten zumindest die Weisungen aus Berlin. Urkunden und Medaillen, die nicht rechtzeitig produziert werden können, werden nachgeschickt. Die Übergaben verschoben.

Ich stelle mir vor, wie ähnliche Korrespondenzen zu den hunderten Preisen und Auszeichnungen geführt werden. Es ist eine ganze Industrie. Eine, die ganz lautlos nach dem Mauerfall verschwand und scheinbar von niemandem vermisst wurde.

Bereits im Dezember 1989 sind viele Prominente DDR-Bürger bemüht, ihren Nationalpreis, Vaterländischen Verdienstorden oder ihren Stern der Völkerfreundschaft zurückzugeben. Da kamen die Amts- und Funktionärsstuben aus dem Tritt. Das Jahr war nun nicht mehr geordnet nach den Feierlichkeiten und Festtagen, die es zu organisieren galt. Die Wertschätzung, die dem gesellschaftlichen Gefüge Stabilität geben sollte, war nicht mehr gewünscht, schlimmer noch, sie wurde verweigert und sogar gefürchtet.

Plötzlich hatte sich die Bedeutung der wuseligen Preisverleiherei verkehrt. Dabei hatte sich eigentlich nichts geändert. Die Klimpermarken an Metallspangen hatten für alle sichtbar das konformistische Bewusstsein ihrer Träger markiert. Da war jemand bereit gewesen, für dieses System zu arbeiten, es zu unterstützen, sich anzupassen und auf dem Rücken derjenigen, die daran zu Grunde gingen, sich auf den eigenen Vorteil zu besinnen. Wer sich nun also hektisch ans Revers griff, war doch nur ein weiteres Mal bereit, zu tun, was von ihm und ihr erwartet wurde, und wandte sich folglich schnellstens und voller Entsetzen ab.

Wie kurz die Zeit war, die dir und Opa Paul blieb, denkst du. 1923 wurde er geboren, 1986 du, und schon zwanzig Jahre später, kurz nachdem das neue Jahrtausend begonnen hatte, starb er. Und von all dem, für das er einmal so viel gearbeitet hatte, so hart gekämpft, hat er dir gar nichts erzählt. Er hat sich rübergeschwiegen in die neue Zeit.

Wo ist das alles geblieben? Wo hat er es vergraben?

Ich erinnere mich genau an den Moment unseres Abschieds. Dass wir ihn verpasst haben und es beide wussten.

Schon lange hatte er mit Magenproblemen zu kämpfen und Angst vor einem Krebsleiden. Er achtete, im Gegensatz zu Oma Eva, sehr auf sein Gewicht und regelmäßige Bewegung. So richtig darüber gesprochen hat er aber nicht. Ich war ja auch längst in Berlin.

Wir telefonierten oft, und er wollte immer wissen, wie es jetzt so aussieht in *seiner Stadt*.

Tatsächlich nutzte er die Gelegenheit, die sich durch mein Studium in der Hauptstadt ergab, um noch einmal zurückzukommen. Zusammen mit den Eltern und Oma Eva kam er Hans und mich in Berlin besuchen.

Zwei Tage blieben sie. Eine Nacht in einem fremden Bett. Das hatten sie schon lange nicht mehr gemacht. Mutter hatte ihnen ein Hotel nach ihren Vorgaben gebucht. Es ist noch immer ganz in der Nähe meiner Wohnung und jedes Mal, wenn ich daran vorbeifahre, brennt eine sauer gewordene Scham in mir.

Es handelte sich um ein Hostel. Ganz sicher die günstigste Absteige in Berlin-Schöneberg. Es gab keinen Fahrstuhl und keine Toilette auf dem Zimmer. Oma Eva kam kaum die Treppen in den zweiten Stock hinauf, und Paul musste sich zwischen Jugendlichen auf Klassenfahrt einen Weg zum Bad suchen. Vorsichtig lief er an der Wand entlang und zählte die Türen bis zum Flurende, um wieder zurückzufinden und nicht plötzlich bei jemand anderem im Zimmer zu stehen. Dazu die Angst, diese Jugendlichen und Arbeiter auf Montage könnten sie bestehlen. Vielleicht auch nur zum Spaß. Man wusste ja nie. Sie hatten nicht einmal ein Handy, mit dem sie mich oder Mutter hätten anrufen können. Dass die Welt sich ohne sie weitergedreht hatte, war ihnen sicher klar gewesen, aber so schnell und so laut? Mutter hätte es wissen müssen.

»Was ich eben nicht verstehe, ist, warum sie nicht einfach ein Hotel gebucht und behauptet hat, dass es das billigste war. Das hätte Paul doch niemals überprüfen können. Sie selbst hat doch auch im Hotel übernachtet, gleich neben unserer Wohnung«, sage ich zu Tim am Telefon, nachdem mich die Erinnerung und mein schlechtes Gewissen nachts wachgehalten haben:

»Ich darf gar nicht daran denken, sonst wird mir schlecht.«

»Hat sich wahrscheinlich nicht getraut, irgendwas nicht so zu machen, wie Opa es ihr gesagt hat«, überlegt Tim.

So war das bei uns. Das kommt schon hin. Aber kann man das wirklich glauben?

»Sie hätte doch auch einfach sagen können: Hier Mutti, Vati, für euch gibt's jetzt das Adlon. Das ist eure letzte Reise, und genau jetzt ist der Zeitpunkt, euch mal den Arsch zu pudern!«

Wie gern ich manches gutmachen würde, indem ich einfach dazwischengehe und sage, lasst es uns doch schön haben. Lasst uns doch einfach gut miteinander sein.

Aber es geht nicht. Es ist nicht wiedergutzumachen, und ich war nie mutig genug. Das Bild, das mir nicht aus dem Kopf geht, ist Oma Eva, die sich die Treppen hochgeschleppt und vor Angst die ganze Nacht nicht geschlafen hat. Dass sich alles für sie unwirklich und fremd angefühlt hat.

Die Ankündigung von Oma Eva und Opa Paul, nach Berlin zu kommen, hatte mich in Vorfreude versetzt. Ich hoffte, sie würden mir ein bisschen was von ihrem alten Leben zeigen. Oma Eva hatte in der Ackerstraße in Mitte gewohnt und Opa? Hatte er nicht gesagt, er sei durch Pankow geradelt? Wo waren die Orte seiner Kindheit?

Anstatt auf ihren Spuren zu wandeln, fuhren wir zum Alexanderplatz, und Opa Paul spendierte uns allen einen Kaffee im Restaurant des Fernsehturms. Wie zum Trotz lag Nebel über der Stadt.

Da stand ich also mit ihm am Panoramafenster und erklärte anhand der Schaubilder, was es bei klarer Sicht zu sehen gäbe. Für meinen Großvater war das Wetter egal. Er hätte ohnehin nichts erkannt.

Was hat er bloß hier gewollt? Am höchsten Punkt der Stadt?

Einen Schlussstrich ziehen. Ein Ende finden. Vielleicht.

Du weißt noch, dass Mutter dich anrief und nur sagte, dass Opa im Krankenhaus liege und dass noch nicht klar sei, was wäre, aber dass bestimmt alles gut würde. Du bist trotzdem an die Ostsee gefahren, um ihn zu besuchen.

Seine Augen haben es dir verraten.

Ihr saßt beieinander und du erzähltest ein bisschen. Belanglosigkeiten. Dass du einmal mit der U-Bahn schwarzgefahren bist, weil du deinen Studentenausweis vergessen hattest.

Er sagte: »Da hast du bestimmt richtig Angst gehabt!«

Was du gerade liest und wie es im Theater ist, in dem du das Geld fürs Studium verdientest. Wie du einmal bei einer Veranstaltung ein ganzes Tablett voller Sektgläser hast fallen lassen, als du vor deiner Lieblingsschauspielerin, die Paul auch sehr mochte, gestolpert bist, und wie sie sagte: Das macht doch nichts, meine Kleene.

Fand Opa Paul sehr sympathisch von der Schauspielerin und großzügig von meinem Chef, dass er mich trotzdem behalten hatte.

Du übersprachst die Zeit, in der ihr euch hättet voneinander verabschieden können.

Es war so, dass ihr das nicht anders konntet.

Es war das, was er wollte, denkst du.

Oder warst du bloß feige?

Als die Schwestern kamen, um ihn zum OP zu fahren, griff er nach deiner Hand, und das war der Moment. Da wusstest du, dass es das letzte Mal sein würde. Er sah dich an und versuchte, dir in die Augen zu sehen, obwohl er das ja gar nicht konnte, und sagte nur: »Mach's gut.«

Während der OP wurde erkannt, dass der Krebs zu fortgeschritten war. Sie mussten zu viel wegschneiden und ließen Paul im Koma. Würde man ihn zurückholen, bliebe er ein Pflegefall. Was auch immer das hieß. Mutter jedenfalls sagte, dass Opa das nicht gewollt hätte, und Oma Eva entschied schließlich, die Maschinen abzustellen. Der Preis, den das Weiterleben kostete, war für alle zu hoch.

Die Bestattung erfolgte anonym. Die Trauerfeier war so kurz, wie es eben ging. Eva hatte mich gebeten, Musik dafür rauszusuchen. Ich hatte die CD-Box *Classic Total – die 100 besten Hits,* die Opa Paul mir zu einem meiner Teenager-Geburtstage geschenkt hatte, durchgehört und mich für einen Titel von Bach entschieden.

Meine Cousine Katja flennte die ganze Zeit, und Mutter machte sich darüber lustig. Ich fand es auch übertrieben und Tim glaubte, es war nur Show.

Wie schrecklich wir waren. Wie fürchterlich kalt.

Hinterher gab es ein Essen in einer Gaststätte, bei dem nicht mehr von Opa gesprochen wurde. Es wurde nie wieder von ihm gesprochen. Weder gut noch schlecht. Tot ist tot. Vorbei vorbei. Nützt ja nichts.

Berlin, 5. Mai 1988

Wir können Ihnen die erfreuliche Mitteilung machen, daß das Präsidium des Kulturbundes der DDR beschlossen hat, Ihnen auf Grund Ihrer hervorragenden kulturpolitischen Leistungen die Johannes-R.-Becher-Medaille zu verleihen.

Nähere Einzelheiten über die Auszeichnungsveranstaltung entnehmen Sie bitte beiliegender Einladung.

23

Nachdem ich nach Berlin gezogen bin, hat Vater mich insgesamt noch zwei Mal angerufen.

Einmal hat er mir zum Geburtstag gratuliert, und wir haben uns sogar etwas unterhalten. Ich weiß nicht mehr, worüber wir sprachen, aber er hatte mich etwas gefragt und ich glaube, er war sogar wirklich an meiner Antwort interessiert.

Das zweite Mal rief er mich an, um mir zu sagen, dass seine Mutter, Oma Ursel, gestorben war.

Es war spät abends, und ich erkannte die Nummer meiner Eltern auf dem Display. Obwohl ich ahnte, warum sie mich anriefen, war ich doch überrascht, als ich Vaters Stimme hörte.

»Oma Ursel ist gestorben.«

»Ja«, sagte ich und überlegte noch, was man dann sagt.

Was sagt man dem eigenen Vater, wenn dessen Mutter gestorben ist? Bevor ich aber antworten konnte, sprach Vater weiter:

»Sie hat die ganze Zeit auf dich gewartet.«

Dann nichts mehr. Ich sagte noch einmal »ja«, aber er hatte schon aufgelegt.

Kurz fühlte ich nichts, dann dachte ich, du Arsch. Aber ich überlegte. Hat er vielleicht recht?

VIII

Den Kindern gehört die ganze Liebe unseres Volkes und die besondere Fürsorge unserer Regierung.

Dritte Anordnung zur Durchführung des Gesetzes über die Teilnahme der Jugend am Aufbau der Deutschen Demokratischen Republik und die Förderung der Jugend in Schule und Beruf, bei Sport und Erholung.

24

Ich warte darauf, dass Mutter sich auch bei mir wieder meldet, und wünsche mir zugleich, dass sie es nicht tut.

In den letzten Jahren habe ich mir eingeredet, dass die Frau, vor der ich mich fürchtete, eine Fantasie war. Ich hoffte, dass von Monika Bahrlow längst keine Gefahr mehr für mich ausging. Aber der Brief an Tim hat diese Hoffnung verpuffen lassen.

Diese Verpuffung fand in meinem Inneren statt. In einem lebendigen Körper.

Nachdem ich mir lange gewünscht habe, dass wir miteinander reden könnten, und fest darauf gesetzt habe, dass der Tod von Eva etwas in ihr auslösen würde, eine Rückschau, ein Verständnis für sich selbst und die eigene Geschichte vielleicht, nachdem ich jahrelang auf ein winziges Zeichen gewartet habe, einen Brief zum Beispiel, der ohne Vorwürfe und Drohungen auskommen würde, habe ich aufgegeben.

Wenn man lange auf etwas wartet, zieht es Rillen in einem, als würde man mit dem Daumennagel immer wieder mit leichtem Druck über die gleiche Stelle auf der Haut fahren. Irgendwann stößt man auf den Grund, den Knochen und seine Haut, und unter ihr endlich gibt es keinen Schmerz mehr.

Der Wunsch nach einer Familie würde dennoch bleiben. Eine Familie, in die man zurückkehrt wie in eine Höhle. In der es zwar auch Ecken und Kanten gab, an denen man sich im Dunkeln schrammte, aber in die man zu jeder Zeit und so, wie man war, fliehen und sich vor aller Welt verstecken konnte.

Dieser Wunsch würde bleiben, aber sich nicht erfüllen.

»kannst du kurz tel?« Ich schreibe Tim eine Nachricht.

»nee, gleich Termin, 2h?«

»ok«

Tim war am Wochenende bei den Eltern gewesen, nachdem Mutter ihn gebeten hatte zu kommen, um ihr »in der Sache mit Stine« zu helfen.

Ich war mir unterdessen sicher, dass sie mir die Kinder wegnehmen wollte. Das war mir gleich durch den Kopf geschossen, als mir Tim den Screenshot von ihrem Brief geschickt hatte. Kurz darauf hatte ich es wieder verworfen. Ich wollte dem wilden Gespensterfest in mir nicht verfallen.

Ich müsste mit Tim telefonieren, das war der einzige Ausweg, der Anker in die Realität. Aber wenn ich ihm schrieb, antwortete er, dass er entweder besoffen war oder gerade nicht ungestört sprechen konnte.

Warum er der Bitte von Mutter gleich gefolgt und an die Ostsee gefahren ist, verstehe ich nicht. Das sind von ihm aus sicher sechshundert oder vielleicht auch siebenhundert Kilometer. Aber so ist er eben. Die Alte ruft und Tim fährt los aus lauter Angst, Anlass für berechtigten Ärger zu sein.

»Sie sagt natürlich nicht, dass sie die Kinder haben will, und ich glaube auch nicht, dass sie das wirklich will, aber sie möchte Zugriff haben.«

Zugriff.

Seiner Stimme ist anzuhören, dass er noch immer verkatert ist.

Zugriff, wie das schon klingt. Instinktiv ziehe ich die Schulterblätter zusammen, als hätte Mutter einmal mehr den Befehl ausgerufen, mir eine Kopfnuss zu geben.

»Was meinst du?«

»Ach, sie hat sich erkundigt, wie es dir geht.«

»Und was hast du da gesagt?«

»Na, nichts. Das geht sie doch gar nichts an.«

»Aber irgendetwas musst du doch gesagt haben! Was meint sie denn?«

Ich stecke mir eine Zigarette an, in der Hoffnung, ich könnte mich dann besser konzentrieren. Tim erzählt von vorn, und ich versuche, mir alles zu merken.

Mutter habe sich zunächst besorgt gezeigt. Sie habe eben das Gefühl, dass ich psychisch schwer erkrankt sei. Anders könne sie sich die vielen Jahre ohne Kontakt nicht erklären. Außerdem habe sich dies ja schon früh bei mir angedeutet und man könne es mir deshalb nicht vorwerfen. Aufgrund ihrer Erfahrung wisse sie jedoch, dass es für die Kinder eine enorme Belastung sei und schwerwiegende Folgen haben könnte. Sie *und auch Vati* würden sich wünschen, dass Tim sich seiner Verantwortung bewusst würde. Nur er könne bezeugen, wenn ich beispielsweise Medikamente nähme.

»Bitte was?« Ich hatte Tim eine Weile zugehört und versucht, alle Emotionen außen vor zu lassen, um klar zu bleiben.

»Ja, vergiss es«, sagte er abwehrend, »ich habe ihr gesagt, dass ich es nicht machen werde.«

»Hast du ihr nicht gesagt, dass ich keine Tabletten nehme?«

»Das ist doch vollkommen egal.«

War es natürlich nicht, dachte ich – und zugleich, vielleicht hat er recht. Vielleicht war es egal. Lieber weniger Informationen als mehr. Es war ja noch nie auf Fakten angekommen.

Während Tim weiterredete, erinnerte ich mich plötzlich an einen Traum, den ich häufiger träumte. Ich sitze in einer Gefängniszelle in einem feuchten Keller auf einem alten Kindergartenstuhl, die Knie auf Höhe meiner Ohren. Meine Hände sind hinter der Lehne mit einem dicken Seil verbunden. Vor mir an der Wand hängt ein blaues Quadrat. Ich weiß, ich muss nur sagen, dass dieses Quadrat rot ist. Aber ich muss es eben auch sehen. Ich muss es wirklich sehen, dass es rot ist und nicht blau, ich muss das fühlen. Dann würde ich freikommen und sonst eben nicht. Niemals.

»Ich war einfach so fassungslos«, hörte ich Tims Stimme plötzlich leiser werden, »dass sie mich das wirklich gefragt hat, hätte ich nie gedacht.«

»Und der Alte?«

»Nichts.«

»Gar nichts?«

»Das Erste und Letzte, was der zu mir gesagt hat, war, hol uns mal Bier aus dem Keller. Aber sie hat natürlich die ganze Zeit versichert, dass sie und Vati sich da ganz einig sind.«

Er imitiert ihr Geflöte, aber ich verstehe ihn nur noch schlecht.

Auch wenn ich versucht habe, es zu ignorieren, die Panik sitzt in meiner Brust und versucht, sie zu sprengen.

Ich höre mich zu meinem Bruder sagen, dass ich jetzt auflegen muss.

Die Angst ist so groß, dass ich glaube, an ihr zu sterben. Ein kalter Schweißfilm legt sich augenblicklich über meine Haut. Der ganze Körper ist nass und zittert. Ich liege in meinem Bett und bin mir selbst zu schwer.

Ich versuche, mich nicht zu bewegen, und denke, dann ist es eben so, dann stirbst du jetzt.

Also bleibe ich liegen und komme wieder nicht um.

Sie wollte dir ihren Namen geben, denkst du, Karolina, aber Vater hatte dich Stine genannt.

Karolina war der Name von Mutters älterer Schwester, die kurz nach der Geburt gestorben ist.

Die Spuren von dem vergessenen Kind findest du in Oma Evas Taschenkalender. Oft hast du sie überblättert und dabei lange übersehen.

Es ist der Kalender aus dem Jahr 1962. Den hat Oma Eva manchmal Opa Paul mitgegeben, wenn er auf Tagung war. Dann hat er geschrieben, wen er getroffen, worüber sie gesprochen und was er gedacht hat.

Dort liest du den Namen, der deiner hätte werden sollen. Karolina.

Gut zweieinhalb Wochen vor dem Donnerstag, der Karolinas Geburtstag werden würde, zogen Opa Paul und Oma Eva um und waren am Montag in derselben Woche noch einmal in der Milchbar. So hatte sie es notiert.

Es war sicher ganz schön, denkst du, wenn auch vielleicht beschwerlich für Oma Eva. Aber sie sah bestimmt klasse aus mit ihrem großen, runden Bauch und Opa Paul zeigte sie stolz her.

Am 11. Oktober kam Karolina zur Welt. Sie durfte anschließend mit nach Hause. Am 24. Oktober schließlich musste sie zurück ins Krankenhaus. Am 1. November besuchte Oma Eva ihr erstgeborenes Kind. Am 4. überkritzelt sie das ganze Feld mit sich kreuzenden schwarzen Strichen.

Was das bedeutet, verstehst du erst, als du die Rechnung vom Bestatter findest.

77,60 Mark kostete die Beerdigung des Säuglings.

Die Grabstelle (Reihe 8 Nr. 12) kostete 3 Mark.

Das Unterstellen der Leiche kostete 1 Mark.

Das Herstellen und Zuwerfen der Gruft kostete 8 Mark.

Der Träger zur Gruft (1) kostete 4 Mark.

Der Eintrag in das Stammbuch kostete 60 Pfennig.

Die Hügelanlage mit Efeu – Sedum – Moos – Immergrün (Kinderhügel) kostete 9 Mark.

Kein Sargschmuck, keine Kränze, keine Kranzschleifen, keine Blumen.

Der Sarg kostete 28 Mark.

Decke und Kissen – nicht bestellt.

Sterbehemd – nicht bestellt.

Die Einbettung kostete 5 Mark.

Der Bestattungswagen (bis 16 km) kostete 15 Mark.

Der Träger zur Überführung kostete 4 Mark.

Der Betrag von 77 Mark 60 war bis zum 22. 11. 1962 zu zahlen.

Je mehr du liest, umso lauter wird Oma Evas Schweigen in dir.

Was du tust, fühlt sich richtig an und auch wieder falsch. Nichts davon solltest du wissen. Nichts solltest du verstehen.

Und war das so? Ist das nun die Geschichte?

Einmal, das weißt du noch, da hast du deine Oma nach der Namensweihe gefragt. Es ist dir nicht mehr aus dem Kopf gegangen. Mutter hatte es mit einer solchen Selbstverständlichkeit gesagt, dass du dich nicht getraut hast nachzufragen. Also nutztest du die Gelegenheit, als du mit Oma Eva allein warst.

Aber sie sagte:

»Es gab keine Namensweihe.«

Du hast doch ein Foto gesehen und Mutter hat es dir erzählt. Oma Eva blieb dabei.

»Es gab keine Namensweihe.«

25

Nach meinem Besuch im Bundesarchiv beginne ich damit, Listen anzulegen. Ich schreibe Wohnanschriften und Arbeitsstellen aus den Unterlagen heraus, stelle alle Preise und Mitgliedschaften zusammen und überlege, wo ich weiteres Material finden kann. Vieles sagt mir immer noch nichts, und das Internet ist in Bezug auf die DDR nicht besonders ergiebig. Deshalb schicke ich alles an eine Historikerin und frage sie, ob ihr etwas auffällt.

Außerdem schreibe ich die Stadtarchive an. Kleine und größere Städte rund um Berlin, Stationen in Opa Pauls Arbeitsleben. Irgendwo muss etwas zu finden sein. Die Schulen und Hochschulen, an denen er gearbeitet hat, haben ebenfalls Archive. Vielleicht verstaubt dort noch eine Personalakte von ihm, weil sie versehentlich nicht weitergereicht wurde. Auch eine Anfrage an die Wehrmachtauskunftstelle des Bundesarchivs schicke ich raus, um zu erfahren, was mein Großvater im Zweiten Weltkrieg gemacht hat. Es fühlt sich an, als müsste ich an hundert Türen rütteln, um die eine zu finden, die sich öffnet.

Immer wieder ordne ich die wenigen Sätze neu, die ich von unseren Spaziergängen in Erinnerung behalten habe.

»Ich habe zum Glück nie jemanden erschießen müssen.«

Konnte das sein? Wie kann man an der Ostfront gekämpft haben, ohne jemanden erschießen zu müssen?

Je länger ich darüber nachdenke, umso weniger verstehe ich es. Als würden Opa Pauls Sätze nach und nach an Farbe und Klang verlieren. Ihre Bedeutung verschwindet, es ergibt alles keinen Sinn mehr.

Wieso habe ich den Irrsinn in seinen flackernden Streiflichtern nicht früher erkannt?

Nun muss ich warten und darauf hoffen, dass sich irgendwo eine Erklärung findet.

Einmal fahre ich vor das Haus südlich von Berlin, in dem Mutter und Tante Sabine aufgewachsen sind. Ich stehe auf der Straße und fühle mich unwohl. Als würde ich etwas Verbotenes tun.

Und das tue ich ja auch.

Ich dringe vor in Mutters Kindheit und ich weiß, dass sie mich dort nicht haben will.

Ich habe gehofft, hier vielleicht etwas zu verstehen oder zu erkennen. Ein Gefühl für die Wege zu bekommen, die sie gelaufen ist, eine Vorstellung von der Welt, die sie umgeben hat. Aber ich fühle nichts außer ihrem Atem in meinem Nacken, der sagt: *Es steht dir nicht zu, über mich zu urteilen!*

Ich kämpfe gegen das Gefühl in mir, der nächste Ast, der hier vom Baum fällt, würde mich erschlagen und er täte es zu Recht.

Was ich auch suche – hier finde ich es nicht.

Als ich wieder in meinem Auto sitze, fühle ich mich sicherer. Ich denke noch einmal an meine verstorbene Tante – Karolina. 1962 haben Oma und Opa hier für wenige Tage begonnen, mit ihr eine Familie zu sein. Das Haus hatten sie im Jahr zuvor bezogen. Was für ein Glück! Warum sie ein ganzes Haus bekamen, weiß ich nicht, nur dass dieser Ort seit Jahrzehnten ein Domizil für die künstlerische und politische Prominenz war. Ganz in der Nähe befand sich die Neue Hakeburg. Hier hatte man nach dem Krieg die SED-Parteischule Karl Marx einquartiert, um die Elite für das bald zu gründende neue Deutschland auf Linie zu trimmen.

Noch wenige Jahre zuvor hatte die Burg als NS-Forschungsstätte der Entwicklung neuer Wunderwaffen gedient. Ein finsterer Ort, zu dem hier dennoch alles strebte.

In den 60er Jahren trafen sich schließlich die Intellektuellen der Umgebung auf der Burg im Klub der Intelligenz. Solche, über das ganze Land verteilte Klubs sollten dafür sorgen, dass sich diese sogenannte Intelligenzia mit ihrer Geisteskraft für den Fortschritt in ihrem Land einsetzte. Vor allem aber dienten sie der Überwachung der geistigen Führungskräfte. Freie Rede hinter den hohen Mauern ja, aber es war auch gut zu wissen, was jeder so dachte.

Ob Opa Paul Mitglied in diesem Klub war, weiß ich nicht mit Sicherheit, aber wahrscheinlich ist es. Er war ja auch Mitglied des Kulturbunds, der diese Klubs initiiert hatte, um einem Auseinanderdriften der politischen und geistigen Eliten entgegenzuwirken. Viel wichtiger noch als die Entwicklung neuer Ideen für den Fortschritt der Gesellschaft war die Kontrolle. Deshalb auch eignete sich die Burg hervorragend als Gästehaus der SED. Dort ließen sich ausländische Prominente gut abgeschottet in der Idylle parken.

Der Ort grenzt direkt an den bürgerlichen Westberliner Stadtteil Zehlendorf und war schon seit Jahrzehnten ein Magnet für diejenigen, die sich mehr leisten konnten als andere. Mit Blick auf den Teltowkanal ließ es sich in Vorstadtvillen mit Garten ganz gut leben, und die Nähe zu den Filmstudios in Babelsberg versprach illustre Gesellschaft.

Bevor ich wieder nach Hause fahre, drehe ich noch einen Schlenker zu den Villen von Bushido und Arafat Abu Chaker, um ein Foto für Kurti zu machen. Das hat er sich gewünscht. »Krass«, wird er sagen, und ich freue mich schon darauf.

Es gibt Bilder von der Inbesitznahme der Bahrlowruh, wie Oma Eva auf der Rückseite einiger Fotos notiert hat. Es war vor allem sie, die Opa Paul in seinem neuen Heim fotografierte. Opa Paul am Schreibtisch oder wie er mit verschränkten Armen zufrieden an einem Fensterrahmen lehnt und nachdenklich nach draußen sieht. Seit ihrem ersten Foto von der Ziege hat Oma Eva ihre Fähigkeiten mit dem Fotoapparat verbessert. Die Bilder erzählen eine Geschichte von gleichzeitigem Aufbruch und Ankommen.

Ihr Blick hebt Opa Paul und das schöne neue Haus aus der Welt. Sie beide bauen sich ein Leben, und es könnte überall sein. Die Bahrlowruh könnte auch ganz woanders stehen. Vielleicht bei Hannover oder Hamburg. Opa Paul könnte Professor sein, Oma Eva die Kinder zum Klavierunterricht begleiten und am Sonntag den Braten auf den Tisch stellen.

Auch Karolina war im Herbst 1962 noch kurz hier gewesen. Die Bahrlowruh sollte ihr Zuhause werden. Kurz darauf aber muss sie krank geworden und verstorben sein. Es finden sich kaum Fotos, auf denen man Oma Evas Schwangerschaft erkennen kann. Kein Bild von Karolina, keines von ihrer Wiege, keines davon, wie Opa Paul sie im Arm hält.

Es war vielleicht bloß ein Versehen, dass Oma Eva die Rechnung von Karolinas Beerdigung aufgehoben hatte. Eigentlich wollte sie nicht mehr an das verlorene Glück denken.

Ich glaube zu erkennen, dass ihr von da an etwas fehlt.

Einmal hält Opa Paul sie im Arm, blickt lächelnd und liebend auf sie herab, doch sie sieht in die Kamera wie ein erschrockenes Kind.

Vater hat dafür gesorgt, dass du nicht wie die verstorbene Tante heißt.

»Eigentlich solltest du Karolina heißen«, hat Mutter gesagt. »Aber dein Vater wollte, dass du Stine heißt. Dabei ist das gar kein richtiger Name.«

Das war kurz, nachdem sie dir ihre neuen, leuchtend roten Dessous gezeigt hat. Sie hat sie aus dem Schrank geholt und an ihren Körper gehalten. »Was denkst du?«

Im Frühjahr bist du dreizehn geworden und hast kurz darauf deine Periode bekommen.

Mutter stand nackt neben der Schranktür, in deren Innenseite ein Spiegel hing. Sie nickte dir auffordernd zu, und du versuchtest dich zu konzentrieren.

Würde der BH, den sie sich an den Hals hielt, überhaupt passen? Ihre Brüste hingen bis unter die Spitzenkörbchen. Und der Slip? War das ernsthaft ein Tanga?

Was hatte sie überhaupt gemeint mit ihrer Frage? Was dachtest du denn?

»Meinst du, die gefallen Vati?«

Die Sekunden vergingen nicht, die Minuten nicht, eine einzige zähe Ewigkeit, die weh tat.

»Ja, ich glaub' schon«, sagtest du schließlich.

Mutter hängte die Spitzenunterwäsche unzufrieden in den Schrank zurück und stand nun wieder ganz nackt da. Du wolltest gehen, aber wusstest nicht, ob das in Ordnung wäre oder du noch so tun musstest, als wäre nichts. Da sagte sie in diesem abfälligen Ton, dass du eigentlich anders heißen solltest.

Aber Vater war es, der dir deinen Namen gegeben hat. Und das klang aus Mutters Mund so, als hättest du gerade noch einmal Glück gehabt.

»Stinchen«, hat Tante Sabine dich immer genannt, und so war es dir am liebsten. »Na, Stinchen?« Und dann hat sie dir einen Baiser gegeben, und du durftest ihr eine Zigarette anzünden!

26

Im Stadtarchiv einer Kleinstadt nördlich von Berlin, dem Ort, in dem Opa Paul seine ersten Lehrer- und Direktorenstellen angetreten hatte, war nichts mehr zu finden. Die Wehrmachtauskunftstelle hat ihn zwar in ihrem Bestand gefunden und auch festgestellt, dass er keinen höheren Offiziersgrad innehatte, aber die Zuordnung zur Truppe war so grob, dass ich damit unmöglich seinen Einsatzweg nachvollziehen konnte. Auch war keine Kriegsgefangenschaft vermerkt, was ich seltsam fand, denn davon hatte er mir erzählt.

Immerhin gab es Hinweise auf weitere Fundorte. Jedoch lief auch meine nächste Anfrage, die ich an das Stadtarchiv Werder richtete, zunächst ins Leere.

Paul hatte mir selbst einmal eine Geschichte aus seiner Zeit dort erzählt. Er berichtete von einem Auftrag, die Mitglieder der Jungen Gemeinde der Schule zu verweisen, weil sie nicht der FDJ, der Freien Deutschen Jugend, beigetreten waren. Mir sagte er, er habe sie alle verhört, aber bei niemandem staatsfeindliche Umtriebe nachweisen können. Deshalb habe er auch keinen der Schüler der Schule verwiesen. Um dies auch gegenüber der nächsthöheren Autorität beweisen zu können, habe er diese Verhöre gemeinsam mit seinem Stellvertreter geführt und auf Tonband aufgenommen.

Später aber las ich von den politischen Zuspitzungen im Vorfeld des 17. Juni 1953. Anfang 1953 verkündete das Politbüro der SED den »Plan für die Entlarvung der Jungen Gemeinde als Tarnorganisation für Kriegshetze, Sabotage und Spionage, die von westdeutschen und amerikanischen imperialistischen Kräften dirigiert wird«. Erich Honecker, damals Vorsitzender der FDJ, sollte diesen Plan umsetzen. Das FDJ-Propagandaheft *Junge Welt* startete eine umfangreiche Hetzkampagne gegen die »illegale ›Junge Gemeinde‹« und bezeichnete diese als Terrororganisation. Ihr Symbol, das Kugelkreuz, wurde verboten, darüber hinaus war die gleichzeitige Mitgliedschaft in FDJ und Junger Gemeinde nicht mehr möglich. Wer nicht aus der Jungen Gemeinde austrat, sollte von den Schulen und Universitäten verwiesen werden.

Diese Anweisung war auch an Paul als Direktor der Oberschule in Werder an der Havel gegangen. Er hatte sich ihr offenbar nicht gedankenlos gefügt, sondern alle seine evangelischen Schüler ab vierzehn Jahren selbst beurteilt.

Ich habe gehofft, die Aufnahmen seiner Verhöre vielleicht in Werder zu finden. Aber stattdessen hat mir die zuständige Archivarin mitgeteilt, dass ein Paul Bahrlow überhaupt nicht an der Schule unterrichtet habe, geschweige denn dort Direktor gewesen sei.

Auf der Suche nach Material, das die Anwesenheit meines Großvaters in Werder belegt, stoße ich auf ein schmales Bändchen.

Kampfgruppe gegen die Unmenschlichkeit.

KgU.

Das klang für mich nicht nach DDR, eher nach einer Splittergruppe der RAF oder vielleicht einer Arbeitsgemeinschaft friedliebender 68er.

In Werder, so lese ich, hat man 1952 sieben Jugendliche zum Tode verurteilt, nachdem sie Flugblätter der KgU verteilt haben. Das war das Jahr, in dem auch Paul Bahrlow in die Havelstadt gekommen sein muss. Diese Jugendlichen waren zuvor Schüler der Schule, die Paul nach jenem Sommer übernehmen würde.

Da war sie also, die Tür, die sich einen Spalt breit öffnete.

Aber wollte ich da hinein?

Sieben tote Jugendliche? Ich ließ das einen Moment sacken. Konnte es sein, dass mein Großvater damit etwas zu tun hatte? Über die Gründungsjahre der DDR wusste ich bisher kaum etwas, außer Opa Pauls ewiges »Wir wollten vor allem nie wieder Krieg, nie wieder Faschismus!«. Das kam mir jetzt noch abgestandener vor als ohnehin schon.

Die Anekdote mit den Mitgliedern der Jungen Gemeinde hat er auch an anderer Stelle erwähnt. In Briefen an Politikerinnen und Politiker, die er schrieb, nachdem man ihn 1990 als »staatsnah« eingestuft und deshalb seine Rente gekürzt hatte. Darin versuchte er sich zu verteidigen und die Staatsnähe zu widerlegen.

Ich gehe die Liste der Mitarbeiter und Mitarbeiterinnen der Schule, die mir die Archivarin geschickt hatte, noch einmal durch. Sie war Teil der Schulchronik.

Der Name des Schuldirektors im Jahr 1953 lautet Paul Rahzlov. Immerhin, der gleiche Vorname. Aber Paul ist ja nun auch kein ungewöhnlicher Name. Das bedeutet vermutlich gar nichts. Ich lese mich weiter durch die Liste und finde ihn auch nicht unter den Fachlehrern. Dafür aber gibt es eine Marie-Luise Bahrlow.

Tatsächlich fällt mir nun wieder ein, dass Opa Paul in einem Brief an seinen Bruder Wilhelm einmal geschrieben hat, er sei nun zum zweiten Mal verheiratet ... Das hat mich damals zwar gewundert, aber ich habe es bisher nicht weiter verfolgt.

Ich schreibe noch einmal an das Archiv der Havelstadt. Ob es eventuell noch eine andere Oberschule zu dieser Zeit in Werder gegeben habe, ob es in der Schulchronik vielleicht auch Fotos gebe und ob die Archivarin sich vorstellen könne, dass es sich um einen Schreibfehler handelte, denn Marie-Luise Bahrlow könne eventuell die erste Frau meines Großvaters gewesen sein.

Die Archivarin meldet sich prompt. Sie habe nur eine Abschrift der Schulchronik, die im Jahr 2002 von einer ehemaligen Lehrerin der Schule angefertigt worden sei. Diese habe die altdeutsche Handschrift in eine heute lesbare Schrift übertragen und dabei müsse es tatsächlich zu einem Übertragungsfehler gekommen sein. Marie-Luise Bahrlow sei mit Paul Bahrlow, also meinem Großvater, verheiratet gewesen. Das habe sie in der Meldekartei herausgefunden. Die Lebensdaten stimmten überein.

Im Internet finde ich ein Schaubild einer alten deutschen Schreibschrift. Ein großes B und ein R konnte man leicht miteinander verwechseln und wenn man das kleine h sehr schnell schreibt, wird daraus vielleicht ein t. *So muss es gewesen sein,* dachte ich. Ein Flüchtigkeitsfehler hatte Pauls Anwesenheit in Werder beinahe vor mir verschwinden lassen.

27

Ada sagt, dass ihre Eltern zu einem Gespräch bereit wären. In einem unserer Telefonate habe ich überlegt, ob das sinnvoll ist. Sie hatte mir erzählt, dass insbesondere ihr Vater gern über die letzten Tage der DDR berichtet. Über die Demonstrationen und das Gefühl des Aufbruchs. Als Jugendliche war sie irgendwann genervt, wenn Vaddi schon wieder vom Krieg erzählte. Zwar sprach er (im Gegensatz zu meinen Eltern) immer davon, wie unmenschlich und verbrecherisch das System gewesen sei, trotzdem habe sie das Gefühl gehabt, dass ihr Vater sich ein wenig nach dieser Zeit zurücksehnte.

Es war einfach die beste Zeit seines Lebens. Er und seine Freunde gegen das System! Vielleicht weil er jung war, vielleicht auch weil sie den Kampf gewonnen hatten.

Nach der Wiedervereinigung wurde vieles schwierig. Adas Vater hat in der DDR kein Abitur machen dürfen und also auch nicht studiert. Er kämpfte sich als Vertreter für medizinische Produkte durch und versuchte in diesem neuen, freien Land irgendwie genug Geld für seine Familie zusammenzuarbeiten. Es dauerte, bis er sich schließlich etabliert hatte.

Ich erinnere mich gut an ihn. Ein großgewachsener Mann, der genauso laut lachte wie Ada. Und seine Haare waren auch so herrlich dunkel. Die Locken fielen ihm ins Gesicht, wenn er sich eine Selbstgedrehte ansteckte. Genau so muss man aussehen, wenn man raucht, habe ich gedacht.

Ada hat mir erzählt, dass er in der DDR den Wehrdienst an der Waffe verweigert hat, was nur ging, wenn man sich den »Bausoldaten« zuteilen ließ. Das hatte Konsequenzen. Miese Schikanen während und nach der Dienstzeit – ein sehr bewusst gewähltes Außenseitertum, einer Gesellschaft zum Trotz, die einem keine Wahl lassen wollte.

Der Preis, den Adas Vater für seine moralische Integrität hatte zahlen müssen, war hoch. Sein ganzes Leben würde davon bestimmt sein. Auf ein Studium brauchte er nicht mehr zu hoffen und überall, wo es sich anzustellen galt, hatte er sich ganz hinten einzureihen. Das hatte ihn dennoch nicht davon abgehalten, für seine Überzeugungen einzustehen.

Als ihn die Nachricht von Adas Geburt erreichte, entfernte er sich unerlaubt von seiner Truppe, um seine Frau und das Baby zu besuchen. Dafür würde er einige Tage ins Gefängnis müssen, das wusste er vorher und es kam auch so. Es war ihm nicht egal. Es war auch nicht so, dass er davor keine Angst hatte. Aber er hatte sich gegen sie entschieden.

Und später dann, als Ada in den Kindergarten ging, sprachen sich ihre Eltern mit anderen kirchlichen Familien ab. Sie würden die Kinder gemeinsam in derselben Schule anmelden, damit sie einander beistehen könnten, wenn Lehrer damit beginnen würden, sie auf Grund ihrer Religion auszugrenzen. Auch als die Mauer gefallen war, hielten sie an dieser Idee fest. Es waren ja noch dieselben Lehrer, die ihre Überzeugungen ganz sicher nicht abgelegt hatten.

Das war das Geheimnis hinter Ada und ihren Freunden gewesen. Sie waren in einer Gemeinschaft aufgewachsen, hatten früh gelernt, dass sie zusammengehörten und aufeinander aufpassen mussten.

Die Gemeinschaft, der ich angehört hätte, gab es nicht mehr. Ich kam aus der Reihe der Eliten, der Systemfamilien, der sogenannten SED-Nomenklatur, der Funktionäre und Parteisoldaten.

Jeder sechste Erwachsene ab 18 Jahren ist zur Zeit des Mauerfalls Mitglied der SED gewesen, andere waren in der Deko-Opposition der DDR, den Blockparteien, organisiert. Gar nicht so wenige hatten sich also mit der Diktatur arrangiert und einen Platz darin gefunden.

Aber meine Familie hatte nicht bloß einen Platz für sich gefunden. Meine Familie war mitgemeint, als die Demonstranten ihre Wut gegen das System auf die Straße trugen.

Meine Eltern hatten studieren können und hatten es deshalb auch nach dem Systemwechsel leichter. Wir waren privilegiert und retteten einen Teil dieser Privilegien mit in die neue Zeit. Mutter und Vater würden sich auf dem Arbeitsmarkt etablieren können. Nicht ohne Probleme, nicht ohne Arbeitslosigkeit, nicht ohne Umschulungen und die berühmten Brüche in den Erwerbsbiografien, aber sie hatten bessere Startchancen als die meisten derjenigen, die das System zum Einsturz gebracht haben. Bessere Chancen als diejenigen, denen auch ich meine Freiheit zu verdanken habe.

Ich schäme mich dafür. Immer noch.

Aber das ist nicht der einzige Grund, warum ich das Gespräch mit Adas Eltern plötzlich scheue.

Ich will keine Absolution von ihnen, keine späte Verbrüderung mit denjenigen, die auf meine Eltern und ihr ganzes

System zu Recht wütend waren. Ich wollte mich auch nicht als diejenige produzieren, die nun ihre Hausaufgaben gemacht und im Gegensatz zu den ewig Gestrigen verstanden hatte, aus was für einem Land sie kam.

Ich bin einfach wütend.

Auch auf Adas Eltern.

Auch sie haben uns im Stich und mit der ganzen Geschichte alleingelassen. Adas Vater hat über die roten Socken gesprochen, über sein Radar, das da anging bei meinen Eltern und anderen. Sein Hass, seine Wut, sie sind berechtigt gewesen. Aber statt sich mit denen auseinanderzusetzen, die dafür die Verantwortung trugen, statt mit ihnen die Dinge zu klären, hat er am Küchentisch seine Reden geschwungen und eben mich spüren lassen, wie wenig er mich leiden konnte.

So wie die Grundschullehrerin, die mich vor der ganzen Klasse bloßstellte, wenn ich eine schlechte Note hatte, und mich wegschickte, wenn sie Ada und den anderen Kindern Geschichten erzählte. Die mir immer zeigte, wie sehr sie mich verachtete. Es war Ada, von der ich erfuhr, dass die Tochter jener Lehrerin 1989 auf einer Demonstration festgenommen wurde. Wegen ihres Protests gegen Leute wie meine Eltern landete diese junge Frau im Gefängnis und ist nach der Grenzöffnung so schnell wie möglich nach Australien ausgewandert. Die Lehrerin, die alle anderen Kinder liebten, weil sie so herrlich Geschichten erzählen konnte und viel freundlicher und auch herzlicher war als die anderen Lehrerinnen, sah in mir immerzu das, was ihre Tochter in die Flucht geschlagen hatte.

Ich denke an das kleine Mädchen, das ich war und das sich immerzu falsch gefühlt hat, zuhause und in der Schule und bei den Familien meiner Freunde. Ich wollte so gern dazugehören, aber ich hatte keine Chance. Ich ahnte nichts von dem, was die Leute in mir sahen.

Vielleicht ist es besser, nicht mit Adas Eltern zu sprechen.

Ich will nichts mehr von ihnen. Nicht einmal ihnen gefallen.

»Irgendwann warst du einfach verschwunden«, sagt Ada am Telefon.

Ich lache.

»Du warst natürlich noch da, aber ich habe dich gar nicht mehr gesehen.«

Mir fällt der Tag ein, als ich mir beim Friseur die Haare habe abrasieren lassen. Das was nicht der Moment, an dem ich verschwand, nicht der, den Ada meint. Der kam viel später.

Die Rasur war ein großartiges Gefühl. Ich ging mit Mutter zum Friseur und wusste schon, ich würde meine weißblonden Zöpfe nie wieder flechten.

Mutter hatte so oft an meinen Haaren herumgemäkelt. Nicht dick genug, zu brüchig, sie würden nicht richtig wachsen. Jahrelang stellte sie mir in Wasser aufgelöste Kieselerde hin. Das milchige Gesöff schmeckte wie flüssige Kreide.

Auf Adas dicke Haare bin ich immer neidisch gewesen und auf die von der rothaarigen Elena. Auch die Haare meiner Cousine Katja waren schön. Überhaupt hatten alle Mädchen viel schönere Haare als ich.

Wenn Katja zum Beispiel einen Zopf trug und lief, wippte er nicht nur ein bisschen auf und ab, die Haare schwangen von links nach rechts und wehten, wenn sie sie offen trug, im Wind wie eine Fahne.

Ich schämte mich ständig dafür, wie ich aussah. Wenn ich heute Bilder von mir und Tim als Kinder betrachte, sehe ich mich schüchtern in die Kamera lächeln. Während Tim laut lacht, halte ich mir meine Hand vor den Mund. Immerzu will ich verschwinden, immerzu habe ich Angst. Ich muss diesen Körper in Sicherheit bringen und fühle mich dennoch mit ihm bestraft. Ich erkenne nicht, was es ist, aber irgendetwas stimmt nicht mit mir. Da bin ich mir sicher. Und dass alle anderen es sehen.

Irgendwann habe ich beschlossen, dass ich lieber ein Junge sein wollte. Ich wollte so sein wie Tim. Aber mutiger, stärker, ein besserer Junge als mein Bruder.

Ich war acht oder neun Jahre alt, als ich Mutter sagte, dass ich die gleiche Frisur haben möchte wie mein jüngerer Bruder. Die Friseurin versuchte noch, mich vom Gegenteil zu überzeugen, aber Mutter hatte nichts dagegen und verband mit der Rasur auch die Hoffnung, die Haare mögen endlich dicker werden. Das war mir von da an egal.

Es ging ganz schnell, und ich sah genauso aus, wie ich es mir vorgestellt hatte. Tim und ich glichen einander wie Zwillinge. Von den älteren Nachbarn in unserem Haus wurde ich von da an oft mit meinem Bruder verwechselt, und das freute mich jedes Mal.

Als ich mit meiner neuen Frisur am nächsten Morgen zur Schule kam, wunderte ich mich, dass niemand mit mir sprach. Es irritierte mich, aber ich fühlte mich nicht unwohl. Ich wandelte mit der Sicherheit eines unsichtbaren Geistes durch die Flure.

Ich vermisste nichts.

Nicht einmal das Gequatsche mit Ada.

Ich weiß noch, dass ich mir an diesem Tag ganz besonders viel Mühe gab, ordentlich zu schreiben. Das fiel mir schwer, denn ich war eigentlich Linkshänderin, Mutter hatte mir bloß verboten, die linke Hand zu benutzen. Dennoch schimpfte sie oft über meine Sauklaue, und ich fühlte mich auch dafür verantwortlich. Aber an diesem Tag ging es mir ausgesprochen gut, ich konzentrierte mich enorm und schrieb so sauber, wie es irgend ging. Dadurch dauerte alles länger, und ich wurde mit meinen Aufgaben nicht fertig, weshalb ich nicht in die Pause ging, sondern darum bat, weiterarbeiten zu dürfen.

Erst als ich so allein an meinem Tisch saß, kam Ada zu mir.

»Bist du Stine?«

Ich baumelte mit meinen Beinen und lachte.

»Na klar!«

»Ich habe dich gar nicht erkannt.«

Sagte sie und dann lief ich doch noch mit auf den Schulhof und Ada sagte allen, dass ich es bin, dass ich Stine bin.

Die Telefonate mit Ada sind schön.

Sie hat recht. Ich bin verschwunden und dachte, es hätte niemand bemerkt. Ich dachte, es hätte mich niemand vermisst. Aber Ada hatte mich vermisst.

Es fällt mir schwer, mit ihr darüber zu sprechen. Deshalb lache ich es weg. Ich muss mich vor den eigenen Erinnerungen in Sicherheit bringen. So sehr ich mir wünsche, es wäre zwischen uns wieder so wie damals, als sie mit meinem BMX-Rad über meinen Arm fuhr, ich muss durch all das allein hindurch.

Durch meine Geschichte, durch unsere und durch die meiner Familie. Ich dachte, ich würde Ada vertrauen, aber ich vertraue immer noch niemandem.

Ada sagt, es sei schwierig gewesen mit ihrem Vater. Er hatte diese Wut, die manchmal unkontrolliert über sie hineinbrach.

Zum Beispiel einmal, da war sie etwa vierzehn gewesen. Sie wusste nicht mehr wie, aber sie hatte ihn wütend gemacht. Sie flegelte so rum und guckte blöd aus der Wäsche. Mit ihren langen Armen und Beinen lag sie kreuz und quer über dem Sessel im Wohnzimmer, und das hatte ihn irgendwie provoziert. Da hat er sie gepackt und auf den Balkon gezerrt. Er hat sich von Adas jüngerer Schwester eine Haarbürste geben lassen und begonnen, ihre Dreadlocks rauszukämmen. Ada wehrte sich, sie versuchte, sich von ihm zu lösen. Sie schrie und kämpfte mit den Tränen. Aber ihr Vater war noch immer so viel stärker als sie und hatte sie im Schwitzkasten. Dass sie sich wehrte, machte alles nur schlimmer. Er riss ihr büschelweise die Haare aus und schien keine Sekunde daran zu zweifeln, dass das, was er tat, diese rohe und hemmungslose Gewalt, dass das richtig war. Dass er ein Recht dazu hatte. Irgendwann konnte Ada nicht mehr. Sie weinte noch, aber sie wehrte sich nicht mehr. Da sah sie ihre Mutter hinter dem Balkonfenster stehen. Ihre Mutter sah ohne jede Regung zu. Es dauerte Stunden, bis ihr Vater mit den Haaren fertig war. Bis sie ganz durchgekämmt waren.

»Darf ich darüber schreiben?«, frage ich sie am Ende unseres Telefonats.

»Ja«, sagt Ada.

Es tut mir so unendlich leid, denn ich erinnere mich nicht daran. Es muss doch zu sehen gewesen sein, dass sie plötzlich keine Dreads mehr hatte. Sie muss fürchterlich ausgesehen haben. Aber ich habe es übersehen. Ich war in mir selbst verschwunden und hatte Ada aus den Augen verloren, auch wenn wir jeden Tag nicht weit voneinander entfernt auf dem Raucherhof der Schule standen.

Ich stelle mir vor, ich könnte durch die Zeit reisen, an den Tag unserer Einschulung.

Ich setze mich neben Ada und sage ihr, dass sie das schönste Mädchen mit dem schönsten Lachen ist. Dass sie die Erste ist, in die ich mich ein bisschen verlieben werde, auch wenn ich noch gar nicht weiß, was das ist. Ich stelle mir vor, dass ich ihr sage, wie gern ich sie singen höre und dass wir einmal einen Detektivclub gründen werden, um die Stadt von Verbrechern zu befreien.

Vielleicht würde ich ihr auch sagen, dass sie einmal so gut singen würde, dass sie davon leben könne, und dass sie sich überhaupt keine Sorgen machen müsse.

Ich würde ihr unbedingt von der Fahrt zum Geburtstag der rothaarigen Elena erzählen. Wie sie mich auf den Gepäckträger ihres Fahrrads steigen lässt und ich wahnsinnig stolz bin, weil wir in diesem Moment einfach die Coolsten sind und jeder, der uns sieht, sich wünscht, so zu sein wie wir. Zwar bleibe ich auf dieser Fahrt mit meinem rechten Fuß in einem Bauzaun hängen und schneide mir das Schienbein auf, aber das ist egal. Ich steige gleich wieder auf ihr Fahrrad. Irgendwann hört es auf zu bluten. Ich sage ihr, dass ich weiß, dass mir mit ihr zusammen gar nichts Schlimmes passieren kann.

Und ich würde ihr sicher auch sagen, dass ich sie einmal fürchterlich verletzen werde und dass es nicht ihre Schuld sein wird.

Aber ich kann nicht durch die Zeit reisen.

Ada hat sich ihre Haare dann auch kurz schneiden lassen. Und sogar die rothaarige Elena trug einen Topfschnitt und kleidete sich wie ein Junge. Meine Cousine Katja wiederum bekam endlich die gewünschte Bomberjacke und ein Zimmer, von dem aus man aufs Dach steigen konnte und über den ganzen Marktplatz gucken!

IX

Auf jeden Fall nicht Rilke lesen.

28

Weißt du noch, die Sache mit der Badewanne?

29

Furchtbare Albträume. Die ganze Zeit.

Auch die von früher. Ich erkenne sie alle wieder und erinnere mich, dass ich als Kind im Bett gelegen und mir fest gewünscht habe, etwas anderes zu träumen. Aber meist träumte ich genau an der Stelle weiter, die mich hat aufschrecken lassen.

Wenn ich aufwache, stinke ich.

Hans beschwert sich, dass ich das Fenster immer aufreiße, aber ich ertrage meinen eigenen Geruch nicht.

Manchmal hilft Zähneputzen etwas.

Die Nächte sind noch anstrengender als die Tage am Schreibtisch und in den Büchern. Habe Muskelkater in Nacken und Kiefer und der rechten Wade.

Meistens Kopfschmerzen, wenn ich aufwache, und oft ist der erste Gedanke, dass ich lieber tot wäre. Ich denke ihn schon, bevor ich gemerkt habe, dass endlich Morgen ist.

Was ein Psycho.

30

Die Stadt, die Ada und ich mit unserer Detektivbande beschützt haben, ist inzwischen eine andere geworden. Sie riecht anders und hat sich schön gemacht. Es soll jetzt immer Sonntag sein.

Wenn ich jemandem sage, woher ich komme, seufzt das Gegenüber meist. Ja, da sei man auch schon gewesen.

»Wie schön. Wirklich sehr schön geworden das alles.«

»Ich war lange nicht mehr da«, sage ich dann und weiche dem Gespräch aus. Es macht mir immer schlechte Laune, wenn sich jemand von ein paar angemalten Häusern so leicht beeindrucken lässt, und wozu auf Bekehrungsmission gehen? Wer wissen will, welche Abgründe hinter den fabelschönen Fassaden von Rostock bis Erfurt lauern, kann in die Wahlergebnisse der letzten Jahre schauen oder sich gleichgeschlechtlich auf dem Marktplatz von Cottbus küssen.

Einmal sehe ich ein Bewerbungsvideo des jetzigen Bürgermeisters um die Wiederwahl. Er erzählt etwas von einem Kreuzfahrtanleger, und inzwischen fahren tatsächlich die Kolosse, denen ich früher beim Wachsen zugesehen habe, in den Hafen ein und bringen die Touristen auf dem Seeweg in die kleine Stadt. Jedes Jahr sollen es, wenn es nach dem Willen des Bürgermeisters geht, mehr werden.

Als Kind fürchtete ich mich etwas vor den toten Speichern, die wie Mahnmale des Untergangs leer am Hafen standen. Heute befinden sich darin luxuriöse Ferienwohnungen.

Die Werft, von der es in meiner Kindheit hieß, sie sei so groß, dass in ihrer Halle ein eigenes Wetter herrsche, steht still. Endgültig. Kein Schiff wird hier mehr vom Stapel laufen. Außer es findet sich doch noch ein Käufer für das letzte Kreuzfahrtschiff, in dessen Fertigstellung die Pleite platzte.

Die Stadt hat sich damit abgefunden, und wenn der Bundeswirtschaftsminister eine Rede für die Presse hält, dann sagt er nur noch, dass man die verbliebenen Arbeiter in eine Transfergesellschaft überführen wird. Dann wird man irgendwas anderes bauen, was mit Off-Shore und Flüssiggas. Irgendwas für die Zukunft.

Jetzt, da man auf alles einen Insta-Filter gelegt und sich auf Tourismus spezialisiert hat, kann man den Verlust dieser Industrie offenbar verschmerzen.

Die Sache hat auch einen Vorteil, denken viele. So kommen jetzt keine Arbeiter aus Malaysia mehr, die ihre Familien mitbringen und für die man Kindergärten und Wohnraum bauen muss. Denn dann gibt es auch nicht wieder unschöne Schlagzeilen über Angriffe auf Ausländer. »Sowas wird ja in der Presse gern hochgejazzt bis zum get no.«

Egal, was passiert, ob sie die große Halle abreißen oder nicht, in meiner Erinnerung werde ich immer vorn an der Hafenkante stehen und einen Blick hineinwerfen. Und das

Blaugrün der Hallenwände wird in mir wieder den Klang von Metall, das auf Metall schlägt, erklingen lassen.

Es wundert mich, dass nun alles so geräuschlos vorbeigeht. Wäre die Stadt ein Lied, wären die drohende Pleite und der Verlust der Arbeitsplätze der Refrain.

Und jetzt droht die Stille, und die Republik scheint sich an diesem Sound so sattgehört zu haben, dass sie dagegen nicht mehr protestiert.

Krissi schreibt mir, dass der Wirtschaftsminister im Fernsehen ist und vor der Werfthalle steht. Das hat immer etwas Surreales, wenn die kleine Stadt für alle sichtbar wird. Dann fühlt es sich an, als würde man mir direkt ins Wohnzimmer gucken.

Ich denke, was macht der denn da?

Tim hat auch einmal in einem der riesigen Schiffe gearbeitet, die wenig später als schwimmende Städte die kleine Stadt verlassen sollten. Er sollte Müll einsammeln. Die ganze Nacht ging das. Früh am Morgen merkte er, dass er ganz alleine war. Da kam einer der Arbeiter zu ihm gelaufen und holte ihn. Schichtende. Man hatte ihn vergessen.

Ich lese die Geschichte der Werft nach. Über ihre Gründung nach dem Krieg, um Reparationen an die Sowjetunion zu zahlen. Den Aufschwung, den sie später brachte, als immer mehr Arbeiter in die Stadt kamen und Wohnungen brauchten. Die wollten auch Kultur und Unterhaltung.

Und dann der Niedergang nach 1990. Dabei war man gut aufgestellt, die Schiffe schwammen. Die Nachfrage war groß. In den Protokollen des Untersuchungsausschusses des Landtags, der nach verschwundenen Subventionen fahnden sollte, erfahre ich von einem gigantischen Betrug. Noch vor der Wiedervereinigung hatten sich Handelsvertreter der DDR mit Reedereien im Westen zusammengetan, um sich aneinander gesundzustoßen. Das hatte einen Ministerpräsidenten den Posten gekostet, den Mecklenburger Werften aber das Leben gerettet.

Die Geschichte gefällt mir. Die Gaunereien der Nachwendezeit waren die Saat, die aus der kleinen Stadt und vielen anderen, zwar später als gedacht, aber schließlich doch eine blühende Landschaft machen würde.

Du rufst Tim an erzählst ihm alles und sagst: »Stell dir vor, die hätten dich wirklich vergessen! Stell dir vor, du wärst im Schiff geblieben und mitgefahren. In die Karibik oder zumindest bis ins Mittelmeer!«

»Ich hab' gehört, die wollen da jetzt U-Boote bauen«, sagt Tim.

31

Vom Begrüßungsgeld, das wir in Lübeck abholten, kaufte Vater sich einen Langenscheidt-Kurs »Business English«.

Für mich gab's ein Calippo!

»Eine furchtbare Sauerei, dieses Eis!«

Ich erinnere mich noch an die Fahrt mit Mutter in dem überfüllten Zug. Vater und Tim waren in einem anderen Waggon. Wir mussten ja alle mit, damit jeder die hundert Mark bekommt. »Aber andere sind mehrmals gefahren! Das haben wir nicht gemacht«, erzählte Mutter später.

Vater wollte unbedingt im Westen arbeiten. Auch wegen der moderneren Maschinen. Er wollte der Erste sein, der sich drüben einarbeitete. »Man muss sich unentbehrlich machen«, sagte er, und dann noch etwas beiseitelegen für seinen großen Traum vom eigenen Haus. Er hatte Elektrotechnik studiert und das führte dazu, dass er in unserer Familie als *der* Computerfachmann galt. Beinahe zeitgleich mit unserem Telefonanschluss kam dann auch unser erster PC. An ihm tippte Mutter in einem Schreibprogramm, das man mit Hilfe von Codes öffnen musste, Berichte über ihre »Schützlinge«. Und Vater machte irgendetwas anderes an der Maschine.

Wir hätten auch nach Hamburg ziehen können, aber die Eltern wollten trotz der Fahrerei nicht aus Mecklenburg weg. Auch nicht, als Vater immer wieder am Steuer einschlief. Auch nicht, als er eine rote Ampel auf der Landstraße übersah. Das war kurz vor meinem Abitur. Mein erstes Handy hatte ich noch nicht lange. Es klingelte, und ich brauchte eine Weile, um zu begreifen, dass es mein Telefon war. Am anderen Ende war Tim, dessen Stimme zitterte. Er erzählte, dass Vater einen Unfall gehabt habe. Er habe angerufen und ihm alles ganz genau beschrieben. Wie durch ein Wunder sei ihm nichts passiert. Er habe aber wohl jemanden von der Fahrbahn abgedrängt und da sehe es gar nicht gut aus. Als Vater nach Hause kam, wurde nicht mehr darüber gesprochen, und Vater stieg wieder in sein Auto, wie ein Reiter, der schleunigst zurück in den Sattel muss, um die Angst abzustreifen, bevor sie sich auf ihn legt.

Es gab Freunde der Familie, die haben es bereut, in den Westen gegangen zu sein. Dort hätten sie nie Anschluss gefunden und seien irgendwann zurück nach Mecklenburg gekommen, erzählte Mutter und fühlte sich ganz offensichtlich in ihrer eigenen Entscheidung bestätigt.

Die da drüben waren anders. Aber wir waren besser. Bei uns zählte mehr als nur Geld, und wir waren immer füreinander da!

Ich weiß nicht mehr, wann das losging mit der Erzählung von der großen Solidarität. Aber ich habe fest daran geglaubt.

Jeden Morgen, früh um sechs, machte Vater sich auf den Weg nach Hamburg und kam zwischen acht und neun Uhr abends zurück. Er blieb eine Weile stumm und trank in zügigen Schlucken ein Bier.

Manchmal konnten Tim und ich ihn überreden, mit uns zu toben.

Dann sprangen wir im Schlafzimmer der Eltern auf dem Bett herum, spielten Angriff und ließen uns von ihm herumschleudern.

Nach einer Weile weinte Tim, weil Vater ihn zu fest angepackt hatte. Fand ich lächerlich. Mit mir konnte er machen, was er wollte. Vater hatte zum Beispiel viel Spaß daran, uns zu zeigen, dass er viel stärker war als wir. Dafür präsentierten wir ihm unsere Muckis. Spannten stolz den Bizeps an. Vater kniff hinein, als würde er den Muskelzuwachs tatsächlich prüfen.

»Das ist ja alles bloß Pudding!«, rief er dann und kniff so fest zu, dass man sich schmerzvoll aus dem Griff wandte.

Aber irgendwann nicht mehr. Eines Tages beschloss ich, seinem Griff standzuhalten. Wie sehr es auch schmerzen würde. Ich würde ihm beweisen, wie stark ich war. Ich biss die Zähne zusammen und hielt wirklich lange durch. Wirklich lange.

Vaters Hände sind groß und fleischig. Du legst deine linke Hand hinein, während ihr die finstere Gasse hochlauft, in die du dich allein nie traust. Vater sagt, das sei eine Abkürzung.

Oben auf Vaters Schultern sitzt Tim und sieht aus, als wäre er Krone und König zugleich. Er rudert mit den Armen, dirigiert damit die Welt und singt laut sein Königslied, das keine Worte hat, nur Glücksgefühl. Du blickst zu ihm rauf und lachst und würdest so gern mit ihm tauschen.

32

Vielleicht werde ich doch irre.

Die Erinnerungen aus der Stadt, die es so gar nicht mehr gibt, überfallen mich nun an jeder Straßenecke. Schlaglichter auf vergessen geglaubte Situationen und Menschen, weil ein Werbebild, ein Blick oder Geräusch mich in die Vergangenheit zurückzieht.

Erinnerst du dich an die Sache mit der Badewanne?

Ich schweife ab. Verliere mich in Einzelheiten der Recherche. Und je mehr ich lese, je mehr ich zu begreifen versuche, desto chaotischer wird alles.

Ich würde gern das Knäuel der Familiengeschichte entzerren, geduldig, Knoten für Knoten lösen, es neu aufwickeln und irgendwann am Ende des Fadens anlangen. Aber es geht nicht. Es gibt nicht das eine Knäuel, das es zu entwirren gilt. Es sind verschiedene Garne, die miteinander so fest verknotet sind, dass ich sie zerschneiden muss, und dabei geht immer etwas verloren, und es einfach wieder anzubinden, fühlt sich auch nicht richtig an.

Ich fahre mit dem Auto ins Büro. Langsam rolle ich durch die Stadt und sehe eine Taube, die wenige Meter vor mir über die Straße schlendert. Ich beschleunige nicht, aber ich trete auch nicht auf die Bremse.

Sie würde doch wohl im letzten Moment davonfliegen, so wie diese Vögel es normalerweise tun?

Aber der Vogel spaziert über die Straße, ohne auch nur den Schritt zu beschleunigen.

Es knackt fürchterlich, als ich über das Tier fahre. Das erinnert an das Kopfnussgeräusch, aber es klang endgültiger.

Das Geräusch wird zu einem seltsamen Gefühl, das mich verfolgt wie ein finsterer Traum, den man tagelang nicht abstreifen kann.

33

Einmal hat Vater dich gerettet.

Andere Male hat er es versucht, das möchtest du zumindest glauben. Du redest dir ein, er hätte gesehen, was Mutter tat, und sei bloß zu schwach gewesen, zu ängstlich, um dir zu helfen.

Aber einmal hat er dich wirklich gerettet. Das war die Sache mit der Badewanne.

Ich erinnere mich nicht mehr gut an die Wohnung ohne Toilette und Badezimmer. Bloß, dass es kalt war und einen Ofen gab, an dem ich mich verbrannt habe. Mit meinem Roller bin ich durch die Wohnung gefahren und habe das Gleichgewicht verloren. Da habe ich mich am Ofen abgestützt.

Es war ein reißender, unmittelbarer Schmerz, der tief unter die Haut ging, noch bevor ich das Gleichgewicht wiederfand, um die Hand von der Ofenwand zurückzuziehen. Aber danach durfte ich bei Vater auf dem Schoß sitzen und Mutter brachte mir einen kalten Waschlappen.

Daran habe ich manchmal gedacht, wenn ich nicht schlafen konnte. Als ich Mutter einmal davon erzählte, meinte sie jedoch, dass die Geschichte zwar stimme, aber ich mich unmöglich daran erinnern könne. Ich sei viel zu klein gewesen.

Das ist eines dieser Muttermantren: »Du warst zu klein, das weißt du nicht.«

Dieser Satz schießt auch Tim immer durch den Kopf, wenn er sich versucht zu erinnern. Wie eine von ihr errichtete Sperre, verbunden mit der Hoffnung, wir würden uns davon zurückhalten lassen.

Ich erinnere mich auch noch an das Gegröle vor dem Fenster der kleinen Wohnung, das mir Angst machte. Ständig klopfte es an die dünne Fensterscheibe, von der ich mir nicht sicher war, ob sie dem standhalten würde.

Aber dann zogen wir in eine Neubauwohnung mit Badewanne und separater Toilette.

Mutter hatte immer so ein spezielles Ding mit Temperaturen. Zum Beispiel bestand sie darauf, dass Tim und ich keine Frostbeulen waren. Deshalb trugen wir, sobald sich der Frühling erahnen ließ, Sandalen ohne Socken und kurze Hosen, eine Jacke brauchten wir nicht. Warum genau Menschen, die frieren, etwas Schlechtes sind, wusste ich nicht, aber ich behauptete meiner Erzieherin im Kindergarten gegenüber stock und steif, dass mir warm genug sei, selbst wenn ich am ganzen Körper Gänsehaut hatte. Ich glaubte, dafür auch anerkennende Blicke zu ernten.

Umgekehrt war es beim Baden wiederum wichtig, ordentlich Hitze zu vertragen. Mutter machte das Badewasser stets besonders heiß und schickte Tim und mich hinein. Wenn wir sagten, dass es zu heiß sei, rief sie, wir sollten trotzdem in die Wanne steigen, um unsere Haut daran zu gewöhnen. Es stimmte auch, man konnte sich an heißes Wasser genauso gewöhnen wie an kalte Füße.

Als ich später für Klara und Kurti die Wanne einließ, achtete ich ängstlich auf die richtige Temperatur und versicherte mich mehrfach, dass das Wasser nicht zu heiß war. (Es war immer besser, zwei Thermometer zu haben, falls eines kaputt ging.) Ich kontrollierte aber auch das Wasser, das Hans einließ, und vermutete, er würde nicht genug darauf achten.

Bis mir die Sache mit der Badewanne wieder eingefallen ist, wusste ich nicht, warum ich so viel Angst vor zu heißem Wasser hatte.

Es war ein Spiel von ihr gewesen.

Sie hatte das Wasser eingelassen und uns ins Bad geschickt. Vorsichtig setzte ich einen Zeh hinein, um zu gucken, wie heiß es war. Es half, wenn man den Fuß zuerst reinsetzte, so lange wie möglich durchhielt, ihn dann kurz rausnahm und wieder eintauchte, sobald der Schmerz nachgelassen hatte. Das Wichtigste war, dabei leise zu bleiben, damit Mutter nicht ungeduldig würde, schließlich sollten wir in die Wanne gehen und nicht »blöd drumherumstehen«.

Diesmal aber war das Wasser wirklich viel zu heiß.

Ich hatte schon ein paar Mal versucht, den Fuß hineinzusetzen, aber ich konnte nicht lang genug durchhalten. Vielleicht habe ich kalte Füße, dachte ich. Ich wusste ja schon, dass die Gewöhnung länger dauert und es auch schmerzhafter war, wenn man kalte Füße hatte. Die würden auch nicht wärmer werden, wenn ich mich nicht bald zusammenreißen würde. Aber es funktionierte nicht, es tat immer noch so weh, dass ich es nur wenige Sekunden aushielt.

Tim stand nackt daneben, weinte, und ich rief nach Mutter. Das Wasser war einfach viel zu heiß. Mein Bruder versicherte ihr, dass wir es wirklich versucht hätten. Aber Mutter, die gerade den Abwasch machte, glaubte uns nicht und ihrer Stimme war anzuhören, dass sie allmählich ungeduldig wurde. Also bissen wir die Zähne zusammen und stiegen in die Wanne.

Tim weinte immer noch. Aber leiser. Der Schmerz machte ihn stumm. Ich kämpfte gegen den Drang an, aus der Wanne zu fliehen, obwohl der Schmerz von den Füßen bis in den Nacken zog. Mutter rief, wir würden uns daran gewöhnen.

Das sagte ich auch Tim.

Mir ging die Kraft aus. Es ist irrsinnig anstrengend, gegen die eigenen Reflexe anzukämpfen.

Eine Weile standen wir in der Wanne, unter uns der knisternde Schaum. Wir achteten darauf, uns nicht zu bewegen. Sonst würde das Wasser an noch trockene, noch unvorbereitete Haut schwappen und den Schmerz an einer weiteren Hautstelle unaushaltbar machen.

Es ist schwer zu glauben, dass das wirklich passiert ist. Aber du erinnerst dich an jeden Moment und an die Gedanken, die du hattest. Die Überlegungen, wie du es schaffen könntest, Mutters Anforderungen zu genügen. Dich an die Hitze zu gewöhnen, den Schmerz auszuhalten, bis er tatsächlich verschwinden würde. Denn das war ja wahr, das hattest du ja schon oft erlebt. Dass man nur durchhalten muss.

Lange hast du geglaubt, dass es ein Versehen gewesen ist. Aber dann ist dir eingefallen, dass Mutter nur etwa sechs oder sieben Schritte von euch entfernt war. Sie hätte nur einmal das Spülbecken verlassen müssen.

Sie hat euer Weinen gehört. Eure Rufe. Aber sie ist nicht gekommen.

Es gibt keine andere Erklärung als die, dass sie euch in voller Absicht dort hat sitzen lassen. Sie wollte euch verbrühen. Warum auch immer. Woher auch immer ihre Lust kam. Oder ihre Wut.

Ganz langsam versuchte ich, mich in die Wanne zu setzen. Tim blieb stehen. Er schaffte es nicht. Tatsächlich stand er reglos da und weinte mit weit aufgerissenem Mund (noch immer geisterhaft tonlos).

Ich rief noch einmal nach Mutter. Ich flehte sie an, versicherte, dass das Wasser wirklich noch heißer war als sonst.

Aber sie kam nicht.

Also setzte ich mich langsam in die Wanne. Es dauerte. Der Unterleib schmerzt heftiger, wenn man ihn verbrüht, als die Füße.

Als ich es geschafft hatte, schoss der Schmerz kreuz und quer durch meinen kleinen Körper. An manchen Stellen fühlte er sich kalt an. Ich zitterte, und das brachte das Wasser wieder zum Schwappen. Panisch blickte ich auf die wippenden Schaummassen, aber ich traute mich nicht, aus der Wanne zu steigen, und fiel in eine seltsame Starre. Nach Mutter rief ich nicht mehr. Sie war nicht zu überzeugen. Stattdessen weinte ich vorsichtig und schämte mich zugleich dafür, dass ich mich offenbar nicht an die Hitze gewöhnte.

Ich war etwa fünf oder sechs.

Schließlich kam Vater schimpfend ins Bad. Unser Geheule störte ihn beim Fernsehen. Er fasste mit einer Hand in die Wanne, immer noch voller Überzeugung, das Wasser sei nicht zu heiß, und wir stellten uns wieder einmal bloß an.

Dann fuhr ein Schreck durch sein Gesicht. Er riss mich aus der Wanne und griff gleich darauf nach Tim.

Das war es. Das war das eine Mal, als Vater mich gerettet hat.

In dieser Zeit habe ich mir oft überlegt, zu welchem meiner beiden Eltern ich gehen würde, wenn sie sich scheiden ließen. Die meisten Eltern ließen sich schließlich scheiden. Das passierte ständig. Und immer dachte ich, ich würde zu Vati gehen. Ganz sicher. Das Problem war bloß, dass Tim bei Mutter bleiben würde, und das brachte mich in eine Zwickmühle. Für meinen Bruder würde ich auch bei Mutter bleiben. Aber vielleicht könnte ich ihn ja noch überzeugen, wenn es wirklich darauf ankäme.

34

Es hat Konsequenzen, wenn du beginnst, ich zu sagen. Namen werden zu Menschen. Auch du.

Oft sagst du dir – so war es eben.

Du erinnerst dich an den Moment oben auf dem Berg im Riesengebirge. Da war Mutter etwa so alt wie du jetzt und sprach mit einer Freundin.

Du standest daneben und sahst ins Tal.

Es war die letzte Nacht des zwanzigsten Jahrhunderts, des zweiten Jahrtausends und vielleicht das Ende der Welt. Seit Wochen schon gingen Befürchtungen durch die Nachrichten, die Computer, die das gerade erst beginnende Computerzeitalter prägen sollten, seien fehlprogrammiert. Alle. Sie würden abstürzen, wenn nach der 99 wieder eine 0 als Jahreszahl zu zählen wäre.

Deshalb standest du aufgeregt auf dem Berg und sahst ins Tal. Würden um Mitternacht wirklich alle Lichter ausgehen? Würde die Welt in diesem Moment in Krieg und Chaos ausbrechen? Würden die Atomraketen unbewacht und ungeschützt explodieren und alles Leben auf dem Planeten für immer auslöschen?

Die Erwachsenen lachten und bereiteten das Feuerwerk vor, das sie gleich zünden würden, um das alte Jahrtausend zu verabschieden.

»Ich habe mich bei Svens Eltern immer wohler gefühlt«, sagte Mutter.

Ich begann, dem Gespräch zu lauschen. Sie hatte sich bei Vaters Eltern wohler gefühlt als bei Oma Eva und Opa Paul? Schwer vorstellbar für mich. Opa Arndt war ein furchtbarer Choleriker, vor dem ich mich meistens fürchtete und ihn für das, was er Oma Ursel antat, abgrundtief verachtete.

So sehr ich auch grabe, das ganze Gespräch fällt mir nicht ein.

(Nur, dass nichts passierte. Gar nichts. Kein einziges Licht erlosch im Tal. Und die Raketen knallten wie immer. Es hatte sich überhaupt nichts geändert.)

Ich habe sicher auch nicht alles verstanden, und ich bin mir nicht sicher, ob Mutter wollte, dass ich es höre. Manchmal sagte sie etwas, das eigentlich mir galt, jemand anderem.

Zum Beispiel die Geschichte mit meiner Cousine Katja. Als Katja in der Schule erzählt hatte, dass Tante Sabine sie schlagen würde, gab Mutter sich empört und betonte ihrer Freundin Elli gegenüber, dass man mit so etwas ja nun wirklich nicht scherzen und falsche Gerüchte verbreiten dürfe. Elli schien etwas schwer von Begriff zu sein, so oft wie Mutter die Sache wiederholen musste. Dabei hätte sie sich eigentlich sicher sein können, dass ich es schon beim ersten Mal verstanden habe.

Dort oben auf dem Berg jedoch wusste ich nicht, ob sie mir oder Elli etwas erzählen wollte. Ich wünschte mir aber, sie würde nicht aufhören zu sprechen.

Sie erklärte, dass sie sich von ihrer Mutter, also Oma Eva, immer unverstanden gefühlt habe. Dass die Ängste, die ihre Mutter habe, ihr in der Jugend die Luft abgeschnürt hätten und sie irgendwann nur noch wegwollte.

»Irgendwann weiß man dann einfach, dass alles, was die Eltern tun, nur zum eigenen Besten ist.«

Was sie mit alles meinte, führte sie nicht weiter aus.

Ich versuche mir vorzustellen, unsere Blicke hätten sich in diesem Moment getroffen, und weiter, wie wir einander ansehen und uns vielleicht verstehen. Aber es funktioniert nicht. Ich kann es mir nicht einmal vorstellen. Noch immer fürchte ich mich vor ihr. Vor ihrer Kälte und Konsequenz.

Sie hätte mir ruhig sagen können, was sie gemeint hat und warum sie so unglaublich wütend auf mich war.

X

Es gibt Wegweiser an den Straßen,
leicht erkennbare Flußläufe,
Aussichtsgerüste an erhöhten Punkten,
Landkarten, auf denen die Seen blau
eingezeichnet sind
und die Wälder grün,
– es ist leicht, sich zurechtzufinden auf der Erde.

Aber du, der du neben mir gehst, wie verborgen
ist mir die Landschaft deines Herzens!
Tappend im Nebel überkommt mich oft Furcht
vorm Dickicht und vorm verborgenen Abgrund.
Ich weiß, du willst nicht, daß man deine
Gedanken durchwandre,
irreführen soll das Echo deiner Worte,
– Straßen, die kein Ziel haben,
ein Gebiet ohne Ausweg, verfallne Markierung.
Jedes Jahrhundert gibt uns neue Dinge zu verbergen,
ein Gelände, überwachsen dem neugierigen Auge der Liebe,
zugedeckt von Einsamkeit, dem immer dichteren Laub.

Günter Eich

35

Etwa ein Jahr nach dem Beginn meiner Suche habe ich endlich alles zusammen, was es über Paul Bahrlow zu finden gibt.

Obwohl, so genau kann ich das nicht sagen. Ganz sicher liegt noch irgendwo etwas herum. Ich war bei der Suche abhängig vom guten Willen der Archivarinnen und Archivare. Manche waren hilfsbereit und haben über meine Anfrage hinaus gesucht, weil sie ahnten, wo noch etwas zu finden sein könnte. Andere wiederum musste ich mehrmals anfragen, bis ich überhaupt eine Antwort bekam.

Das Archiv der Hochschule, an der Opa Paul zum Schluss unterrichtete, meldete sich zum Beispiel über Monate nicht zurück und ignorierte alle meine Mails. Dort vermutete ich seine Personalakte, denn diese wurden von Arbeitgeber zu Arbeitgeber weitergegeben. Schließlich erhielt ich die Antwort, dass man mir nur noch einen stummeligen Rest übergeben könne, denn mein Großvater habe sich die Akte kurz nach dem Mauerfall aushändigen lassen. Es habe ein kurzes Zeitfenster gegeben, in dem dies möglich gewesen sei.

Das frustrierte mich, aber ich hatte Glück. Eine Kopie der Akte lagerte in einem Winkel des Bundesarchivs. Wieso, weiß ich nicht. Auch nicht, warum die hilfsbereite Archivarin noch einmal nachgeschaut hat, denn eigentlich habe ich sie etwas über seine Kriegsgefangenschaft gefragt.

Auch wenn diejenigen, die meine Anfragen bearbeiten, mit ihrem Namen zeichnen, werden sie kein Gegenüber. Dennoch kann ich sie voneinander unterscheiden. Ich habe das Gefühl, zwischen den knappen Zeilen Sympathien oder ihr Fehlen für das von mir beschriebene Anliegen herauszulesen.

Meine Suche war gründlich, aber dennoch bleibt die Geschichte von Opa Paul ein unvollständiges Puzzle, und die Teile, die ich habe, könnte ich zu ganz verschiedenen Bildern zusammensetzen.

Ich habe oft überlegt, wie ich anfange. Wie beginne ich meine Geschichte von Paul?

Trotz allem, was ich über ihn erfahren habe, erinnere ich mich doch zu gut an die Liebe zwischen uns. Das lässt mich immer wieder zögern und neu beginnen. Wieder und wieder gehe ich die Unterlagen durch und fordere einen genaueren Blick, eine präzisere Analyse.

Irgendwann begreife ich, dass es nicht die Liebe zu ihm ist, die mich zögern lässt, sondern meine Angst. Würde ich die Geschichte von Paul erzählen, wäre das Band zu meiner Familie endgültig zerschnitten. Und vielleicht würde Mutter ihre Versuche, in mein Leben zu greifen, intensivieren. In dem Moment, in dem ich das denke, klappe ich den Laptop zu. Ich kann so nicht schreiben. Nicht mit dieser Angst.

Hans sagt: »Was soll schon passieren?«

Hans ist ein Sonntagskind. Seine Mutter hat ihn zum Geigen gefahren, hat ihm ein winziges Segelboot gekauft, mit dem er und sein Stiefvater am Wochenende auf den Seen der Umgebung Manöver übten, und als Hans einmal einen Autounfall hatte, spürte seine Mutter, die gerade in Australien war, dass es ihrem nun schon erwachsenen Sohn nicht gut ging und flog zurück nach Deutschland.

»Was soll schon passieren?«, sagt Hans.

Ohne dieses Sonntagskind wäre ich ganz sicher nicht mehr am Leben, auch wenn es mich manchmal wahnsinnig machte, dass er alle Zeit so sorglos war.

»Was soll schon passieren?«, hat Hans auch gesagt, als ich in meinen ersten Wochen in Berlin kaum einmal unsere Wohnung verließ. Ein Häufchen Angst war ich, nachdem ich das Leben mit den tausend ungeschriebenen Regeln verlassen hatte.

Und er hatte ja recht. Gar nichts Schlimmes passierte, wenn ich auf die Straße ging. Weder ich noch die Welt fielen auseinander.

Mach den Computer wieder an!

Ich könnte mit den Bildern beginnen, auf denen Opa Paul glücklich ist.

Es sind die Fotos, die ihn als Sportlehrer zeigen. Beim gemeinsamen Sportfest, beim Weitsprung und Staffellauf. Auf den ersten Ausflügen mit Oma Eva. An der Ostsee hat er ein kleines Lager aus einem Windschutz für sie hergerichtet. Dahinter lässt es sich herrlich in der Sonne liegen. Oder an der Schreibmaschine in der Bahrlowruh.

Ich könnte mit der Anzeige beginnen, die im Dezember 1968 im Neuen Deutschland erschienen ist. Darin sucht ein »Pädagogischer Wissenschaftler, promovierter Hochschuldozent, mit umfangreicher Erfahrung in der wissenschaftlichen Qualifizierung und leitender Kader eine sehr verantwortungsvolle leitende Tätigkeit in der Erwachsenenbildung«.

Diese Anzeige hat ihn von Potsdam in die kleine Stadt an der Ostsee geführt. Er hat eine Frau mitgebracht und zwei kleine Töchter, Monika und Sabine. In der kleinen Stadt an der Ostsee wohnte auch Sven mit seinen Geschwistern Hilmar und Gabriele. Monika und Sven würden einmal meine Eltern werden.

Oder ich beginne mit den Briefen, die Opa Paul zu Beginn der 90er Jahre an einflussreiche Politikerinnen und Politiker geschrieben hat. Am 12. Januar 1993 schrieb Paul beispielsweise an Wolfgang Schäuble, dass der Gesetzgeber ohne Ansehen der Person Hochschullehrer, Schuldirektoren, Polizisten und besserverdienende Angestellte in Behörden der ehemaligen DDR mit dem Brandmal der Staatsnähe gekennzeichnet und daraus das Recht abgeleitet habe, ganze Bevölkerungsgruppen mit Rentenkappungen zu bestrafen und wiederum andere von jeder Rentenerhöhung auszuschließen. Auch ihn habe man in diese Kategorie eingeteilt, was dazu geführt habe, dass er Wohngeld beantragen musste. So etwas, schrieb er dem ehemaligen Bundesinnenminister, hätten seines Wissens nach nicht einmal die Nazis fertiggebracht ...

Die Worte Staatsnähe und Recht setzt er dabei konsequent in Anführungszeichen. So als gäbe es sie gar nicht. Oder nicht mehr.

Aber auch das fühlt sich falsch an.

Ich versuche eine Geschichte von Paul zu erzählen, die am Anfang beginnt.

36

DIE GESCHICHTE VON PAUL BAHRLOW, 1. TEIL

Ich schreibe die Geschichte auf der alten Schreibmaschine, die Tim einmal von Opa Paul geschenkt bekommen und später bei mir gelassen hat. Auf Ebay kaufe ich ein paar Farbbänder für die Erika zu je 1,99 Euro.

Nach zehn Minuten Schreibarbeit komme ich ins Schwitzen.

Die Finger schmerzen, aber anders geht es nicht.

Ich weiß, dass die Nachbarn mein Gehämmer hören und es wahrscheinlich nicht zuordnen können. Ich muss schnell schreiben, sonst schaffe ich nicht genug, bevor der Erste sich beschwert.

Von unten kommt eine und klingelt. Ich sage ihr, dass es wirklich nicht anders geht! Und werde dabei ein bisschen laut.

Paul Ferdinand Peter Heinrich Enno Bahrlow wird 1923 als erstes von vier Kindern in einem Dorf bei Stendal in Sachsen-Anhalt geboren. Als seine Mutter zwei Jahre später wieder schwanger ist, zieht die kleine Familie vom Land nach Berlin, in der Hoffnung, der Vater, ein trinkender Gärtner und ehemaliger Polizist, würde in der Großstadt Arbeit finden.

Die Familie ist so arm, dass Pauls Bruder Wilhelm und auch die auf Wilhelm folgende Schwester Berta und der jüngste Bruder Egon gleich nach der Geburt in Pflege gegeben werden. Nur Paul bleibt bei seinen Eltern, und hätte Wilhelm nicht später in dem Buch, das er im Selbstverlag herausgebracht hat, die Gartenlaube am nördlichen Rand von Berlin beschrieben, die nicht einmal ein Schloss hatte, dann hätte ich gedacht, Opa Paul sei irgendwo in Pankow auf einem zweiten oder dritten Hinterhof aufgewachsen, wie ich es aus Filmen und Fernsehserien kannte. Ich fantasierte mir ihn mit anderen rachitischen Proletarierkindern zusammen. Sie wären zwar meist hungrig und auch dreckig gewesen, hätten sich aber, früh von einem kommunistischen Klassenbewusstsein geprägt, kaum dass sie laufen konnten, auf dem Rosa-Luxemburg-Platz mit den Faschisten geprügelt.

Es gibt ein Foto von Paul und seinen Brüdern von 1990 oder '91. Schwester Berta ist nicht auf dem Bild, vermutlich war sie zu der Zeit schon tot. Mit ihr hatte Paul noch brieflichen Kontakt, nachdem er in der sowjetischen Besatzungszone geblieben ist. Und später besuchte Berta ihn in Ostberlin mit ihrer kleinen Tochter. Sie ist so alt wie Tante Sabine. Auf den Besuchsbildern sitzen sie wie Falschgeld am Alexanderplatz rum. Es ist der Prachtplatz Ostberlins, an den man immer mit Besuch hingeht und sich jedes Mal fragt, was man da eigentlich soll.

Das Treffen der drei Brüder kurz nach der Wiedervereinigung hatte Wilhelm arrangiert. Es hatte eine festliche Einladung gegeben, in der sogar ein Drei-Gänge-Menü angekündigt war.

Seit der Wende hat sich Paul ein bisschen um seinen Bruder Egon gekümmert. So gut es eben ging. Der jüngste Bahrlowbruder lebte verarmt in West-Berlin. Paul und Eva versuchten ihn zu unterstützen und warfen Wilhelm vor, dass er es ihnen nicht gleichtat, und das, obwohl er doch derjenige war, der Karriere und Geld gemacht hatte. Aber er hatte eben »alles verjubelt«.

Für Paul brachte Egon den Beweis, dass auch ein Leben im Westen nicht unbedingt ein gelungenes hätte werden müssen, und Wilhelms schillernde Arroganz bestätigte ihm, dass die Wessis immer nur an sich selbst dachten.

»Wenn jeder an sich selber denkt, ist an alle gedacht, nicht wahr, Stinel?«

Trotzdem ist Paul zu dem Treffen gefahren, Familie ist doch Familie, dachte er sicherlich. Und überhaupt, jetzt, da die Weltgeschichte ihnen diese Möglichkeit offenbart hatte, durfte man sie nicht einfach verstreichen lassen.

Wilhelm jedenfalls lacht in seinem eleganten Humphrey-Bogart-Mantel auf dem Foto, das die drei Brüder zeigt, während Paul versucht, die Autorität des Erstgeborenen auszustrahlen. Wenigstens ist er noch immer der größte der drei Bahrlows und hat sich dazu noch einen Hut aus Fell aufgesetzt.

Aber es gelingt ihm nicht. Ich sehe doch, dass mein Großvater sich kaum zu rühren weiß. Wie soll man einander auch begegnen? Nach all den Jahren, nach allem, was man getan und gelassen hatte? Was man beschwiegen und dennoch gedacht hatte?

Egon sieht aus, als wüsste er, dass es ihn in dieser Brüderbande nicht mehr gebraucht hätte. Er steht etwas abseits am Bildrand. Dabei hat Oma Eva, ich bin mir sicher, dass sie das Foto gemacht hat, ihm bestimmt gesagt, er solle noch etwas aufrücken, damit er aufs Bild kommt.

Paul verachtete Wilhelm, und das vermutlich zu Recht. Er hatte seinen jüngeren Bruder immer mal wieder angeschrieben. Und in der Zeit, als der da »'ne richtche Nummer« beim Fernsehen gewesen ist, hat Wilhelm seine Sekretärin per Brief ausrichten lassen, der Chef habe ihr aufgetragen, ihm einen Gruß auszurichten. Der Herr Bahrlow könne leider nicht selbst antworten, denn er befände sich auf dem Weg zum Flughafen.

Du denkst: Dolle Jeschichte, trotzdem – filmreif bis in den letzten Bindestrich!

Wie hat Onkel Wilhelm denn nun seine Villa am Starnberger See verjubelt?

Eine ganze Villa verjubeln, das muss einem erstmal gelingen!

Also suche ich im Internet nach meinem Großonkel. Zu seinem achtzigsten Geburtstag hat die GEMA immerhin noch eine Mitteilung verfasst, und eine Todesanzeige finde ich nirgends. Vielleicht werde ich die Geschichte von den verjubelten Fernsehmillionen doch noch erfahren …

Aber die Anfrage beim Einwohnermeldeamt, die ich mit wenigen Klicks im Internet stellen kann, ergibt, dass Wilhelm bereits verstorben ist.

»Die von Ihnen angefragte Behörde bearbeitet Anfragen im Durchschnitt innerhalb von 3 Stunden und 18 Minuten.«

Zu spät.

Als ich mit meinen Fingern wieder auf die Tastenhebel der Erika einschlage und es sich anfühlt, als würde ich wie eine Dampflok in alten Filmen mühsam, aber unaufhaltbar zu großer Fahrt anlaufen, leuchtet mein Handy auf:

»muss schlafen, bitte«, schreibt die Nachbarin. Durchs Fenster grinst ein heller Mond, der weiß, dass ich zu wach bin, um jetzt nicht noch mit ihm ins Reden zu kommen.

37

Du suchst nach Worten für etwas, für das du zum Schweigen verdonnert wurdest.

Gewalt.

Dieses schmale Wort kann alles heißen und bedeutet vielen gar nichts. Der Begriff hat sich verändert. Ist weiter geworden. Wird inflationär gebraucht, um Grenzen möglichst früh abzustecken und jede Verletzung, jedes Unbehagen zu vermeiden.

In der Tagesschau zum Beispiel wird täglich von Ereignissen berichtet, bei denen es zu Gewalt gekommen ist.

Auf Twitter heißt es, alle zwei bis drei Tage sterbe in Deutschland eine Frau an der Gewalt ihres Partners oder Expartners. Ich habe keinen Zweifel an dieser oft zitierten Statistik.

Jemand kommentiert, dass es sich ja hierbei um einen quasi nicht messbaren Anteil aller Frauen in Deutschland handele, was denn das Ziel wäre? Als sei es anmaßend, zu fordern, dass genau keine Frau ermordet wird. Dass es vielleicht auch möglich sein muss, dass nicht einmal der Versuch unternommen wird, seine Frau oder Ex-Frau umzubringen.

Gewalt.

Aber es ist auch von Mikroaggressionen die Rede. Von Worten, die Gewalt seien. Identitätsfragen, die Gewalt seien. Von Gesten, die Gewalt seien. Blicken.

Gewaltverherrlichende Texte in der Rap-Musik sollen die Jugendlichen der Nullerjahre haben abstumpfen lassen.

Computer-Spiele haben aus Kindern der 90er Amokläufer gemacht.

Du erinnerst dich an deine ersten Texte. Kurze Protokolle, die du in dein Tagebuch geschrieben hast. Du hast aufgeschrieben, was passiert ist. Kurze Stichpunkte über den Ablauf der Gewalt, wie eine Einkaufsliste oder ein Wunschzettel. Bevor sie wieder verschwindet. In den Verleugnungen und Überschreibungen meiner Wirklichkeit durch Mutter, durch Vater, durch die ganze Welt, die nicht wahrhaben wollte, was hier vor sich ging. Bevor du nicht mehr wusstest, war das wirklich passiert? Manchmal hattest du Angst, verrückt zu sein. Dass dir Dinge passieren, die nur du erlebst. Dass alle Menschen um dich herum in einer anderen Welt leben. Dass es dich vielleicht gar nicht gibt.

Am 26. April 2002 lief der neunzehnjährige Robert Steinhäuser schwer bewaffnet in die Schule, die ihn zuvor von sich verwiesen hatte, das Gutenberg-Gymnasium in Erfurt. Er erschoss zwölf Lehrerinnen und Lehrer, die Sekretärin der Schule, eine Schülerin und einen Schüler, einen Polizisten und schließlich sich selbst. Es war der erste sogenannte Amoklauf in Deutschland. Er geschah im Osten des Landes. Aber zum ersten Mal hieß es bei dieser Form der »Jugendgewalt« nicht, dass es sich um ein Phänomen der Nachwendezeit handeln würde.

Die Gewalt an diesem Tag bedeutete siebzehn Tote und eine ganze Schule voller Angst. Zehn Jahre nach der Tat heißt es von offizieller Seite, dass siebenhundert Schülerinnen und Schüler unter einer posttraumatischen Belastungsstörung gelitten hätten und dass sich die Kosten der Behandlung, der Witwen- und Waisenrenten für die Thüringer Unfallkasse bereits auf mehr als fünf Millionen Euro beliefen.

Vielleicht durfte die Tat deshalb nichts mit dem Osten zu tun haben, weil man sie gedanklich über den Atlantik schob. Drei Jahre zuvor hatte es an der Columbine Highschool in den USA ein Massaker gegeben, das Steinhäuser sich zum Vorbild nahm. Dabei waren zwölf Schülerinnen und Schüler und eine Lehrkraft von den zwei Tätern ermordet worden, die sich am Ende auch selbst erschossen hatten. Die Gewalttat der beiden Jugendlichen in den USA konnte auch deshalb medial so gut nachklingen und sich verbreiten, da die Tat durch Überwachungskameras an der Schule aufgezeichnet wurde und es außerdem möglich war, die Evakuierung live im Fernsehen zu verfolgen. Wenn man heute nach dem Columbine-Massaker im Internet sucht, werden einem sofort Videoschnipsel aus der Schulbibliothek angeboten, die zeigen, wie die beiden Täter entspannt zwischen den Tischen und Regalen umherlaufen, um einzelne Menschen zu erschießen, die kurz zuvor noch mit ihnen im selben Klassenraum gesessen haben.

Deine Tagebücher hast du als Erstes weggeschmissen, als du nach Berlin gekommen bist.

Alles, was aus Amerika kam, war krass. War krasser als das, was wir uns vorstellen konnten. Die Diskussion in Deutschland drehte sich vor allem darum, wie unglaublich es sei, dass man in den USA ganz einfach Waffen kaufen konnte. Und wie übertrieben, dass man im *Land der unbegrenzten Möglichkeiten* die Schulen mit Wachpersonal ausstattete, das die Kinder vor Schulbeginn mit Metalldetektoren nach Waffen absuchte.

Auch der Gewaltexzess von Erfurt ist medial gut dokumentiert.

Wenn ich bloß daran denke, höre ich die Rotorblätter des über dem Schulgebäude kreisenden Helikopters und erinnere mich an Polizisten in grün-braunen Uniformen, die sich hinter Polizeiautos verstecken. Auch das Gesicht des Täters habe ich gleich wieder vor Augen.

Der Polizeieinsatz ist so chaotisch und planlos durchgeführt worden, offenbar hatte in Deutschland niemand mit einer solchen Tat gerechnet. Und schon gar nicht im beschaulichen Erfurt in Thüringen.

Die Beamten hatten die Anweisung, auf die Spezialeinsatzkräfte zu warten, aber sichtlich keine Idee, wie sie in einer solchen Gefahrenlage agieren sollten. Nachdem es aus der Schule mehrere Anrufe wegen der Schüsse und Verletzten bei der Polizei gegeben hatte, schickte man Funkwagen zum Gutenberg-Gymnasium, weil es dort »angeblich zu einer Straftat« gekommen sei. Und auch die SEK-Beamten drangen, als sie endlich am Tatort ankamen, nur zögerlich in das Schulgebäude ein. Man befürchtete einen zweiten Täter.

Die etwa 200 in der Schule verbliebenen Schülerinnen und Schüler wussten nicht, was draußen vor sich ging.

Der Täter hatte nur etwa zehn Minuten für seine sechzehn Morde gebraucht. Vier Stunden lang jedoch dauerte das Warten, mehrere Stunden das Sterben einiger seiner Opfer.

Die Fragen, die das auch damals schon aufwarf, wurden von einer Untersuchungskommission vom Tisch gewischt. Die beiden erschossenen Kinder, die stundenlang noch neben ihren Freundinnen und Freunden um ihr Leben gerungen hatten, hätten ohnehin keine Chance gehabt. Und auch der Lehrer, der einsam auf dem Flur immer wieder um Hilfe rief, sei in diesem Moment schon nicht mehr zu retten gewesen. Der Einsatz, so hieß es, sei fehlerfrei verlaufen.

Tot ist tot. Ein fehlerfreier Verlauf. Was soll das bedeuten?

Die erste Pressekonferenz wurde bereits gegeben, als der Einsatz der Polizei noch gar nicht beendet war und man nicht genau wusste, wie viele Opfer und Verletzte es gab. Und auch die ersten Spekulationen waren da bereits gemacht.

Mobbing, Ballerspiele, Leistungsdruck.

Dieser Erklärungsdreiklang, den man schon aus den USA kannte, dröhnte aus allen Röhren und sollte keine unangenehmen Fragen zulassen. Stattdessen – Schweigeminuten. Im ganzen Land hatten die Kinder zu schweigen und der allumfassenden Furchtbarkeit still zu gedenken. Wir wollten auch gar nicht mit unseren Lehrern sprechen und erwarteten ganz besonders von ihnen keine Antworten.

Wie wahrscheinlich war es denn, dass einer in Erfurt aus den gleichen Gründen schießt wie zwei in Colorado.

Mobbing, Ballerspiele, Leistungsdruck.

Wir wussten, was sie darüber dachten, und fragten uns während der ausgestellten Schweigerituale: Wer schießt als Nächstes? Wer schießt bei uns?

Manchmal sprachen wir auch darüber. Wir lachten darüber und machten Witze, weil die Erwachsenen verboten hatten, darüber Witze zu machen.

Das macht man nicht.

Im Informatikunterricht surften wir auf »rotten.com« und sorgten dafür, dass die Lehrer das mitbekamen. Der größte Spaß war es, wenn man sie dazu brachte, dass sie endlich etwas sagen mussten. Aber wie sie sich wanden, wie sehr sie sich bemühten wegzuschauen!

Die Lehrerin sagte: »Es gibt einen Computerfehler. Ich muss das System neu starten. Und dann üben wir Schreibmaschineschreiben.«

So verschwanden die abgeschlagenen Köpfe und blutenden Gliedmaßen von den Bildschirmen, und alles fing von vorne an.

asdf jklö öl la da jölö kafka klös asdf …

Wer nur zwei Fehler macht, bekommt noch eine Eins!

38

Ich war mir sicher, wenn einer schießt, dann Kai. Neben ihm musste ich in Latein sitzen. Ich weiß gar nicht mehr, wer von uns damit bestraft werden sollte. Vermutlich wir beide. Ich für störendes Gequatsche mit Vicky und er, weil er eben jemand war, den man immer mal bestrafen musste.

Damals in der Zehnten hatte Kai schon ein mächtiges Alkoholproblem. Er war damit aber nicht allein. Er war bloß derjenige, von dem alle wussten, er würde das nicht mehr in den Griff bekommen.

Auf dem ersten Elternabend unserer Gymnasialklasse im Sommer 96 hatte Kais Mutter sich mit den Worten vorgestellt: »Hallo, ich bin Carola Francke, 90-60-90, mehr braucht hier niemand von mir zu wissen.« Und dieses Bild, das seine angetrunkene Mutter bei jener ersten Begegnung mit der Institution Gymnasium abgegeben hatte, war für Kai Franckes Schullaufbahn entscheidend gewesen.

Kai war kein schönes Kind. Er trug Vokuhila, meistens rausgewachsen, Hochwasserhosen und wirklich die billigsten Turnschuhe. Seine Zähne waren schief, und er sah einfach aus wie jemand, von dem man sich nicht vorstellen konnte, mit ihm befreundet zu sein.

Gleichzeitig hielt er mit ziemlicher Ruhe die immer gröber werdenden Attacken seiner Klassenkameraden aus. Es war seine Federtasche, die durch das Klassenzimmer flog und Matthias am Kopf traf, woraufhin dieser zu Boden ging. Natürlich bekam er den Ärger für Matthias' Bewusstlosigkeit.

Kais Eltern waren Eltern, die nicht so wirkten, als hätten sie ein besonders begabtes oder auch nur knapp überdurchschnittliches Kind. Und auch Kai sah nie so aus, als wäre er in irgendetwas richtig gut. Außer vielleicht in Ärger machen und saufen.

Aber das stimmte nicht. Kai war der Intelligenteste in unserer Klasse. Ein geniehaftes Mathebrain. Er rechnete die irrsten Dinger im Kopf und kannte Formeln, von denen wir anderen noch nicht einmal gehört hatten. Aber weil er die Lösungswege nie aufschrieb, kassierte er 5er und 6er am laufenden Band.

Einmal rief der Lehrer ihn an die Tafel. Der hatte sogar einen Doktortitel, was uns durchaus beeindruckte. Er gab Kai jede Menge Aufgaben, und Kai hatte keine Probleme, die richtigen Lösungen zu finden, aber nach den Lösungswegen befragt, zuckte er wieder nur bocklos mit den Schultern: »Keine Ahnung.«

Also fragte Doktor Mathelehrer nach einer weiteren Rechenart, die uns bloß blöd staunen ließ. Ich glaube, es waren Potenzen, aber sicher bin ich mir nicht. Er meinte, Kais Ehrgeiz wecken zu müssen, indem er ihm ankündigte, wenn er diese Aufgabe auch im Kopf lösen könne, dann müsse er weg von dieser Schule, ganz woanders hin. In einer Mischung aus unverständiger Langeweile und Anspannung ob der Möglichkeit, dass vor unseren Augen vielleicht ein neuer

Einstein erscheinen würde, blickten wir übrigen Idioten an die Tafel.

Kai löste die Aufgabe schweigend. Der Lehrer staunte ungläubig, sah mehrmals nach und fragte: »Wie hast du das gemacht?«

»Das mache ich immer, um die Gewinnchancen beim Lotto für meine Mutter auszurechnen«, sagte Kai, während er zurück an seinen Platz trottete.

Er kam natürlich an keine andere Schule. Kai schaffte es nicht mal auf unserem Gymnasium, sondern ging nach der Elften ab. Ging zum Bund, flog auch da raus, lief irgendwann von großen Schäferhunden flankiert durch die mittelalterlichen Gassen der kleinen Stadt. Dann ist er Postbote geworden. Er hat sich das Orgelspielen beigebracht und übt jeden Tag, auch wenn er mit der Kirche nichts zu tun hat.

Schade, dass kein Kommunismus ist. Da wäre der Postbote genauso viel wert wie der Doktor Mathelehrer.

Wenn einer einen Grund zum Schießen gehabt hätte, denke ich, war es Kai. Aber er hat nicht geschossen.

»Ernsthaft, Kai Francke? Nee, hätt' ich jetzt gar nicht gedacht«, sagt Pit und trinkt den letzten Tropfen Champagner aus seinem Glas.

»Ich hätte eher an Falko gedacht, weil der immer die Frösche aufgeblasen hat und Mäuse auf die Bahnschienen geklebt.«

Vicky, Pit und ich treffen uns einmal im Jahr in der *Paris Bar* und sprechen über früher. Immer dann, wenn Pit »im

Lande« ist, wie er sagt. Er ist auch von der Schule geflogen mit dem freundlichen Hinweis »aus Ihnen wird nie was, Herr Schmidt«. Keine zwanzig Jahre später ist Pit Schmidt Privatier und pendelt zwischen der kleinen Stadt und dem Rest der Welt. Er ist immer noch gern an der Ostsee und kennt, wie es dort üblich ist, jede und jeden. Ihn kennt man sowieso. Pit ist in der kleinen Stadt »der mit den Aktien«. Ich habe nie ganz verstanden, wie das ging, aber ein Fernsehsender wollte sogar einmal eine Doku über den »Kinderzimmer-Broker« drehen. Pit hat jedoch abgelehnt. Kein Bock, zu viel Stress.

Von ihm weiß ich, was Kai jetzt macht.

»Falko war der viel krassere Psycho«, sagt Pit.

Ich versuche mich an Falko zu erinnern, aber es fällt mir schwer. Falko, wie war nochmal sein Nachname, irgendwas mit H, oder? Doch es stimmt, Falko hat es auch gegeben. Ich glaube, ich habe nie ein Wort mit ihm gewechselt. Er ist ähnlich malträtiert worden wie Kai. Manchmal hat man seine Schuhe versteckt, sodass er auf Socken nach Hause laufen musste.

»Wir waren auch mal zusammen am Bahndamm«, sage ich zu Pit, aber der scheint sich nicht zu erinnern.

»Wir haben Steine auf die Schienen gelegt, und ich hatte Angst, dass der Zug entgleist. Aber es hat nur ein bisschen geknallt.«

»Steine sind ja noch in Ordnung«, sagt Pit, »aber Falko hatte Panzertape dabei und wusste, wie man Mäuse fängt. Der hat ernsthaft Mäuse auf die Schienen gelegt und gewartet, bis der Zug drüberrollte.«

Während Pit uns noch eine neue Runde Champagner bestellt, denke ich darüber nach, ob Mäuse wirklich schlimmer sind als Steine, die in der Erwartung eines entgleisenden Zugs auf die Schienen gelegt werden.

Pit sagt, er sei froh, dass es in unserer Kindheit so friedlich zugegangen ist. Was man heute so höre, an Mobbing und Gewalt, da könne er sich kaum vorstellen, mal Kinder zu haben.

Was ist Gewalt, denkst du? Und warum wirkt sie so lange nach? Warum vergisst du sie nicht einfach? So wie Pit.

Du denkst an Tims reglosen Schrei in der Wanne. Wie er mit offenem Mund weinte und versuchte, sich dabei nicht zu bewegen.

Nachdem Vater euch aus der Wanne gerissen hat, nachdem er dich abgetrocknet hat – und das war ein furchtbarer Schmerz, wie das Handtuch über die verbrühte Haut rieb –, musstet ihr ins Bett.

Dort lagt ihr und wartetet, bis der Schlaf euch endlich in seine tröstenden Arme nahm.

Tim und ich sprachen selten über das, was Mutter tat. Über Vater sprachen wir nie.

Erst später, als ich darüber nachdachte, abzuhauen oder zumindest mit sechzehn auszuziehen. Da sagte ich beim Zähneputzen oft zu Tim: »Ich haue ab. Mit sechzehn bin ich weg.«

Aber ich war zu feige und bin deshalb in der Planung immer stecken geblieben.

Ein paar Mal bin ich an dem Haus, in dem der Jugendnotdienst war, vorbeigegangen und habe mir vorgenommen zu klingeln. Aber auch wenn Mutter nicht mehr beim Jugendamt arbeitete, Ende der 90er ist sie ins Arbeitsamt gewechselt, kannte sie doch garantiert noch genügend Menschen dort. Sie würde ihre Beziehungen spielen lassen.

Ich stellte es mir so vor: Ich drücke die Klingel und werde eingelassen. Ich sage, dass es zu Hause nicht mehr geht. Dass ich woanders wohnen will. Dann würden die mich fragen, wie ich heiße, und dann würde die Erzieherin sofort blöd gucken. Sie würde kurz ins Nebenzimmer gehen, zum Telefonhörer greifen und keine zwanzig Minuten später wäre Mutter da.

Die Erzieherin würde sagen: »So, jetzt entschuldigst du dich mal bei der Mutti und hoffst, dass sie die Sache schnell vergisst.«

In der Zwischenzeit wäre mir auch schon eingefallen, was ich falsch gemacht habe und wofür es sich zu schämen lohnte.

Ich hatte nur einen Versuch, das war mir klar, aber ich wusste einfach nicht, wie ich es anstellen sollte.

Also verschwand ich, wie Ada vor Kurzem gesagt hatte. Ich war überall und nirgends. Ich schwamm im Verein und spielte Theater, ging zum Tanzkurs und in die Musik-AG. Ich war gut in der Schule. Jedes Jahr wurde das Zeugnis besser, und am Ende würde ich eines der besten Abiturzeugnisse der Schule haben. Die Männer, in die ich mich verliebte, waren immer zu alt für die Partys, auf die meine Freundinnen gingen, und küssten mich nur heimlich. Auch wenn sie natürlich betonten, dass das alles ganz normal sei, weil ich eben reifer sei als die anderen Mädchen.

Anfangs, als ich begann, mir mit dem Zirkel Zeichen in die Haut zu ritzen, fragte noch manchmal jemand nach. Ob ich denn keine Angst hätte, dass davon was für immer bleibt.

Aber davor hatte ich keine Angst.

Ich hatte ein Feuerzeug, das ich auf dem Schulklo erhitzte und es mir dann glühend heiß in die Innenseite meiner Oberschenkel drückte. Das half mir, nicht verrückt zu werden.

39

Worüber die Eltern, Lehrer und Fernsehreportagen nie sprachen, wenn sie für die Schweigeminuten noch einleitende Worte wählten, waren sie selbst.

Nie haben sie gefragt, ob die Schüsse in Erfurt auch etwas mit ihnen zu tun haben könnten. Glaubt denn wirklich jemand, dass einer siebzehn Menschen umbringt wegen Abistress? Dass einer siebzehn Menschen abknallt, weil er ein Computerspiel zu oft gespielt hat? Dass einer siebzehn Menschen hinrichtet, weil er Horrorfilme gesehen hat?

Ja, ganz sicher, Robert Steinhäuser hat geschossen, weil Mutti und Vati nicht streng genug waren und seine Medienzeit nicht begrenzt haben.

Die Jugend der 2000er war »computersüchtig«, »internetsüchtig«, »handysüchtig«. Sie war undiszipliniert und nicht leistungsbereit. Schlecht erzogen und verwöhnt. Wie jede Generation zuvor. Zu nichts mehr zu gebrauchen.

Die Jugend der 2000er in Ostdeutschland war dagegen nicht verloren, nicht alleingelassen, nicht belogen und betrogen. Sie hatte es besser als ihre Eltern, oder nicht? Sie konnte die Welt bereisen, oder nicht? Konnte studieren, was werden, kein militärischer Drill mehr, keine Stasi, keine Westpakete. Die Jugend der 2000er fuhr einfach mit dem Schönes-Wochenend-Ticket in die Landeshauptstadt und ging zu H&M, und Mutti kaufte sich bei Quelle ein schönes Sommerkleid. Die Ossikids der 2000er hätten ein Austauschjahr in Amerika machen können und richtig Englisch lernen.

In dem Sommer, der auf die Schüsse am Gutenberg-Gymnasium folgte, wurde in Potzlow nördlich von Berlin, ein 16-jähriger Junge von seinen Freunden ermordet. Die Täter hatten sich bei der Ausführung ihrer Tat von einem Film über amerikanische Neonazis inspirieren lassen. Sie ließen ihn auf eine Betonkante im Schweinestall beißen, um ihm dann in den Nacken zu treten und das Genick zu brechen. Aber würde Marinus Schöberl wirklich noch leben, wenn sie diesen Film nicht gesehen hätten?

Im Sommer 1999 hat eine junge Frau ihre beiden Kinder in der Wohnung zurückgelassen. Die 23-Jährige war zu dieser Zeit bereits vierfache Mutter und lebte in einer Plattenbausiedlung in Frankfurt O. allein mit den beiden Kleinkindern. In einem der Nachbargebäude lebte auch ihre Mutter, die Oma der Kinder. Daniela J. war überfordert mit allem und versuchte sich Hilfe zu holen. Aber ihre Mutter untersagte den Kontakt zum Jugendamt. Schließlich lief Daniela einfach weg und überließ ihre Kinder sich selbst. Sie tat es, würde sie später sagen, in dem festen Glauben, die Mutter würde, wie sonst auch, schon vorbeikommen und sie kontrollieren. Dann würde sie sich zwar über sie ärgern, aber zumindest sehen, dass die Kinder allein seien, und sich um sie kümmern. Sie habe einfach mal raus gemusst und wisse nicht mehr, was sie sich dabei gedacht habe.

Der Todeskampf der Kinder dauerte mindestens drei Tage. Am Ende sind sie verdurstet. In ihrer Verzweiflung hatten sie sich selbst gekratzt und gebissen, um durch ihr Blut wenigstens an etwas Flüssigkeit zu kommen. Zuerst starb der zweijährige Tobias, dann auch sein großer Bruder, der dreijährige Kevin. Die Kinder hatten versucht, auf sich aufmerksam zu machen, indem sie mit Löffeln an die Fensterscheiben klopften, die zum Innenhof rausgingen. Das stellte die Polizei später anhand von Spuren an den Scheiben fest. In ihrem Todeskampf hatten sie um Hilfe gerufen. Die Nachbarn begründeten ihre Tatenlosigkeit später damit, dass es in der Wohnung ja sowieso oft Geschrei gegeben hätte.

In dem Innenhof, auf den Tobias und Kevin verzweifelt blickten, waren ein Spielplatz und die Wäschestangen der Siedlung. Dort saß auch ihre Oma und plauderte mit ihren Freundinnen. Sie sah es nicht mehr ein, sich um Daniela zu kümmern. Die müsse ihre Suppe jetzt mal alleine auslöffeln, habe sie gedacht.

2005 entdeckten Verwandte der vierzigjährigen Sabine H., ebenfalls aus Frankfurt O., in den Blumenkästen, die Sabine bei ihnen wegen einer Zwangsräumung untergestellt hatte, Kinderknochen.

Insgesamt neun Kinder hatte Sabine H. zwischen 1988 und 1999 nach der Geburt sterben lassen und anschließend in den Blumenkästen begraben. Nur vier ihrer dreizehn Kinder ließ Sabine H. leben. Sie habe alle ihre Kinder geliebt, aber sie erinnere sich nur an das erste der neun toten Kinder. Es sei ganz blau angelaufen und hätte Schaum vor dem Mund gehabt.

Auf einem Dorf, am Rande der kleinen Stadt an der Ostsee, kam es Anfang der Nullerjahre zu einer beinahe tödlichen Begebenheit. Unter einem Vorwand lockten Gleichaltrige ein vierzehnjähriges Mädchen in einen der leerstehenden LPG-Ställe. Dort wurde sie überwältigt und an einen Stuhl gefesselt. Anschließend begann man, reihum auf sie zu rotzen und zu urinieren und prügelte sie mit Holzlatten beinahe zu Tode. Sie überlebte bloß, weil sie es geschafft hatte, ihre Hände zu befreien und sie schützend über ihren Kopf zu halten. Trotzdem erlitt sie mehrere Schädelbrüche. Ihre eigene Cousine hatte sie in diese Situation gebracht, denn die Vierzehnjährige hatte dem falschen Jungen einen Liebesbrief geschrieben.

Durch unsere Schule waberten Gerüchte, dass zwei der Täter in unsere Schule, in unsere Klassenstufe umgeschult werden sollten. An ihrer alten Schule würde man sie nicht mehr akzeptieren. Ich weiß nicht, was aus ihnen geworden ist.

Die Zahl der Kindstötungen ist im Osten Deutschlands in den 90er und 00er Jahren doppelt so hoch wie im Westen und steigt im Jahr 2006 sogar auf das Vierfache an.

Während dieser »Baseballschlägerjahre« wüten Kinder und Jugendliche in Springerstiefeln durch das nun bloß noch halbe Land und schlagen alles kurz und klein, was ihnen in den Weg kommt. Vorzugsweise »Ausländer, Zecken und Obdachlose«. Es entstehen national befreite Zonen. Jedoch bloß in der Wirklichkeit außerhalb der Diskussions- und Expertenrunden. Von Politikern und Politikerinnen wird die Existenz solcher von Nazis kontrollierten Gebiete hartnäckig geleugnet.

Drei Neonazis, die gerade noch Kinder in einem Jugendclub in Jena waren, begannen eine beispiellose Mord- und Raubserie, die erst im Jahr 2011 entdeckt werden würde.

Und eine Lehrerin schreibt in einer Studie zur Belustigung der ganzen Republik: »Kevin ist kein Name, Kevin ist eine Diagnose.«

»Daran ist der Westen schuld«, sagte Vater beim Abendbrot, bevor er Tim in den Keller schickte. Bier holen. »Zum Beispiel die Nazis, sowas hat es hier früher nicht gegeben. Das war ja in der DDR verboten. Und auch die Drogen. In der DDR hat es überhaupt keine Drogen gegeben.«

Nachdem Tim und ich das erste Mal gekifft haben, fragen wir uns ernsthaft, wie die Alten es ohne Gras ausgehalten haben. Früher gabs ja noch weniger, was man hier hätte machen können.

Ich hörte Mutter, Vater und die Lehrer reden und wusste sowohl, wo es die Drogen gab, als auch, dass die in Tische und Wände gekratzten Fensterkreuze einmal Hakenkreuze waren.

Ich war in der Sechsten, als man mir zum ersten Mal Pillen angeboten hat. Das war niemand aus dem Westen, das waren Jugendliche, die einfach nur zwei, drei Jahre älter waren.

Die rothaarige Elena verkündete, dass wir ihren zwölften Geburtstag alleine feiern würden. Ihre Eltern seien weg und sie würde Bier besorgen.

Ich verachtete Alkohol, aber Tim, der mich zu dieser Zeit noch manchmal zu sich ins Bett bat, weil er allein nicht schlafen konnte, würde bald schon jedes Wochenende seinen Kinderkörper über die Kloschüssel beugen. Saufen, saufen, saufen. So schnell, so viel es ging, um mehr saufen zu können, mehr abzukönnen, nicht so schnell umzukippen.

Im Fernsehen sah ich auf MTV Menschen zu Technobeats durch Berlin ziehen.

Didididi dödöp döp döp döp döp döp.

Sie lachten und stampften im immer gleichen Takt, und man sah ihnen an, dass sie für immer so weitermachen könnten. Wo war das? Auf einem anderen Planeten? Love Parade. Love ist Englisch und heißt Liebe. Didididi dödöp döp döp döp döp döp machte die Liebe.

Mein Cousin Thomas, der neun Jahre älter ist als ich und mit seinen Gedanken schon weg war von der Ostsee, hatte das Programm im Schlafzimmer von Oma Ursel und Opa Arndt angemacht. Er war der Älteste von uns und hatte folglich die Herrschaft über die Fernbedienung, während die Erwachsenen sich im Wohnzimmer zu Omas oder Opas Ehren die Kante gaben. Er starrte emotionslos auf den Fernseher. Sein jüngerer Bruder Karl durchwühlte währenddessen Opa Arndts Nachttischchen nach Pornoheften. Er musste nicht lange suchen, Opa Arndt versteckte seine Leidenschaft nicht. »Dicke Dinger«, »Geile Ärsche« und »Willige Weiber« brachten Karl und uns alle zum Lachen.

Didididi dödöp döp döp döp döp döp.

Was für eine Welt, was für eine irre Welt, denkst du und versuchst zu ordnen, was nicht in Ordnung war.

Du denkst an den Marktplatz, den man wieder schön gemacht, die Schwimmhalle, die man fit gemacht, die Werfthalle, die man neu gebaut hat, die Westtangente, die euch schneller zur Autobahn bringt. Du denkst an den Hafen und das große Holzschiff, das Arbeitslosen Arbeit gibt und deiner Stadt eine Identität, und zwischen die Platten hat man eine Skaterbahn gebaut! Alles muss schön und immer schöner werden. Viele ziehen an den Stadtrand in die neuen Viertel, die aus Einfamilienhäusern bestehen, in deren Vorgärten überall die gleiche Rutschgarnitur aus dem Baumarkt steht. Die kleinen Kinder, die alle ihre eigenen Rutschen und ihre eigenen Sandkisten haben.

Und du denkst daran, wie das ganze Land einmal brannte und an die beschwichtigenden Töne in Rundfunk und Fernsehen. An Lichterketten und Friedenstauben. Die Sachsen seien immun gegen Rechtsextremismus, hieß es. Der Amoklauf sei ein Unglück, das vom Himmel gefallen ist. Und die Mordserie der drei Terroristen aus Jena nannte man Dönermorde, weil nicht sein durfte, was alle wussten.

Es war alles Gewalt, denkst du, alles voller Gewalt.

Und wie soll man das ordnen? Wie soll man die Geschichten miteinander ins Verhältnis setzen? Wie soll das alles Sinn ergeben?

Die Geschichten, die du dir mit Pit und Vicky, Krissi und Ada erzählst, handeln alle vom Alkoholmissbrauch, von Gewalt und Verrohung, und ihr lacht darüber, als gäb's da wirklich was zu lachen. Weil ihr gar nicht wisst, was ihr sonst tun sollt.

»Wisst ihr noch«, sagst du, als ihr über Kai sprecht, »wie er auf der Klassenfahrt in Ungarn so viele Schnapsflaschen, wie er tragen konnte, im Supermarkt gekauft hat und der blöde Schröder reinkam und ihn fragte: ›Kai? Was ist denn das?‹ und Kai hat einfach nur geantwortet: ›Ist für meine Eltern.‹ Und Schröder hat genickt und ihn durchgelassen.« Das war die Ration für den Abend, fürs Eimersaufen.

Saufen, saufen, mehr saufen. Wer zuerst kotzt, hat gewonnen.

Du denkst an Klara und hoffst, dass sie so etwas nicht erlebt, wenn sie am Wochenende mit ihren Freunden unterwegs ist. Sie sagt, sie hat noch nichts getrunken. Und an Kurti, der den Geruch von Bier nicht mag und der Tim so ähnlich ist. Bitte, denkst du, lass ihn nicht so sehr verzweifeln, dass er im Alkohol schwimmen geht, darin abtaucht und versinkt, um alles zu vergessen, um nichts mehr zu spüren und erst wieder zu sich zu kommen, wenn der Magen sich nach außen stülpt.

Das neue Jahrtausend hatte gerade erst begonnen und Robert Steinhäuser hatte mitten reingeschossen. Siebzehn Menschen waren tot, etliche verletzt an Körper und Seele. Er hatte in das Schweigen geschossen, in das schwarze Loch, das auch mich umgab. Das Nichts, das alles aufzusaugen drohte. Wie soll eine Welt ohne Vergangenheit eine Zukunft haben?

Nicht einmal ich selbst fragte mich, warum ich darüber nachdachte, wer in unserer Klasse schießen würde. Warum dachte ich gleich an Kai? Und warum dachte Pit an Falko? Tim sagt, er wüsste noch genau, an wen er damals gedacht hat. Als wäre es eine Selbstverständlichkeit, dass einer, der jeden Tag neben einem saß, mit dem man auf Klassenfahrt fuhr und im Essensraum für denselben blöden Eintopf anstand, dass der auf einen schießen würde? Alle wussten einen, der einen Grund hatte, zu schießen?

Das Unglück, das vom Himmel fiel, passte so perfekt in die Welt, in der ich lebte. Aber ich wusste nicht, wieso. Und es fiel uns gar nicht schwer zu schweigen, wenn Erwachsene es für angemessen hielten.

40

DIE GESCHICHTE VON PAUL BAHRLOW, 2. TEIL

Als die Familie Bahrlow von Sachsen-Anhalt nach Berlin gezogen ist, war Pauls Mutter Gudrun schon wieder schwanger – mit Wilhelm. Die Verhältnisse waren schwierig.

Sie lebten am Rand der Großstadt in einer Schrebergartenkolonie und Pauls Vater Ferdinand Bahrlow, der einmal Polizist und nun Gärtner war, versuchte dort eher schlecht als recht was loszumachen. Das Geld reichte kaum für drei. Also kam Wilhelm kurz nach seiner Geburt zu einer Pflegefamilie.

Das war, wie er später in dem Buch über seine Kriegsgefangenschaft schreiben würde, ein großes Glück.

Er kam zu einer Kinderärztin, Laura Turnau, die gemeinsam mit ihrer Partnerin Hanna Kawerau, einer Krankenschwester, insgesamt acht Kinder aufzog. Mit diesen Kindern wohnten sie in Berlin, genau in der Gegend, in der ich heute mit Hans und den Kindern lebe. Die Schule, die Wilhelm besucht hat, gibt es immer noch. Wenn Wahlen sind, befindet sich dort unser Wahllokal, und es war bloß ein Zufall, dass wir unsere Kinder woanders eingeschult haben.

Das Leben bei seiner »Mami Laura« und »Tante Hanna«

muss herrlich gewesen sein. Wilhelm hatte sogar ein eigenes Zimmer, und die Wohnung war so groß, dass man darin Fangen und Verstecken mit den anderen Kindern spielen konnte. Laura war Sozialistin und Teil der intellektuellen Gesellschaft der wachsenden Metropole. In den 1920er Jahren gründete sie mit gleichgesinnten Kolleginnen den Bund Deutscher Ärztinnen, den es bis heute gibt.

Im Gegensatz zu Paul, der schon früh etwas dazuverdienen musste, damit es im Schrebergarten für das Nötigste reichte, fuhr sein kleiner Bruder im Sommer an die Ostsee und erlebte dort die schönsten Tage, wie er schreibt. Als Wilhelm jedoch sieben Jahre alt war, übernahmen die Nazis die Macht und für seine jüdische Mami und Hanna wurde es in Berlin gefährlich. Sie organisierten eine Vortragsreise in Lauras alte Heimat, der Schweiz, nahmen die Kinder mit und kehrten nicht wieder zurück. So lebte Wilhelm für die nächsten Jahre bei den Eidgenossen, wo Mami und Hanna ein Kinderheim eröffneten, in dem Kinder mit und ohne Behinderung gemeinsam lebten.

Wilhelm wollte es seiner Pflegemutter gleichtun und ebenfalls Arzt werden. Deshalb strengte er sich in der Schule mächtig an. Aber es wurde nichts daraus.

Er hat nie verstanden, warum, aber 1937 haben seine Eltern beschlossen, ihr Kind zurück nach Berlin zu holen. All sein Betteln und Flehen half nichts. Er war von seinen leiblichen Eltern nicht zur Adoption, sondern lediglich in Pflege gegeben worden. Also setzte man den inzwischen Zwölfjährigen allein in einen Zug und schickte ihn zuruck nach Berlin.

Manchmal, wenn ich nachts durch mein Viertel laufe und an Gedenktafeln lese, wer hier in den 20ern des letzten Jahrhunderts alles gewohnt hat, versuche ich mir den kleinen Wilhelm und seine Welt vorzustellen. Wie ihm Kästner begegnet ist, Brecht oder Remarque. Wie er am Wochenende durch den Volkspark lief und mit seinen Ziehgeschwistern auf die damals schon alten Bäume kletterte. Und dann denke ich, das wäre so ein Leben gewesen, das hätte Opa Paul auch gefallen.

Die Rückkehr nach Berlin muss ein kaum verdaulicher Schock für meinen Großonkel gewesen sein. Er zog in eine Hütte, in der es weder fließendes Wasser noch eine Toilette oder Elektrizität gab. Vier mal vier Meter maß der einzige Raum, in dem sich nun sein Leben abspielen würde. An drei Wänden stand je ein Bett. Er, der Vierte im Familienbunde, hatte keines und sollte deshalb bei der Mutter schlafen. Aber er vermied es, neben der fremden Frau zu liegen, und verbrachte die Nächte stattdessen am Tisch, der in der Mitte des Raums stand, schrieb und zeichnete, bis er erschöpft einschlief.

Frühmorgens liefen er und Paul los, um Zeitungen zu verteilen und so ihren Teil zum spärlichen Haushaltseinkommen beizutragen.

Die Erika, Opa Pauls alte Schreibmaschine, rattert, als hätte sie nur darauf gewartet, endlich die Geschichte ihres früheren Besitzers zu erzählen. Ich habe nicht damit gerechnet, dass sie noch so tadellos funktionieren würde, sondern geglaubt, dass der Staub in ihrer Mechanik sicher einen Schaden angerichtet hätte und der eine oder andere Buchstabe klemmen würde. Aber genau wie meine Finger scheint sich auch die Maschine warmzulaufen. Sie hat Paul über so viele Jahre begleitet. Auf ihr hat er seine Dissertation und auch die Briefe an Onkel Wilhelm, die vergeblichen Versuche, mit seinem Bruder in Kontakt zu treten, von Oma Eva tippen lassen.

Ich stelle mir vor, wie Paul seinen Bruder in Empfang genommen hat. Da war er also, der Bruder von Welt! Aus dem Ausland ist er gekommen, ein ordentliches Hemd hatte er an und richtige Schuhe. Sogar ein Köfferchen für seine Habseligkeiten hat ihm die liebe Mami spendiert. Von der sprach dieser Wicht unaufhörlich. Vermutlich fiel es vor lauter Fassungslosigkeit nur so aus Wilhelm heraus, und er merkte es gar nicht – die Mami und die Hanna hier, die Mami und die Hanna da ... Aber das würde er sich schon noch abgewöhnen, dachte Paul. In Berlin hat er auch schon mal gelebt, aha!, aber im feinen Zentrum, in der Nähe vom Zoo, aha!, in dem er schon etliche Male spazieren gewesen ist, aha! Belesen ist er und eine saubere Handschrift hat er auch. Die Petroleumlampe, eine andere Lichtquelle gab es nicht, war dem feinen Kerl also zu dunkel, weil der Herr Studiosus nachts, statt zu schlafen, lieber schreiben und pinseln wollte?

»Oh Pardon, Missjöh! Wir fragen gleich mal bei den Kollejen vom Elektrizitätswerk nach. Wir ham' jetzt da wohl janz wat Feinet bei uns wohn'n und bräuchten von daher einen höchsteigenen Stromanschluss! 'ne Wanne wär ooch noch schön und warmet Wasser, Jenossen, wenn det der Bequemlichkeit auch nich zu viel nich wäre!

Ach, 'n eignes Zimmer haste jehabt, am Klavier haste jesessen und Medizin wolltste studieren? Jeb' ick dir 'n Rat,

’n brüderlichen: Verjiss dir ma deine herrschaftlichen Jeflogenheiten und find dir mit der Scheiße ab, die de von nun an fress’n darfst.«

Sicher ist Paul es gewesen, der Wilhelm nach seiner Ankunft das Plumpsklo gezeigt hat und die Wasserpumpe. Der ihm erklärt hat, wie man dafür sorgt, dass der kleine Ofen nicht ausging, und der ihn morgens durch die Gegend scheuchte, damit sie noch mehr Zeitungen austragen konnten. Ein Esser mehr war Wilhelm und dazu noch im Wachstum! Das hatte Folgen für alle. Und was, wenn Mutter die beiden anderen Kinder auch noch zurückholt?

Vermutlich, das muss ich einfach hoffen, hatte Paul auch Mitleid mit dem armen Kerl, denn für einen, der dieses harte und lieblose Leben, so beschrieb es Wilhelm später, nicht gewohnt war, musste es noch unerträglicher gewesen sein. Paul kannte es nicht anders. Er hatte Freunde für den Nachmittag und Träume, denen er nachgehen konnte, wenn der Alte nicht dazwischenschlug.

Zu Pauls Personalakte, die eines von den Dokumenten ist, die ich nach langer Suche und mit etwas Glück im Bundesarchiv gefunden habe, gehören auch einige Lebensläufe aus Bewerbungsverfahren. Häufig schreibt er, dass er schon als Kind gern Lehrer werden wollte.

Schwer vorstellbar in dieser menschenwidrigen Umgebung, die sein Zuhause war. Vielleicht hat er das aber auch nur geschrieben, um jene lausige Herkunft zu verschleiern. Immerhin ist er nicht nur Lehrer geworden, er hat es zum Schuldirektor gebracht, promoviert, in Zeitschriften publiziert, Ausbildungszweige entwickelt und an der Hochschule unterrichtet. Man hat ihm eine ganze Latte Orden umgehängt, und Paul hat gelernt, ein akzentfreies Hochdeutsch zu sprechen.

Zwar ist es in der intellektuellen Landschaft Ostberlins ganz schick gewesen, den Jargon der Arbeiter zu imitieren, aber einer, dem man die alkohol- und sorgenschwere Arbeiterkultur mit dem Gürtel unter die Haut getrieben, der gehungert hat und niemals saubere Nägel hatte, der musste eben doch beweisen, dass er kein Tier nich is.

Sein Bruder Wilhelm eröffnete ihm eine ganz andere Möglichkeit. Sie waren aus dem gleichen Schoß gekrochen, und doch war ihr Leben so verschieden verlaufen. Einer wie sie konnte eben doch belesen sein, konnte auch Kunst und Kultur lieben.

Nachdem Wilhelm sich mit seinem Schicksal abgefunden hatte, ging er zur Hitlerjugend. Auch wenn er seine jüdische Pflegemutter noch immer vermisste, seine Welt war nun eine andere. Bei der *HJ* war wenigstens was los. Das Braun gefiel ihm nicht so sehr, die Marschiererei, das Singen und sich Messen jedoch lenkten ihn ganz gut vom eigenen Elend ab. Er erzählte seinem älteren Bruder davon.

»Komm doch mit! Die Buben sind wirklich in Ordnung und nächstes Wochenende übernachten wir im Freien!«

Also gut, dachte Paul, ich gehe mit.

Die Legende von Paul besagt, er sei zur Tür rein, um sich anzumelden, und habe, so wie man es ihm beigebracht hatte, mit »Guten Tag« gegrüßt. Darauf habe man ihn angeschnauzt, es heiße gefälligst »Heil Hitler«, und da sei er gleich wieder gegangen.

Der Berufsakte des Ministeriums für Hoch- und Fachschulwesen liegt auch ein Personalbogen bei. »Streng vertraulich!«, steht fett und unterstrichen über dem Kopf des Dokuments. Ein kleines Passbild zeigt Paul mit dicker Brille, zuversichtlich lächelnd, den Kopf leicht nach rechts geneigt.

»Sämtliche Fragen sind gewissenhaft und gut lesbar zu beantworten. Striche sind unzulässig.

Falls die hier vorgesehenen Spalten zur genauen Beantwortung nicht ausreichen, ist eine Anlage beizufügen.

Legen Sie einen lückenlosen Lebenslauf bei.«

Er hatte Auskunft zu geben über sich, aber auch über seine Familie. Über ihre »Zugehörigkeit zu Parteien und Massenorganisationen vor 1945 und nach 1945«. Auch die Berufe seiner Angehörigen musste er angeben sowie ihre Adressen, und sollten sie nicht in der DDR leben, ob es sich um einen illegalen Grenzübertritt gehandelt habe, und wenn ja, wann dieser erfolgt sei.

Laut der Tabelle, in der die Mitgliedschaft in Parteien und Massenorganisationen der Familie Bahrlow verzeichnet ist, war lediglich einer vor 1945 bei einer Naziorganisation – Onkel Wilhelm. Opa Paul verrät dessen Mitgliedschaft in der Hitlerjugend an die Kaderabteilung der Partei. Gewissenhaft verzeichnet er die Berufe und Adressen seiner Familienmitglieder. Selbst von denen, die im Westen leben, soweit sie ihm bekannt sind. Er gibt an, wann genau der Kontakt zu ihnen abgebrochen ist.

Und er verzeichnet auch die Mitgliedschaften seiner Kinder. Jungpioniere seien Monika und Sabine. Oma Eva sei Mitglied in der Gewerkschaft und der Deutsch-Sowjetischen-Freundschaft.

In dem beigefügten Lebenslauf erklärt er außerdem, seine Töchter seien beide Vorsitzende des Gruppenrats.

Die Angaben sind wie gefordert in sauberster Schrift in die schmalen Spalten eingetragen und immer noch gut lesbar, was bei den mit der Schreibmaschine geschriebenen Dokumenten der Akte nicht unbedingt der Fall ist.

Es mutet befremdlich an. Wie ein ideologischer Abstammungsnachweis, der jedoch auch die Gegenwart und die Zukunft im Blick hat. Selbstverständlich muss er auch angeben, wo er im Zweiten Weltkrieg gewesen ist, welche Auszeichnungen er bekommen hat, ob er in Gefangenschaft war, was er dort gemacht und ob man ihn für ein Verbrechen bestraft hat.

Als würde nichts ihm gehören, sondern alles dem Land. Selbst die Geschwister im Westen könnten ihm zum Verhängnis werden, auch seine Frauen und die Kinder.

Die Partei behält es sich vor, die Angaben zu prüfen. Und tatsächlich wird es einmal zu einer Nachfrage kommen. Er habe seinen Sohn verschwiegen, hieß es, und solle dies erklären.

Opa Paul beschrieb ausführlich, dass es sich dabei lediglich um einen adoptierten Sohn seiner ersten Frau handelte. Diese habe nach der Scheidung den Kontakt unterbunden, auch wenn er sich sehr bemüht habe. Er könne deshalb auch keine Angaben zu Ausbildung, Beruf und Adresse seines Kindes machen.

Noch jemand, der aus unserer Familie verschwunden ist und von dem ich nie etwas gehört hatte.

Akribisch musste er aufzeichnen, was für ihn sprach und auch, was man gegen ihn verwenden könnte.

Plötzlich wird mir schlecht.

Ich kenne diesen Mechanismus.

Der Druck im Kopf steigt, und es fällt mir schwer, gleichmäßig zu atmen. Irgendetwas rede ich vor mich hin, es hat keinen Sinn, die Sätze sind nur Fetzen.

Dieses System ist in die Menschen gekrochen, hat sie geformt und unser Miteinander deformiert.

Und dann ist alles wieder da.

Kurz siehst du in Mutters kalte Augen. Aber du schaffst es nicht, ihrem stechenden Blick standzuhalten, und du willst auch nicht weinen. Nicht betteln, nicht flehen. Es gibt nur eines, was dir jetzt noch helfen kann. Du musst die Wahrheit sagen, aber du erinnerst dich nicht. Du weißt nicht, wovon sie spricht.

Es ist früh am Morgen, noch vor sechs Uhr, denn sonst könnte Vater nicht hier sitzen. Die Küchenuhr hängt dir gegenüber, aber du schaffst es nicht, den Blick zu heben. Du findest keine Orientierung und hörst nur das Geräusch des Sekundenzeigers. Wie das Ticken einer Bombe.

Du konzentrierst dich auf deinen Atem. Jetzt nicht mit dem Geheule anfangen! Das nützt ja gar nichts. Das hilft dir hier nicht raus. Denk nach, Stine, denk nach. Was hast du falsch gemacht?

»Tu nicht so! Du weißt genau, wovon wir sprechen.«, schallt es von gegenüber, wo sie in ihrem Bademantel sitzt.

Sie hat sich noch nicht einmal angezogen, so früh ist es. Du schielst zu Vater. Er sitzt links neben dir und sagt wie immer nichts.

»Wir sind enttäuscht von dir, Stine. Du bist das Letzte, der

Abschaum. Wenn diese Familie kaputt geht, ist es deine Schuld. Wenn dein Vater seine Arbeit verliert, dann ist das auch deine Schuld. Dich hat wirklich niemand verdient.«

Die Worte sind scharf und dumpf zugleich. Sie treffen dich und doch dringen sie nicht zu dir durch. Es ist, als wärst du mitten in der Welt und müsstest dich dennoch durch eine dicke Wolke kämpfen. Du darfst nicht verschwinden, nicht jetzt, du musst eine Lösung finden. Die Wahrheit. Du willst ja alles zugeben, aber du weißt nicht, wovon sie spricht.

Ihr Wortschwall ein undifferenziertes Geräusch, aus dem du versuchst Einzelheiten herauszufiltern, die Hinweise sein könnten auf dein Vergehen.

Du denkst, wenn dir nicht gleich einfällt, was du verbrochen hast, dann bringt sie dich um.

Dann denkst du an Tim, der unten in seinem Bett liegt. Mutter hat seine Kinderzimmertür geöffnet. Es wird ein Exempel statuiert. Und dann fällt dir wieder ein, warum du stark bleiben musst. Damit ihm das nicht passiert, damit deinem kleinen Bruder nichts passiert.

»Darf ich mir was zu trinken nehmen?«

Mutter nickt großzügig. Sie will mal nicht so sein. Du stehst auf und gehst vorsichtig zum Küchenschrank. Du gehst an ihr vorbei, ohne sie anzusehen, weil du sie nicht provozieren willst. Außerdem sind deine Schritte etwas wacklig. Immer noch denkst du fieberhaft darüber nach, was es sein könnte. Was hat sie so wütend gemacht? Sie war gestern beim Elternabend in der Schule. Vielleicht ist da etwas vorgefallen?

Du greifst nach einem der bunten Plastebecher. Dafür musst du dich auf die Zehenspitzen stellen. Du öffnest den Kühlschrank und holst den Eistee, der in der Tür steht. Als du den Verschluss aufschraubst, fällt es dir plötzlich ein. Aber du hältst noch einen

Moment inne. Gießt dir ein, stellst den Tetrapack zurück in den Kühlschrank.

Das muss es sein, denkst du.

»Meinst du die Sache mit Herrn Weininger?«

Du kommst nicht mehr dazu, etwas zu trinken. Sie ist so laut, und es nimmt kein Ende. Kurz spürst du noch die kalten Küchenfliesen unter deinen Füßen. Dann wird es schwarz in dir. Dein Körper weint und schluchzt vor Angst und Schmerz. Fast erstickst du an deinen Tränen. Ach, wärst du nur, denkst du.

Bald wirst du dir wünschen, sie hätte dich erschlagen.

Bald wirst du dich fragen, was besser für Mutter wäre, wenn du weiterlebst oder wenn du dich umbringst.

Bald wirst du am Meer stehen und dir vorstellen, du wärst ein Stein, den jemand ganz weit rauswirft, wo er zu Boden sinkt und, von allen unbemerkt, in Millionen von Jahren zu feinem Sand gespült wird.

Die Verhöre früh am Küchentisch. Der Sträfling ein zwölfjähriges Kind, dessen einziger Ausweg es ist, sich zu ergeben. Selbst auszusprechen, was sein Verbrechen war. Die Schwächen und wunden Punkte zuzugeben. Die Strafe folgerichtig klaglos hinzunehmen. Unter dem Verhör schien es dem Kind wie eine Erlösung, alle Schuld auf sich zu nehmen. Alles offenzulegen. Es wusste ja nichts, kannte ja die Strafe nicht. Und selbst wenn, es gab keinen Ausweg.

Dieses Kind war ich.

Mutter das Gericht, vor dem ich todesängstig saß.

Vater, der schwieg und duldete, vielleicht auch guthieß, dass dieses Mädchen, das so gern an seiner Hand lief und sich so sehr wünschte, dass er es beschützen würde, dass dieses Mädchen vor ihm zerbrach.

XI

Einmal fahre ich mit dem Taxi durch Berlin. Die Fahrerin spricht, und ich zeige ihr mit zustimmenden Geräuschen, dass ich ihr zuhöre. Sie sei wirklich froh über den Mauerfall. Die Westberliner hätten ja vorher nichts gehabt. Keine Ostsee, keine Uckermark. Die Ossis hätten überall hingekonnt, nach Usedom oder Rügen zum Beispiel. Nach dem Fall der Mauer habe ihr nun endlich auch die Welt offen gestanden. In den Tagen nach dem 9. November habe sie einmal im Supermarkt einen Jungen gesehen, an der Hand seiner Mutter. Da habe sie ihm eine Tüte Eiskonfekt gekauft. Der sei so dankbar gewesen, richtig glücklich. Dieses Gesicht habe sie nie vergessen. Und um das Geld sei es ihr auch nicht schade gewesen. Man müsse schon auch großzügig sein.

41

Als ich nach Hause komme, finde ich im Briefkasten einen Brief an Klara ohne Absender. Ich weiß sofort, dass er von Mutter ist. Ein stechender Schmerz pulsiert durch meine Schläfen. Einer, der sich nicht wegmassieren lässt, sondern sich flink davonmacht an eine andere Stelle und gehässiger sticht, sobald ich versuche, ihn mechanisch zu lindern. Die Angstmigräne. Ich kann die Uhr nach ihr stellen, genau wie nach der Wutmigräne. Den Brief nehme ich an mich und verlasse noch einmal das Haus, gehe noch eine Runde um den Block und überlege, ob ich ihn öffnen darf.

Natürlich nicht.

Aber ich öffne ihn trotzdem.

Später wird mir einfallen, woran ich erkannt habe, dass es sich um Post von Mutter handelt. Sie hat Klaras Adresse auf dem Computer geschrieben und anscheinend noch immer den gleichen Drucker wie vor zwanzig Jahren. Ich erkenne die mangelhafte Qualität des alten Tintenstrahlgeräts.

Den Umschlag öffne ich so vorsichtig, damit ich ihn für den Fall, ich hätte mich geirrt, wieder verschließen könnte.

Aber ich habe mich nicht geirrt.

Mutter schreibt an Klara.

Sie kann es noch, denke ich, als ich die Zeilen hektisch überfliege. Sätze, wie Dum-Dum-Geschosse, die erst nach dem Aufprall, wenn sie in den Körper eingedrungen sind, ihre zerstörerische Wirkung entfalten. Die gehen nicht einfach durchs Fleisch, die verformen sich und wandern kreuz und quer, bis alles im Inneren des Zielobjekts aufgerissen ist.

Ich rauche.

Rufe Tim an.

Rauche. (Nur so scheint die sich dehnende Zeit überbrückbar.)

Nach mehreren Versuchen geht er endlich ran.

Weil er nur kurz Zeit hat, schildere ich ihm, was Mutter geschrieben hat.

»Na ja, die ganze Soße, die nach Jugendweihe klingt. Du bist jetzt 14 Jahre alt und wirst in den Kreis der Erwachsenen aufgenommen. Blabla. Und dann im Grunde, dass ich eine Lügnerin bin und Klara sich bei ihnen melden soll. Und sollte sie es lieber vor mir und Hans verheimlichen wollen, dann könne sie ihr auch eine E-Mail schreiben.«

»Krass«, sagt Tim, »die will's echt nochmal wissen.«

Er muss auflegen, und ich stehe wieder mitten in Berlin und Leute laufen an mir vorbei, als wäre alles wie immer. Man sieht ihnen nicht an, was sie mit sich herumtragen und selbst wenn sie wollten, sie würden auch bei mir nicht ahnen, was mich gerade bewegt. Trotzdem fühlt es sich falsch an, dass die Welt so gar keine Regung zeigt.

Ich tue das, was ich in diesen Momenten meistens mache. Ich denke an Mutter und versuche, mich in sie hineinzuversetzen. Ich sollte das nicht tun, denn dann spüre ich jedes Mal ihren Hass und ihren Wunsch, mich zu vernichten.

Ich weiß gar nicht mehr, seit wann ich das kann. Vielleicht konnte ich das von Anfang an. Vielleicht war es eine der frühen Überlebensstrategien, die ich entwickeln musste, um einen Weg durch diese gefährliche Kindheit zu finden.

»Meinst du die Sache mit Herrn Weininger?«, hatte ich sie an jenem Morgen in der Küche gefragt und einen kurzen Moment lang geglaubt, ich hätte die Lösung für mein Problem gefunden. Schließlich wollte Mutter unbedingt, dass ich meine Verfehlung zugebe. Es war natürlich nicht so, dass ich für dieses *Zugeben* belohnt wurde. Was folgte, war eine über Wochen andauernde Tortur.

Sie begann damit, dass Mutter aufhörte, mit mir zu sprechen. Ich meine nicht, dass sie wortkarg war. Dass man ihr vielleicht anmerken konnte, dass sie noch wütend auf mich war.

Mutter schwieg.

Sie schwieg mich an, behandelte mich wie Luft oder eher wie abgestandene Luft, die man so schnell wie möglich loswerden möchte.

Das Schweigen war so total, dass ich mich fragte, ob es mich noch gibt. Ich war vom Überlebenskampf paralysiert und schämte mich zugleich für das, was ich getan hatte. Ich befürchtete eine gerechte Strafe, ersehnte diese sogar in der Hoffnung auf eine Art Schlusspunkt, auf den ein Neuanfang folgen könnte. Ich war oft einsam in meiner Kindheit, aber was Einsamkeit wirklich bedeutet, was sie anrichtet, das habe ich in Mutters Schweigen erfahren, weil ich ihm nicht entkommen konnte. Ich musste darin leben. Mit ihr, neben ihr. Ich konnte nicht einfach sagen, ich gehe. Ich musste bei ihr bleiben und ertragen, dass ich für sie nichts mehr war. Niemand.

Du kanntest dieses Schweigen schon. Es war dir vertraut. In der Regel ging es vorbei. Ebbte ab. Es wurde mit finsteren Blicken garniert in Momenten, in denen sie erkannte, dass du dachtest, es sei schon vorbei. Dann stach sie noch einmal zu, dann zeigte sie dir noch einmal, wer die Stärkere von euch beiden war. Aber irgendwann war es vorbei. Wenn du ihrem Blick lang genug ausgewichen bist und ihr so deine Reue gezeigt hast, ihr signalisiert, dass du verstanden hast, dass du ihr recht gibst mit ihrer Strafe, dann sah sie dich irgendwann wieder an und sprach mit dir, als wäre nichts gewesen.

Auch daran kann man verrückt werden.

Aber diesmal war es anders. Radikaler, und von einer ungeheuren Zerstörungswut getrieben. Sie könnte dich totschweigen, dachtest du. Nun konntest du ahnen, dass es so etwas wirklich gab. Was dieses Wort wirklich bedeutete.

Vielleicht würde sie nie wieder mit dir sprechen. Sie hat die Klaviatur erweitert. Jetzt nutzte sie ihr ganzes Instrument. Und du wusstest noch gar nicht, wie das klingen würde.

Ich weiß nicht, wie sie es geschafft hat, mich mit dieser vorwurfsschwangeren Stille so lange zu quälen. Ich schaffe es nicht mal eine Stunde lang, mit Klara oder Kurt im Streit zu liegen. Nicht einmal, wenn sie wirklich Mist gebaut haben. Mutter aber konnte ein Vakuum erzeugen.

Ich begegnete ihrem Schweigen mit Ordnung. Ich räumte mein Zimmer penibel auf und vergaß weder die Altstoffe zum Container zu bringen noch die Treppen, den Flur und die Küche zu wischen. Das waren meine Aufgaben im Haushalt. Damit hat man dann auch schon etwas Zeit rum. Auch meinen Notendurchschnitt verbesserte ich bis zum Jahresende. Ich war die beste Stine, die es je gab.

Die Geschichte, die der Grund für Mutters Schweigestrafe war, ist heute kaum noch nachzuvollziehen. Die Welt ist eine andere geworden. Zum Glück.

Die kleine Stadt war in den 90ern homophob, weiß und spießig. So wie zu dieser Zeit vermutlich alle Städte außer Berlin, Hamburg und Köln. Genau wie das Fernsehen, das vor allem aus Witzen über Minderheiten oder Frauen und Schadenfreude über die Missgeschicke anderer bestand. In Talkshows wurde sich am Nachmittag angekeift und bloßgestellt und alles lief zielstrebig auf den Höhepunkt der TV-Kunst hinaus – die Reality-Show, in der man geistig und emotional behinderte, arme und suchtkranke Menschen für den perversen Voyeurismus der sich überlegen fühlenden Zuschauer ausbeutete.

Herr Weininger war unser erster Kunstlehrer auf dem Gymnasium. Er hasste seine Arbeit, die er nur machen musste, weil er als Künstler in Berlin nicht erfolgreich genug war. Sein Kunstunterricht war uninspiriert und bestand vor allem daraus, Themen vorzugeben, zu denen man ein Bild malen sollte. Wenn Schüler ihn nervten, sagte er gern so etwas wie: »Hau ab, du bist wie Kacke am Schuh«, und gefiel sich in seiner prolligen Art. Er benotete die gemalten Bilder vor der ganzen Klasse, und wenn er erfuhr, dass ein Bild, das er mit einer Zwei bewertet hatte, von einem Schüler gemalt worden war, den er nicht leiden konnte, strich er die gute Note auch mal durch und machte daraus eine Vier.

Herr Weininger war ein Arschloch, um dessen Ableben sich in jenem Sommer Gerüchte drehten. Ein weiteres Gerücht, das über ihn im Umlauf war, betraf seine Sexualität.

Da er stets mit hoher Fistelstimme nasal vor sich hinbrabbelte, Hawaii-Hemden trug und voller Stolz von seinem bunten Armband behauptete, ein Junge habe es ihm in Thailand geschenkt, war die Sache für uns klar. Weininger war schwul, eine Schwuchtel, eine schwule Sau. Wir ekelten uns vor ihm.

Ich war nicht besonders gut in Kunst. Meine abgewöhnte Linkshändigkeit machte es nicht besser. Zwar durfte ich nach Anweisung von Mutter mit links malen, aber eben nicht schreiben. Inzwischen fühlten sich beide Hände falsch an. Dabei malte ich eigentlich gern, vor allem da Ada eine großartige Zeichnerin war. Wenn mir einmal ein Bild gelang, vermutete Weininger immer, Ada hätte es für mich gemalt. Ich wollte es meiner Freundin nachtun und versuchte immer wieder, mir Tricks abzuschauen. Auch faszinierten mich die Graffiti, die überall in der Stadt zu sehen waren.

In der Sechsten war ich eine Zeit mit Luong zusammen. Er wollte eigentlich mit Ada gehen, aber die wollte nicht. Also hat er mich gefragt, und ich habe ja gesagt. Er nahm mich mit zu »der Wand« in der Nähe der alten Zuckerfabrik. Dort war das Sprayen erlaubt. Er erklärte mir, wie es funktionierte, und versprach, sich bei seiner Crew für mich einzusetzen. Ich wäre dann da das erste Mädchen, erklärte er den Grund dafür, warum das vielleicht etwas länger dauern würde. Außerdem müsste ich noch etwas üben und lernen, Spraydosen zu klauen. Die anderen Jungen der Crew kannte ich schon – aus der Plattdeutsch-AG und vom Schwimmtraining. Einem von ihnen fehlte ein halber Arm, aber er war in unserer Grundschulzeit dennoch bei Wettbewerben gestartet und hatte meist auch eine Medaille gewonnen.

Leider erinnere ich mich nicht mehr an den Namen der Crew, in die ich für kurze Zeit aufgenommen werden wollte. Aber daran, dass Luong jedes Mal, wenn wir da waren, erzählte, in Amerika würde man ihn *Lee* nennen und dass er das viel cooler fände als Luong. Auch wegen dieses bescheuerten Lieds von Inner Circle, in dem eine Vergewaltigungsfantasie als Sommerhit produziert und jedes Jahr wieder auf die Hot Rotations gepackt und durch Kinderdiskos gejagt wurde.

Weil ich so schlecht in Kunst war und wusste, dass ich niemals eine gute Sprayerin werden würde, und weil ich Angst vorm Spraydosenklauen hatte, vor allem davor, dabei erwischt zu werden, habe ich Luong gesagt, dass Schluss ist.

Er war richtig sauer. Erstens hatte er mir einmal eine Spraydose geschenkt und zweitens, weil er sich bei den anderen für mich eingesetzt hatte.

Ich glaube, er wollte vor allem niemandem sagen, dass er jetzt wieder ohne Freundin war. Jedenfalls machte ihn meine Absage so aggressiv, dass er auf einem Schulausflug plötzlich vor mich sprang und mir mit seiner Faust ins Gesicht schlug. Meine Lippe und auch meine Nase bluteten. Ich verstand erst nicht, was passiert war, und lief im gleichen Trott weiter. Ada sagte aber, dass wir zum Klassenlehrer gehen sollten, der weit vor uns lief.

Es dauerte eine Weile, bis wir die anderen überholt hatten und bei Herrn Hoffmann angekommen waren, weil ich immer mal nachsah, ob es noch blutete. Als Ada dem Lehrer schilderte, was passiert war, drehte dieser sich kurz um und sah nach Luong. Dann sagte er mir, er würde mit ihm reden.

Das war's. Mehr passierte nicht.

Luong ließ noch eine Weile seine Wut an mir aus. Vor allem im Sportunterricht stellte er mir immer mal wieder ein Bein und trat nach mir. Meine anfänglichen Versuche, es zu ignorieren, brachten keine Besserung. Er hörte erst damit auf, als ich mich wehrte.

Ich stand in der Schlange, um vor den Augen des Sportlehrers den Dreiersprung zu üben. Luong war schon ein paarmal zu mir gekommen und hatte nach mir getreten. Die anderen Jungen hatten ihn angefeuert und darüber gelacht. Als er nun wieder auf mich zukam, beschloss ich, dass es genug war. Als sein Fuß auf meine Hüfte knallte, griff ich danach. Damit hatte er nicht gerechnet. Es fiel ihm schwer, das Gleichgewicht zu halten.

»Hör auf damit!«, fauchte ich ihn an.

Aber er lachte noch, und es sah nicht so aus, als würde er mich in Zukunft in Ruhe lassen.

Also trat ich ihm sein anderes Bein weg und ließ ihn fallen. Er krachte zu Boden und tat sich dabei ziemlich weh.

Nun lachten die anderen Jungen über ihn, und er ließ mich in Ruhe.

Ich war froh, dass die Sache zu Ende war. Ich wollte nicht noch einmal zu einem Lehrer gehen müssen und ihn um Hilfe bitten.

Kurz danach passierte die Sache mit Weininger.

Es war eine seltsame Zeit, in der wir auch zu den Großen wurden, vor denen sich die Kleinen auf den Spielplätzen fürchteten. In der wir Steine auf die Bahnschienen legten oder Mäuse darauf festklebten.

In der Sechsten rauchten schon einige aus meiner Klasse. Ich kam mir vor wie jemand, der total hinterherhing, als ich es zwei Jahre später auf der Klassenfahrt nach Berlin ausprobierte. Dabei war ich da auch erst dreizehn.

Katja hielt mich eh für einen Schisser, weil ich mich im Gegensatz zu ihr nicht traute, das Ohnmachtsspiel zu spielen. Dafür musste man sich an die Wand hocken und ein paar Minuten heftig hyperventilieren. Dann musste man sehr schnell aufstehen und einer oder mehrere andere drückten einem mit aller Kraft den Brustkorb gegen die Wand. Dann fiel man in Ohnmacht.

Das hatte sie im Jugendclub gelernt, wo ihre neuen Freunde waren. Ich war da nicht so gerne, weil die meisten entweder Nazis oder eben »politisch neutral« waren. Sie hatte das Ohnmachtsspiel schon ein paar Mal gemacht und versicherte mir, es würde total fetzen, aber ich traute mich nicht.

In der Schule parierten wir entweder wie anständige Jungpioniere oder boykottierten den Unterricht, sodass er nicht stattfinden konnte.

Vor dem Lehrer, dessen zweiter Vorname Gerüchten nach Adolf lautete, standen die meisten so stramm wie Hitlerjungen. Er unterrichtete Geschichte und AWT und gab sich streng autoritär. Von meinem Cousin Karl wusste ich, dass er in der achten Klasse, also kurz vor der Jugendweihe, alle blonden Jungen an die Tafel treten ließ. Dort mussten sie sich an einen von ihm gezogenen Strich stellen, und wer zu klein war, war nach seiner Definition kein Arier.

Lehrer Adolf kannte Mutter von früher, woran er mich am Ende vieler Schulstunden mit einem genüsslichen »Grüß deine Mutti von mir« erinnerte und manchmal fing er mich auf dem Heimweg ab. Dann nötigte er mich, mir meine Tasche abzunehmen.

In Arbeit, Wirtschaft, Technik kommentierte er die politische Lage: »Die Ausländer werden uns noch in Hungersnöte treiben.«

Das konnte ich schon wegen Vicky, die ja aus Russland kam, nicht stehen lassen. Deshalb sagte ich mit Blick auf seine Wampe: »Da haben Sie ja schon gut vorgesorgt.«

Also musste ich bei ihm in jeder Stunde zur »Leistungskontrolle« an die Tafel. Er hatte mir verkündet, er halte mich für einen Rohdiamanten. Deshalb wolle er mich schleifen, sodass aus mir ein Brilliant würde. Ich ekelte mich vor ihm, und das gefiel ihm offenbar.

Seine Stunden beendete er am liebsten mit dem Satz: »Und eines Tages kam ein kleiner Mann mit schwarzem Schnurrbart ...«, dann deutete er mit dem rechten Arm in die hinterste Ecke des Klassenzimmers auffordernd zu »Hannes!«

Und Hannes sagte: »Adolf Hitler.«

»Jawoll, Hannes. Die Stunde ist beendet.«

Ich fühle nichts, während ich diese absurde Szenerie zurück in mein Gedächtnis hole. Unser Johlen und Trommeln auf den Tischen, unser Parieren, die brutalen Schläge, die Danilo und Matthias in jeder Pause einsteckten und dabei stummer wurden, tauber, lebloser mit jedem Schlag.

Matthias hatte wirklich Pech gehabt. Er war gar nicht von Anfang an gemobbt worden. Erst als ihm einmal eine Möwe auf den Kopf geschissen hatte, nachdem er als Letzter zur großen Pause rausgekommen war ...

Falko, der ohne Schuhe durch die Pfützen lief. Kai, der alle Aufgaben löste und trotzdem nicht auf eine andere Schule kam.

Meine Lieblingslehrerin, die Danilo und Matthias in jeder Stunde vorführte. »Subjekt, Prädikat, Objekt, das kann doch nicht so schwer sein!« Matthias und Danilo, die in ihrer Not beste Freunde wurden, aber trotzdem immer hofften, es möge den anderen erwischen. Sie kämpften sich bis zur Achten durch und gingen dann mit dem Gefühl, die Allerdümmsten auf dem Planeten zu sein, doch auf die Realschule ab.

Die Zeitung, die Pit über Jasmin drucken ließ, um sie bloßzustellen, und für zehn Pfennig das Stück in der Klasse verkauft hat.

Jasmin, die später einmal im *Fun* zu viel getrunken hat. Ein Foto dieses Abends, auf dem sie vor einem Stripper kniete, schaffte es auf die Website der Diskothek. Finn Koschlewski, der fette Nerd, fand es, druckte es vergrößert aus und hängte es, versehen mit der Überschrift »Jasmin unser Blasehase«, ans Schwarze Brett.

Ein anderes Mädchen war beim Sex gefilmt worden. Das Video lief über alle Bildschirme im Informatikraum und in den darauffolgenden Tagen stöhnten die Jungen jedes Mal, wenn sie an dem Mädchen vorbeigingen, so wie sie gestöhnt hatte: »Hmm, ja, sag mir, wie du's magst.«

Jedes einzelne Mal, wenn sie an ihr vorbeigingen, sagten Thomas, Philipp, Heiko, Johannes, Tobias, René, Marko, Kevin oder Tim: »Hmm, ja, sag mir, wie du's magst.«

Und keine von uns sprang ihr zur Seite. Wir gaben ihr das Gefühl, es sei ihre Schuld. Sie sei selber schuld, wenn sie so eine Scheiße verzapfte.

Was für eine Hölle, was für ein finsterer Ort.

Die Sache mit Weininger ist schnell erzählt. Es war in der Sechsten. Wir malten an einer Aufgabe herum, die Herbstbild oder Winterlandschaft hieß. Weininger war von einem Schüler aus der letzten Reihe gerufen worden und schon wieder genervt von allem. Er meckerte irgendwas und kam auf dem Weg zurück an meinem Tisch vorbei, wo ich neben Ada saß.

Ich meldete mich: »Herr Weininger? Darf ich Sie etwas fragen?«

Weininger drehte sich um: »Wenn's sein muss …«

»Sind Sie schwul?«

Ich genoss das Lachen der Klasse. Das hatte sich bisher niemand getraut, aber alle fanden es gut. Auch Ada lachte.

Die Euphorie hielt etwa einen Tag, dann war die Sache durch. Es ging wieder weiter. Pit hatte eine neue Ausgabe »Jasmin – die Zeitung« herausgebracht.

Weininger hatte nicht auf meine Frage geantwortet. Er hatte gar nichts gesagt und irgendwann war die Stunde auch vorbei gewesen.

Das Beben aber war heftig. Tief unter der Oberfläche von Weininger war etwas explodiert und trat erst einige Wochen später an die Oberfläche. Auf dem Elternabend meiner Klasse kam »das Problem« zur Sprache.

Wir galten inzwischen als nicht mehr unterrichtsfähig. Deshalb wurde angekündigt, die Klassenstufe aufzulösen und die Schüler neu zusammenzusetzen. Als ein Beleg für die Verwahrlosung der Klasse wurden unterschiedliche Verfehlungen angeführt. Nichts jedoch sorgte für so viel Empörung wie meine Frage nach Weiningers Homosexualität. Dass Matthias kürzlich das Bewusstsein verloren hatte, als ihm Kais Federtasche an die Schläfe geflogen war, oder dass

Tommy Francke schon der zweite Anorak zerrissen worden war, dass Matthias und Danilo jeden Tag verprügelt wurden, all das wurde mit einem kurzen Seufzer abgetan.

Mein Name fiel zunächst nicht. Erst als Monika Bahrlow sich vor allen anderen ereiferte, um was für einen schrecklichen Mangel an Gehorsam und Disziplin es sich handele, konnte irgendwer nicht mehr an sich halten und erzählte ihr, welches Kind so »unerhört ungezogen« gewesen sei und, wie sie es selbst zuvor empört formuliert hatte, folglich »auf dem Gymnasium nichts zu suchen hat«.

Natürlich wusste niemand, welche Folgen diese Geschichte für mich haben würde. Aber mich hat Mutters Schweigen so schwer erschüttert, dass ich darüber gar nicht sprechen konnte. Ich wusste auch nicht, wie ich die Strafe hätte beschreiben sollen. Wem hätte ich sagen sollen, dass meine Mutter nicht mit mir sprach und was das mit mir machte? Wer hätte das verstanden?

Die nächsten Wochen lief ich mit gesenktem Kopf durch die Schule. Blickkontakte versuchte ich zu vermeiden. Passierte es doch einmal, dass jemand mich ansah, verlor das Atmen seine Selbstverständlichkeit. Ich fühlte mich ertappt und war mir sicher, alle wussten, was ich getan hatte.

Die Sache hatte sich auch tatsächlich rumgesprochen. Sogar meine Cousine Katja, die zu der Zeit schon auf die Realschule ging, fragte mich grinsend, ob ich wirklich geheult hätte, als ich mich entschuldigen musste.

Ja, habe ich. Ich habe so sehr vor Angst und Scham geweint, dass es mehrere Versuche brauchte, Herrn Weininger den Satz zu sagen, über den ich nächtelang nachgedacht hatte. Wie könnte ich mich entschuldigen? Wie könnte ich diese Schande rückgängig machen? Mir war nach Mutters Tiraden und ihrem Schweigen längst klar, dass es keine wirkliche Entschuldigung geben könnte, niemals. Vielleicht könnte ich darum bitten. Aber es wäre dennoch vollkommen in Ordnung, mich zu verachten. Auch für geringere Vergehen. Für mich galten von nun an andere Maßstäbe. Für immer.

Als ich vor Weininger stand, verschluckte ich mich an der Heulrotze und rang mit meiner schamdurchlöcherten Luftröhre nach Atem: »Es tut mir leid. Ich wollte Sie nicht verletzen.«

Mehr schaffte ich nicht. Ich weiß noch, dass ich meine Beine nicht mehr spürte, und ich befürchtete, sie würden mich nicht halten können. Ich lehnte mich an einen der Tische.

Ich zuckte zusammen, als er seine Hand hob, um sie mir auf die Schulter zu legen und mich wieder aus dem Raum zu führen, und wich dieser Hand aus.

Selbst das Arschloch Weininger hatte ein bisschen Mitleid mit dir.

Ich wollte raus, weg, alles verlassen. Die Schule, die Familie, mich selbst.

Aber natürlich gab es kein Entkommen.

Ich bewegte mich weiter als Aussätzige durch unser Haus. Wenn die Teller in der Küche klapperten, hörte ich, dass es Essen gab und setzte mich dazu. Manchmal versuchte ich ein Gespräch, aber bekam keine Antwort. Auch von Tim nicht. Wir flüsterten, wenn wir uns im Badezimmer trafen. Wenn ich zu ihm ins Zimmer ging, um nicht allein zu sein, merkte ich, dass ihm dabei nicht wohl war. Auch er hatte Angst.

Ich war wie AIDS. Das spielten wir damals in den Pausen. Wer AIDS hatte, musste die anderen anstecken, indem er sie berührte. Vor mir lief alles davon. Vor mir kreuzten sich die Finger, um mich abzuhalten. Den Tod, das Verderben. Mit mir wollte man nicht mehr sein.

Ein Mädchen, das in Geschichte hinter mir saß und mich sonst eher nicht beachtete, fragte irgendwann: »Was ist los, Stine? Du lachst überhaupt nicht mehr.«

Ich antwortete nichts darauf. Es kostete mich zu viel Kraft, überhaupt noch zur Schule oder zum Training zu gehen, mit Menschen zu sprechen. Selbst die Bibliothek mied ich.

Ich wusste, ich muss das irgendwie wieder hinbekommen. Ich müsste vielleicht doch mit jemandem reden.

Das war, nachdem Vater einmal überraschend früh nach Hause gekommen war. Er hatte vergessen, dass ich noch in Strafbehandlung war. Und ging zur Begrüßung auf mich zu.

»Na, Stine …«, sagte er mit einer Leichtigkeit, so als wäre gar nichts gewesen.

Ich sprang ihm an den Hals. Umarmte ihn. Küsste ihn. Hielt mich an ihm fest.

Aber Mutter hatte uns gesehen und ihn zu sich gebeten. Ich wusste, was das bedeutete. Hinter verschlossener Tür sprach sie mit ihm und dann war alles wie zuvor.

Wann würde das enden? Und würde das enden?

Daran warst du also auch noch schuld. Dass er jetzt von ihr zurechtgewiesen wurde.

So hast du Vater lange gesehen. Als schwach. Als ihr unterlegen und hörig. Als einen, der genauso unter ihr zu leiden hatte wie du.

So hast du dir die Familie im Kopf zurechtgebaut. Sie zurechtgemodelt, damit alles Sinn ergab und für das Kind, das du warst, zu verstehen war.

Du denkst an das Gespräch mit Tim, nachdem er seinen Master gemacht hat. Er hat sich durch Sprachprüfungen gequält und zwei Studien parallel betrieben. Er ist im Ausland gewesen und hat alles gegeben, um einmal erfolgreich zu sein.

»Ich will mein eigenes Haus, Stine. Meinen eigenen Garten. Ich will so gut sein, dass ich mir das alles immer leisten kann. Ist mir egal, was ich arbeite. Ich brauche das einfach.«

Das hat er geschafft, und du warst unglaublich stolz auf ihn. Er hat seine Ängste überwunden, nicht gut genug zu sein, nicht den richtigen Background zu haben, nicht den Habitus, um mit den Alpha-Männchen auf Augenhöhe zu agieren, ihnen auch mal zu widersprechen und auf sein Wissen und seine Erfahrung zu vertrauen. Diese Angst war dir nicht fremd. Er hat so lange an sich gearbeitet, bis er zumindest from nine to five an sich glauben konnte.

Nach seiner letzten bestandenen Prüfung hat er Mutter angerufen, noch bevor er sich bei dir gemeldet hat, und ihr gesagt, dass er mit Bestnote bestanden hat und dass die Beraterfirma, in der er während der letzten Monate gearbeitet hat, ihm ein sehr gutes Übernahmeangebot gemacht hat.

»Dann haben wir ja jetzt endlich unser ganzes Geld für uns«, hat Mutter geantwortet.

Und dieser Satz hat Tim alle Freude, all seine Hoffnung auf Anerkennung zunichtegemacht. Mutter hatte ihm zu einer Klempnerlehre geraten, weil sie nicht geglaubt hatte, er habe das

Zeug zum Studieren. Sie hatte ihn ja sowieso nur aufs Gymnasium geschickt, weil man ihn an der Realschule verprügelt hätte.

Er würde ihre Anerkennung nie bekommen. Es interessierte sie einfach nicht. Wer gelobt wird, ruht sich vielleicht auf seinem Erfolg aus, lässt sich gehen, und schon wäre alles hin.

Du hast Tim oft gewünscht, er würde sich etwas ausruhen. Auf seinem Erfolg oder vielleicht einfach mal so. Einfach weil eben nicht alles hin ist, wenn man kurz Pause macht.

»Ich hab' das Gefühl, die waren noch nie so glücklich wie jetzt«, hat er gesagt.

»Seit wir aus dem Haus sind, seit wir keine Last mehr sind, geht es ihnen gut. Dem Alten auch. Besonders dem.« Du konntest spüren, wie sehr Tim an der trügerischen Hoffnung festgehalten hatte, er müsse sich nur anstrengen, bloß alles richtig machen und irgendwann würde Vater ihm auf die Schulter klopfen, Mutter würde ihn in den Arm nehmen und sie würden sagen: Jetzt ist es gut. Jetzt bist du genug. Jetzt sind wir stolz auf dich.

Diese Hoffnung hast du vor langer Zeit schon ziehen lassen. Aber auch du hast dich immer mal wieder ans Wasser gestellt und ihr nachgesehen, ihr zugewunken und kurz überlegt, ob du ihr hinterherschwimmen solltest. Bis die Hoffnung irgendwann einfach weg war. Hinter dem Horizont. Nicht mehr einzuholen.

Das hast du Tim gesagt. Hab keine Angst, sie verschwindet irgendwann und dann ist sie auch weg.

Du selbst hast lange geglaubt, Vater wäre auf deiner Seite. Aber es stimmte nicht.

Das war deine blöde Hoffnung. Dein Sinn.

Vater hat nie für dich Partei ergriffen. Er hat dich nie getröstet, nie geschützt. Er hat dich ihr ausgeliefert, seinem Vater ausgeliefert und sich selbst.

Es war nie ein Versehen gewesen. Es war seine Entscheidung.

Du warst es ihm nie wert, gegen seine Ängste, Wut und Lust anzukämpfen.

Wofür du dich am meisten schämst, ist, dass du es immer wieder versucht hast. Du wolltest ihm gefallen und ihn von dir überzeugen.

Du bist zu ihm gegangen. Hast ihn massiert und dich dabei fürchterlich geekelt. Und du dachtest, dass dieser Ekel dein Problem wäre. Du hast dich an ihn gelehnt und sie dabei angesehen. Du wolltest sie verletzen, indem du dich an ihn geschmiegt hast, auch wenn du seinen Geruch kaum ertragen konntest. Du hast ihr gesagt, dass sie dich nicht anfassen darf.

Und wenn er dir ein Kompliment gemacht hat, dann hast du dich gefreut.

Die Scham darüber verlässt dich nicht. Du kannst das niemandem erklären. Auch Hans nicht. Oder Tim.

Du weichst deinem Bruder aus. Seinen Fragen. Du möchtest lieber seine große Schwester bleiben, die sich vorstellt, dass er nichts erleiden muss, wenn sie alles auf sich nimmt.

Nachdem Vater mich also einmal während Mutters Schweigedoktrin aus Versehen begrüßt hatte und ich für einen kurzen Moment die Hoffnung hatte, ich könnte wieder ein Mensch unter Menschen sein, versuchte ich, mit Ada zu sprechen.

Ich wollte sie um Rat bitten und ich wollte mit allem nicht mehr ganz alleine sein.

»Meine Mutter spricht nicht mehr mit mir«, sagte ich im Schulkeller, wo wir unser Mittagessen bekamen, »ich glaube, sie kann mich auch nicht mehr lieben.«

Ada hatte nicht richtig verstanden, was ich meinte: »Ach, die beruhigt sich schon.«

»Nein, wirklich nicht«, antwortete ich strenger und überlegte, wie ich ihr erklären konnte, was bei mir zuhause los war.

Der Essensraum stank nach Eintopf, nach stundenlang gekochtem Porree. Dieser Geruch verdirbt mir bis heute den Appetit.

Ada nahm ihren halbleeren Teller und stand auf.

»Mein Vater sagt, wenn man Scheiße baut, dann muss man auch dazu stehen, Stine«, sagte Ada und sie sagte es so, als wollte sie mich endgültig loswerden.

Ich blieb sitzen und sah Ada nach, wie sie einfach wegging. Ich würde nicht mehr darüber reden. Mit niemandem.

Irgendwann war es vorbei. Irgendwann sprach sie wieder mit mir. Das kam nach und nach und nicht ohne dass sie manchmal noch darauf anspielte und mich damit augenblicklich in Panik versetzte.

Du warst der elendig winselnde Hund. Für immer.

Tante Elli und Mutters andere Freundinnen wussten auch Bescheid und funkelten mich finster an, sobald ich zu laut lachte.

Mutter hatte das gemacht, was sie am besten konnte. Ihre Wirklichkeit zur Wirklichkeit aller werden lassen. Über Gut und Böse bestimmen und ihr Maß zum Maß aller Dinge machen.

Und wenn man das anerkannte, dann war sie ganz wunderbar. Dann hatte sie das schönste Lächeln und das freundlichste Wesen.

»Für mich war deine Mutter immer der blonde Engel«, hatte Vicky einmal gesagt.

Und genau so war das. Mutter war der blonde Engel. Wunderschön, liebevoll und herzlich. Wenn man sie auf seiner Seite hatte.

42

Tim sagt: »Du könntest zu einer Anwältin gehen, dass die ein Schreiben aufsetzen, dass sie weder dir noch den Kindern schreiben darf.«

Das werde ich tun. Sie soll mich einfach in Ruhe lassen. Es ist mir lange schon egal, was sie über mich denkt, aber ich will nichts davon wissen.

Es ist ihre Skrupellosigkeit, die mir Angst macht. Sie ist bereit, die Beziehung zwischen Klara und mir zu stören, auch zu zerstören. Vielleicht ist es ihr Ziel, Klara in ein emotionales Chaos zu stürzen und in einen Loyalitätskonflikt zu treiben, aus dem sie dann als Siegerin hervorgeht.

Nachdem Mutter Tim gebeten hat, meine psychischen Auffälligkeiten zu notieren, um *Zugriff* zu bekommen, hat er ihr eine ausführliche Mail geschrieben. Darin erklärte er ihr, dass er zu mir eine sehr enge Beziehung habe, was sie ja vielleicht nicht gewusst habe. Mutters Antwort war kurz – doch, das wisse sie.

Ich erzähle Klara von dem Brief und frage sie, ob sie ihn lesen will.

Sie zuckt mit den Schultern: »Was steht drin?«

»Dass du jetzt alt genug bist, selbst zu entscheiden, ob du mit ihr Kontakt haben willst.«

»Nee, kein Bock.«

Natürlich bin ich erleichtert.

»Aber wenn du ihn lesen willst, ich hab ihn und kann ihn dir geben.«

Klara wischt über ihr Handy und schaut *Insta* oder *Tiktok*.

43

Die Nächte sind schlaflos lang.

Noch dies, noch das.

Einmal suchst du nach den Gedichten, die du früher geschrieben hast. Nach den ersten Protokollen im Tagebuch hast du versucht, dein Leben in Zeilen zu brechen.

In der kleinen Stadt hast du dir einige von den Gedichten binden lassen, in dem Copyshop, in dem Adas Mutter gearbeitet hat. Du wolltest wissen, wie das aussieht, wenn die Texte in einem richtigen Buch stehen.

Als du das Exemplar abgeholt hast, hat Adas Mutter dich seltsam angeschaut. Sie hat dich zuletzt gesehen, da warst du vielleicht elf oder zwölf Jahre alt. Sie sagte: »Ist ja erstaunlich, was in manchen Köpfen vor sich geht.«

Sie hatte sie also gelesen. Ohne zu fragen.

Mit Ada hast du damals kaum noch gesprochen.

Du wolltest weg aus dieser Scheißstadt, in der gar nichts stimmte. Nicht die Farbe an den Wänden, nicht das Blau des Himmels, auch der Kirchturm log sich bei jedem Glockenschlag was zurecht. Du konntest es ihnen bloß noch nicht beweisen.

Eines der Gedichte handelt von den Tabletten, die du dir wie Bonbons eingeworfen hast. War das damals schon?, denkst du.

Ja, stimmt. Das war schon zu der Zeit, als du kurz davor warst, mit Vicky die Stadt zu verlassen. Der Kopf schmerzte. Eigentlich immer und manchmal unaushaltbar.

Hans ist das Licht des Laptops zu hell im Bett. Er stöhnt und will schlafen. Um sechs klingelt sein Wecker.

Als du den Computer zuklappst, ist es nicht weniger hell. Der Mond scheint dich an.

Du stehst auf und ziehst ins Wohnzimmer und schreibst: Voller Mond, du dumme Sau/zieh dich zurück in deinen Verhau.

Es geht doch. Geht doch noch.

Einmal, da waren die Kinder noch klein. Kurti hatte seit Wochen nicht aufgehört zu schreien und Hans war auf Dienstreise. Du hast versucht, die Kinder dazu zu bewegen, Mittagsschlaf zu halten. Dafür hätte Klara sich allein hinlegen müssen, während du dich um das schreiende Baby kümmern würdest. Aber Klara sah es nicht ein. Die Dreijährige wollte genauso bemuttert werden wie ihr kleiner Bruder, der es seit Wochen gewohnt war, dass sich alles um ihn drehte. Also begann auch Klara zu schreien. Ich lief ein paar Mal zwischen den beiden Zimmern hin und her und versuchte beide Kinder gleichzeitig zu beruhigen, aber es war ein sinnloses Unterfangen.

Irgendwann saß ich heulend neben Klaras Bett und sagte: »Ich kann nicht mehr.«

Da hörte Klara auf zu weinen und sah mich ernst an: »Doch, Mama, du kannst noch.«

Weiter, weiter, weiter.

Du kannst noch.

XII

Das Ziel der sozialistischen Ökonomie ist ja auch nicht Vermehrung der Produktion, Erhöhung des Konsums, sondern im Gegenteil Erhöhung der Freizeit, ständiges Herabsetzen der notwendigen Arbeitszeit. Und natürlich wird oft gefragt, werden die Menschen mit dieser großen Freiheit etwas anfangen können? Was werden sie tun, wenn sie so viel Freizeit haben? Ja, was sie bestimmt nicht machen werden, ist das, was sie im Kapitalismus machen, was sie jetzt bei uns machen: zu Hause hocken, ein kleines Häuschen bauen oder mit Freunden trinken, sich betrinken. Ich sage ja nichts gegen das Vergnügen der Menschen aneinander und auch noch an Wein und Alkohol. Aber es gibt ein viel größeres Vergnügen, dem sich die Menschen dann widmen werden. Nämlich etwas lernen, die Welt kennenzulernen, ihr Wissen zu vergrößern, Kunst kennenzulernen und verstehen zu lernen. Oder was noch weitergeht, sich mit den Kindern beschäftigen. Lehrer werden. Die

Menschen müssen doch begreifen, dass bisher die Entwicklung jedes Individuums zu kurz kommt, immer vom unglücklichen Zufall gelenkt wird. In den seltensten Fällen haben Kinder bei der Entwicklung in ihrer Jugend wirklich Glück. Meistens haben sie Unglück.

Robert Havemann, 1978

44

DIE GESCHICHTE VON PAUL BAHRLOW, 3. TEIL

Als Hitler der Welt den Krieg erklärte, erwiesen sich Pauls schlechte Augen zum ersten Mal als Glück. Ihretwegen wurde er nicht eingezogen. Zwar träumte er noch immer von höherer Bildung, ging aber erst einmal zu Siemens. Dort arbeitete sein Vater als Hilfsarbeiter, und da Paul zu den Klügeren gehörte, durfte er in die Registratur. Das war zwar anstrengend für die Augen, aber schinden musste man sich dort nicht. Seine Eltern kamen aus dem letzten Jahrhundert und hatten beide den Ersten Weltkrieg erlebt. Solche wie Paul und Wilhelm, solche wie ihren Vater steckte man zu allen Zeiten gern in die Infanterie und warf sie seinem Feind zum Fraß vor. Deshalb war es besser, wenn Paul eine Arbeit hatte, die vielleicht nicht jeder machen konnte.

Aber 1942 wurde er doch noch eingezogen. Der Krieg war ein gieriger Esser und forderte Futter für seine Kanonen. Bei der Musterung lobte der Offizier, der ihn begutachtete, seine Zähne. Die wären ohnehin wichtiger als die Augen. Paul verstand zunächst nicht, wie das gemeint war, aber er dachte an diesen Offizier, als seine Kameraden neben ihm vor Schmerzen wimmerten, weil ihnen in den Schützengräben reihenweise die Zähne wegfaulten.

Man steckte ihn ins Kradschützenbataillon 3, das 1939 am Überfall auf Polen beteiligt gewesen war. Seinem Bruder riet er, er solle sich freiwillig melden, dann könne er sich die Waffengattung vielleicht noch aussuchen. Die Marine zum Beispiel hätte keine Schützengräben und vielleicht habe er ja Glück und bekomme was von der Welt zu sehen.

In aller Eile lernte Paul das Motorradfahren, Schießen und Funken. Die Kradschützen gehörten zur schnellen Truppe. Sie spähten die Feindeslinien aus und fuhren für Überraschungsangriffe tief hinein in die feindlichen Stellungen. Schnell war klar, dass es für ihn nach Osten gehen würde, »zum Ivan«, und die Wahrscheinlichkeit, noch einmal nach Berlin zurückzukommen, war gering. Wurde immer geringer mit jedem Tag, den dieser Krieg andauerte. Das war das Paradox der Schlachterei. Jeder Tag, den einer überlebte, brachte ihm nur einen weiteren, an dem er sterben konnte.

Aber davon wusste Paul noch nichts. Er kannte die Sowjetunion nicht. Seit er zehn Jahre alt war, hörte er in der Schule die furchtbarsten Dinge über die »slawischen Untermenschen«. Auch wenn sein Vater vor der Machtergreifung Sozialdemokrat gewesen war und die Mutter die Faschisten Verbrecher nannte, der nationalsozialistischen Propaganda entkam niemand. Schon gar nicht die Kinder, die in den Schulen auf ihr Dasein als über alle Welt herrschende »Herrenrasse« eingeschworen wurden.

Als man ihn in den Krieg rief, war Paul neunzehn Jahre alt und wusste längst, dass es kein Abenteuer werden würde.

Die Nachrichten über den Verlust der Söhne und Väter gehörten in Nachbarschaft und Fabrik längst zum Tagesgeschäft. Die markerschütternden Schreie der Mütter, wenn die Gewissheit über den Verlust des Kindes über sie hereinbrach, ließen meist nur noch kurz aufmerken. Der Krieg war die unverrückbare Realität geworden, mit der Paul sich abzufinden hatte.

Die Erika spurt nicht recht, als ich über Opa Pauls Soldatenzeit schreibe. Er hat zu wenig erzählt und auch in Onkel Wilhelms Buch steht kaum etwas über die Kriegszeit.

In mir erscheinen Bilder, von denen ich nicht sicher bin, ob sie nicht eher einer TV-Doku entsprungen sind.

Das mit den Augen hat er mir erzählt und das mit den Zähnen.

Aber ob das stimmt? Der Krieg hat sie alle zu Lügnern gemacht. Auch sich selbst gegenüber. Der Schrecken hat auch ihre Erinnerung in Fetzen gerissen. Sie ließ sich später nicht mehr zusammensetzen. Nicht so, dass man es hätte erzählen können.

Wie sollte man überhaupt jemandem vom Krieg erzählen, der nur den Frieden kannte?

Und wann? Wann ist der Moment? Wann setzt man sich zusammen? Ruft man die Kinder zum Kaffee und sagt: Der Vati möchte euch jetzt mal was erzählen. Von Menschen, die in hundert Stücke gerissen wurden. Davon, wie angekokelte Eingeweide stinken. Vom Hunger möchte ich euch gern erzählen. Und von der Angst, dass einem die Läuse das letzte Blut aussaugen und man deshalb vertrocknet.

Außerdem möchte ich euch erzählen, was wir mit den Frauen und Mädchen gemacht haben. Wie wir die Häuser geplündert haben, Wertsachen, warme Kleidung und Essen gestohlen haben und wussten, sie würden anderen fehlen.

Wer will so etwas hören?

Und wen verdammt man zum ewigen Schweigen?

Ich stelle mir Paul vor, wie er voll Furcht vor dem, was ihn an der Front erwartete, Richtung Osten aufbrach. Von der Kaserne bei Frankfurt O. bis nach Wolgograd sind es fast zweieinhalbtausend Kilometer. Wolgograd, so heißt die Stadt heute, die zum Symbol für die deutsche Niederlage im Zweiten Weltkrieg geworden ist. Als das Kradschützenbataillon 3, in dem Paul als Funker eingeteilt war, dorthin geschickt wurde, hieß sie noch Stalingrad.

Im August des Jahres 1942 startete der deutsche Angriff. Ein ideologischer Irrsinn, der strategisch schon bald kaum noch Nutzen hatte. Aber der Führer wollte sie einnehmen, die Stadt, die Stalins Namen trug. Ein Symbol arischer Übermacht sollte sie werden, eine Demütigung für seinen Widersacher im Kreml. Aber es würde anders kommen. Als die Schlacht um Stalingrad im Februar 1943 endlich vorbei war, ging es für die deutsche Armee nur noch im Rückwärtsgang nach Berlin.

Dann sahen die sowjetischen Soldaten, was Paul schon auf seinem Weg zur Wolga gesehen hatte.

Verbrannte Erde, dahingeschlachtete Dörfer und Städte. Keinen Stein hatten die Deutschen bei ihrem Vormarsch auf dem anderen gelassen. Die Felder angezündet, Ernten vernichtet, damit die Bevölkerung, die man nicht eigenhändig erschoss, verhungerte. Schließlich wollte man, wenn der Krieg vorbei war, selbst das Land besiedeln. Der Gestank aus den provisorischen Massengräbern hatte Paul auf seinem Weg nach Osten begleitet.

Kriegsverbrechen – das klingt wie etwas, das es ganz

selbstverständlich gibt in der Welt. Etwas, das eben dazugehört. Das immer schon da war und was es immer geben würde.

Aber was Paul gesehen und erlebt hatte, war nichts, von dem er geahnt hatte, dass es das geben könnte. Und er hatte Dinge tun müssen, von denen er nicht gewusst hatte, dass man sie tun kann. Um zu überleben oder auch weil die Welt auf dem Schlachtfeld eine andere war.

Es galten andere Regeln, es gab kein Gesetz mehr, keinen Sinn. Sogar die Gesetze der Natur waren außer Kraft. Zeit und Raum verwoben zu einem bedrohlichen Stoff, der sich enger um den Hals zog, den Körper einsponn und langsam zerquetschte. Wozu überleben? Wenn der nächste Tag wieder nur ein Kampf in der Hölle war. Eine Hölle, die keinen Morgen, keinen Mittag und keine Nacht kannte.

Die Schlacht um Stalingrad dauerte bis zum Februar. In dieser Zeit starben in der Stadt an der Wolga mehr als eine Million Soldaten auf beiden Seiten. Etwa fünfhunderttausend Menschen wohnten vor Kriegsbeginn in der Stadt. Nachdem die Sowjets sie zurückerobert hatten, waren es nicht einmal mehr zehntausend. Die gut einhunderttausend Soldaten der Wehrmacht und ihre Verbündeten aus Ungarn, Rumänien und Italien, die im Kessel überlebt hatten, kamen in Gefangenschaft, die nur etwa sechstausend von ihnen überlebten.

Ich versuche den Verlauf der Front zu verstehen, die Truppenbewegungen und Strategien. Wie ist so ein Angriff abgelaufen? Wie die Verteidigung? Wer saß wo und hat welches Gerät bedient? In Filmdokumenten suche ich noch einmal nach Pauls Gesicht. Auf Fotos versuche ich ihn zu erkennen. Aber ich finde ihn nicht. Und ich verstehe immer noch nicht, wie der Krieg funktioniert.

Paul hatte Glück. Er wurde verwundet und kam mit einem der letzten Flieger aus dem Kessel. Über diese letzten Tage in Stalingrad, bevor der Kessel endgültig abgeschnitten wurde und vom Führer dazu verdammt, auszuharren und auf einen Durchbruch von außen zu warten, gibt es Zeitzeugenberichte. Von Soldaten, die sich an die Tragflächen der letzten Flugzeuge gehängt haben. Von Piloten, die mit den Maschinen wackelten, um die Verzweifelten abzuschütteln und einen Absturz zu verhindern.

Die Schilderungen der Überlebenden mischen sich in mir mit den Bildern vom Truppenabzug aus Afghanistan.

Was sind das für Zeiten, wo
Ein Gespräch über Bäume fast ein Verbrechen ist

Pauls Verwundung war so schwer, dass er nicht wieder nach Stalingrad zurückmusste. Wenn er später auch wieder an der sich immer weiter zurückziehenden Ostfront eingesetzt wurde, bis die Sowjets ihn im Mai 1945 in Frankfurt O. gefangen nahmen.

Wie diese Verwundung, die ihm das Leben gerettet hat, aussah, weiß ich nicht. In seiner Berufungsakte des Ministeriums für Hoch- und Fachschulwesen ist über die Zeit bei der »faschistischen Wehrmacht« vermerkt: von 1942 bis 1945, Kradschützenbataillon 3, höchster Dienstgrad – Unteroffizier.

Er hat das Eiserne Kreuz II. und I. Klasse bekommen und das Verwundetenabzeichen in Gold.

Im Reichsgesetzblatt vom 1. September 1939 heißt es zu Letzterem:

»Als Ehrung für diejenigen, die bei tapferem Einsatz ihrer Person für das Vaterland durch feindliche Waffeneinwirkung verwundet oder beschädigt wurden, stifte ich das Verwundetenabzeichen.«

Mit »ich« ist Adolf Hitler selbst gemeint.

Es gibt drei Verwundetenabzeichen. Eines in Schwarz (für ein- oder zweimalige Verwundung), in Silber (für drei- und viermalige Verwundung) und schließlich für fünf oder noch mehr Verwundungen das Verwundetenabzeichen in Gold.

Das Abzeichen ist das gleiche wie im letzten Weltkrieg, nur prangt auf dem Stahlhelm ein Hakenkreuz. »Frühere Verwundungen, für die bereits ein Verwundetenabzeichen verliehen wurden, werden für die Verleihung angerechnet.«

Außer dem Leben konnte einem also nichts verloren gehen. Für jede Verwundung gab es Striche auf der Habenseite. Allerdings galten mehrere Verletzungen, die man sich bei derselben Kampfhandlung zugezogen hatte, bloß als eine einzige Verletzung. Eine Amputation konnte wiederum als bis zu fünf Verletzungen gewertet werden. Lag aber im Gutdünken des verantwortlichen Offiziers. Mancher bekam für eine Erblindung auch nur ein silbernes Abzeichen. Insgesamt zwanzig Mal wurde im Verlauf des Krieges nachverordnet. Neue Personengruppen wurden dazugenommen, die zuvor nicht erfasst worden waren. Sogar der Führer schien überrascht von der Varianz der Verletzungen und der Vielzahl an Möglichkeiten, wie man sie sich zuziehen konnte.

Als der Krieg beispielsweise in den Winter überging, wurden auch Erfrierungen für auszeichnungswürdig befunden.

Als die Rote Armee wiederum nach Deutschland vorrückte und in den Städten und Dörfern eine blutige Schneise schlug, heftete man auch Zivilisten das Oval an ihre Kleiderfetzen.

Kistenweise wurden die Blechstücke an die Front und in Krankenhäuser geliefert. Millionenfach die Nadel durch den Stoff gestoßen und eine Besitzurkunde ausgestellt.

Ich stelle mir vor, wie ein Arzt lächelnd an das Bett tritt, in dem ein großgewachsener Teenager liegt, ihn ansieht und sagt: »Nicht erschrecken, Junge, dir fehlt ein Bein, aber dafür bekommst du hier eine schöne Brosche.«

Und schon schäme ich mich für meinen plumpen Zynismus. Aber was bleibt mir übrig? Was bleibt uns Nachgeborenen übrig?

Drei Klicks im Internet, und ich höre Bertolt Brecht zu mir sprechen.

»Ihr, die ihr auftauchen werdet aus der Flut
In der wir untergegangen sind
Gedenkt
Wenn ihr von unseren Schwächen sprecht
Auch der finsteren Zeit
Der ihr entronnen seid.«

Wie schnell das geht, wie einfach. Paul hat mir diese Aufnahme als Kassette geschenkt. Lange bevor es einfach alles im Internet gab. Das war teuer damals und etwas Besonderes.

Ich habe diese Kassette oft gehört. Wenn jetzt die Stimme ertönt, erstaunt es mich schon, dass sie ganz genauso klingt wie auf meiner Kassette. Der Geruch von 4711 steigt in mir auf. Der hatte die kleine Wohnung von Oma Eva und Opa Paul ganz ausgefüllt und sich bloß gegen Mittag mit den Gerüchen aus der Küche vermischt. Und ich kann noch immer sehr viel mitsprechen, wie bei einem Lied, das man nie vergisst.

»Dabei wissen wir ja:
Auch der Haß gegen die Niedrigkeit
Verzerrt die Züge.
Auch der Zorn über das Unrecht
Macht die Stimme heiser. Ach, wir
Die wir den Boden bereiten wollten für Freundlichkeit
Konnten selbst nicht freundlich sein.«

Wütend hacke ich in die Erika, die deine war, Opa. Ich möchte dir sagen, das stimmt so nicht. Du wolltest gar nicht freundlich sein.

»Wir kamen aus dem Krieg, Stinchen, wir wollten nur eins – nie wieder Faschismus!«

Das war alles, das war der ganze Grund für alles. Das war für dich Grund genug, dass Menschen erschossen wurden, die nur wegwollten aus einem Leben, das nicht ihres war.

»Nie wieder Faschismus!«

Natürlich hast du Schlimmeres gesehen als die da an der Mauer. Hast du Schlimmeres gesehen als die Kinder, die du unterrichtet hast, als deine Kinder und als ich. Du warst in Stalingrad. Das waren wir nicht. Uns hat kein Schrapnell das Leben gerettet, indem es uns zerfetzte. Wir haben nicht im Schützengraben neben den modernden Leichen unserer Kameraden gehungert und gefroren. Wir haben keine Schuld auf uns geladen, weil wir einen erschießen mussten, der es auf uns abgesehen hatte.

»Nie wieder Faschismus!«

Aber freundlich war der Boden nicht, den du mir bereitet hast. Und er sollte auch nie freundlich sein.

Ihr aber, wenn es so weit sein wird
Daß der Mensch dem Menschen ein Helfer ist
Gedenkt unsrer
Mit Nachsicht.

Ich versuch's ja, aber ich will nicht mehr.

45

April 2022. Im Februar hat Russland die Ukraine überfallen, und inzwischen ist klar, dass damit nicht nur unsere unter großen Schmerzen geborene Weltordnung von Putin in Frage gestellt wird. Die Berichte über grausame Kriegsverbrechen werden täglich mehr. Über die Bombardierung der Zivilbevölkerung, der Krankenhäuser und Schulen. Über Soldaten, die Kondome bei sich haben, weil sie angewiesen sind, ukrainische Frauen und Mädchen zu vergewaltigen. Wenn die russische Armee sich zurückziehen muss, hinterlässt sie eine Spur der Verwüstung. Die Soldaten plündern und greifen nach allem, was sie kriegen können. Im Internet finden sich Bilder von getrackten Kopfhörern, Smartphones und Tablets, die aus der Ukraine gestohlen und nach Russland oder Belarus geschafft werden. Den Bildern von auf der Straße liegenden Menschen, denen man die Hände auf dem Rücken zusammengebunden hat, bevor man sie mit einem Schuss ins Genick hingerichtet hat, kann man nur schwer ausweichen.

Einmal heißt es in den Nachrichten, auf einem dieser Bilder, das eine ermordete Familie zeigt, sei zu erkennen, dass ein Mädchen, nicht älter als zehn, deutliche Spuren einer Vergewaltigung aufweist.

Der Terror soll die Ukraine erreichen und den Widerstand der Zivilbevölkerung brechen. Damit die Gegenwehr aufhört. Die Menschen sollen glauben, schlimmer als jetzt könne es nicht werden. Schlimmer könne auch keine russische Besatzung sein. Der Terror soll auch uns erreichen. Die Bilder sollen sich einbrennen. Wir sollen Angst haben, das Falsche zu tun, und lieber gar nichts tun.

Hans und ich fragen uns, ob wir die Kinder rausschicken sollen und erst zum *Tatort* ins Wohnzimmer lassen. Aber gibt es etwas, was die Tagesschau zeigt, das nicht auch durch ihre Timelines auf den Smartphones geistert? Ich sage ihnen, sie sollen sich die Bilder nicht angucken. Dabei fällt es mir selbst schwer, mich der Gewalt zu entziehen. Ich will das alles nicht sehen, aber wegsehen will ich auch nicht. Wer bin ich denn, dass ich aus der warmen Stube sage, ich gucke nicht hin? Ich sehe mir das Leid nicht an? Und warum glaube ich, es käme darauf an, dass ich es sehe? Ich, ich, ich, die alte Krankheit, die hinter allem steckt.

Als wir das Thema Nationalsozialismus in der Schule durchgenommen haben, hatte ich das Gefühl, dass das zwar in Deutschland geschehen ist, aber eher in Berlin als in der kleinen Stadt. Dass es in unserer kleinen Stadt keine Juden gab, war mir ganz selbstverständlich.

Was sollten denn Juden in unserer Stadt?

Ich habe mich auch nie gefragt, ob das vielleicht einmal anders gewesen ist, ob in unseren Straßen einmal Juden gelebt haben. Ob vielleicht neben all den großen Kirchen auch irgendwo eine Synagoge stand.

Die Bilder, die unseren Geschichtsunterricht begleiteten, zeigten bloß das Berlin des beginnenden 20. Jahrhunderts oder gleich Nazis, Holocaust und Auschwitz. Kahlgeschorene Menschen in Schwarz-Weiß, mit Schildern um den Hals, die sie denunzieren sollten. Schlimm sah das aus, aber auch sehr weit weg.

Opa Paul hatte mir erzählt, dass er die Synagoge in der Oranienburger Straße hat brennen sehen. Tagelang sei Rauch aufgestiegen. Da sei er dann mit dem Fahrrad vorbeigefahren. Er hatte erzählt, dass in Berlin niemand habe behaupten können, er habe nichts von der Verfolgung und Ermordung der Juden gewusst. Außerhalb der Großstädte jedoch sei das vielleicht möglich gewesen.

So habe ich mir das in etwa vorgestellt. Der Holocaust und der Krieg, das war irgendwas in Polen und in Berlin. Stalingrad, das war in Russland und sehr weit weg.

Ich las alles, was die Stadtbibliothek hergab, und sah alle Filme, die es zu sehen gab. Ich wollte es wissen. Aber ich dachte nie daran, dass dies auch in der kleinen Stadt am Hafen passiert war.

Im Fach Heimatkunde lernten wir stattdessen die alten Sagen der Region. Auf sie ist man in Mecklenburg besonders stolz. Wir hörten zum Beispiel von Störtebeker, dem Seeräuber, der bei uns geboren wurde. Störtebeker, das ist Plattdeutsch und heißt »Stürz den Becher«.

Saufen, saufen, noch mehr saufen!

Als man Störtebeker und seine Piratenbande festgenommen und zum Tode verurteilt hatte, soll er verhandelt haben, dass alle seine Piratenbrüder, an denen er nach seiner Enthauptung noch wie ein frisch geköpftes Huhn vorbeilaufen könne, begnadigt würden. Ohne Haupt schritt er der Legende nach an elf Männern vorbei, beim zwölften schließlich stellte man ihm ein Bein und richtete dreiundsiebzig Männer hin. Darunter auch die abgelaufenen elf.

An das Bild des kopflosen Störtebeker, das mir als Kind Angst gemacht hatte, erinnere ich mich. Und an die Sage vom Trommler, dessen Schläge immer noch zu hören sein sollen, wenn man nachts den Marktplatz überquert. Denn dort soll ein geheimer Tunnel verlaufen, der Kirchen und Klöster miteinander verbindet. Der Trommler war dazu verurteilt worden, diesen zu erkunden. Sein Todesurteil würde aufgehoben, wenn er das Ende des Geheimgangs fände.

Opa Paul konnte mir nichts über die Geschichte der kleinen Stadt erzählen. Er war mit Oma Eva und den Kindern erst in den 70ern an die Ostsee gezogen.

Auch Svens Vater, Opa Arndt, wusste nichts von dem, was hier vor Kriegsende passiert war. Ihn hatte ein Flüchtlingstreck aus Ostpreußen zunächst nach Thüringen gespült. Dort lernte er Oma Ursel kennen. Eine Zeit lang sprach Opa Arndt immer mal wieder davon. Das war, als ich vielleicht dreizehn oder vierzehn Jahre alt war. Aber von ihm wollte ich nichts wissen.

Niemand wollte das aus unserer Familie. Das war die einzige Art, mit ihm umzugehen. Im Tyrannen nicht auch noch das verletzte Kind zu sehen, das hunderte von Kilometern durch die Landschaft irrte und kein Bett hatte, in das es sich legen konnte.

Ich wollte mit ihm überhaupt nicht sprechen und war jedes Mal froh, wenn ich Oma Ursel bei Besuchen allein antraf. Wie er an sie gekommen ist oder vielleicht besser, wie sie an ihn geraten konnte und warum die beiden ausgerechnet aus Thüringen nach Mecklenburg gekommen sind, hätte ich schon gern gewusst. Aber als ich Ursel an ihrem fünfzigsten Hochzeitstag danach fragte, fuhr er ihr einmal mehr in die Parade.

Wir saßen zusammen in einem Restaurant, von dem aus man auf eine Bucht schauen konnte, in der ein altes Betonschiff gestrandet lag. Ein Kriegsschiff, das nie zum Einsatz kam, weil es während seiner Überführung in den Hafen der kleinen Stadt stecken geblieben ist.

Während wir dort saßen und das fünfzig Jahre dauernde Bestehen der Ehe von Vaters Eltern feierten, fragte ich Oma Ursel: »Wie habt ihr euch kennen gelernt?«

Ich hatte leise gesprochen, beinahe geflüstert, damit er uns nicht hörte.

Bevor Oma Ursel antworten konnte, fiel er ihr ins Wort. Sie würde alles falsch erzählen und es sei ja ganz anders gewesen. Ich versuchte es freundlich und sagte ihm, dass ich Oma Ursel gefragt hätte und die Geschichte gern von ihr hören würde. Als sie dann von mir ermuntert noch einmal zum Erzählen ansetzte, landete ein Faustschlag an ihrer Schulter, der sie zu mir rüberwanken ließ.

»Nun halt aber mal deinen Mund, Ursel.«

So kannte ich es und Oma Ursel auch.

Alle, die dabeisaßen, kannten es auch nicht anders.

Keiner sagte etwas.

Wir ließen ihn reden, aber ich hörte nicht mehr zu. Ich erinnere mich nur an wenige Sätze: »Ich habe sie gesehen und habe gewusst, die will ich, das ist meine. Da habe ich sie mir genommen.«

Eigentlich war der Anlass, zu dem wir zusammengekommen waren, kein feierlicher. Wir feierten Oma Ursels Inbesitznahme. Was Opa Arndt wollte, wurde gemacht. Das war das Gesetz in Vaters Familie.

Als Oma Ursel einige Jahre später starb und Vater mich anrief, um mir zu sagen, dass sie bis zum Schluss auf mich gewartet hatte, dachte ich, jetzt hat sie es geschafft.

Tim hatte den gleichen Gedanken.

»Und hat sie auf mich gewartet?«, fragte ich ihn.

»Quatsch«, sagte er, »die hat auf gar nichts mehr gewartet und war bis oben voll mit Morphium. Mir tat das total leid, weil sie die ganze Zeit Soldaten durchs Zimmer fliegen sah. Manchmal auch rosa Elefanten.«

Tim hatte Oma Ursel noch einige Male besucht, als sie sterbend im Krankenhaus lag. Er war auch zu ihrer Beerdigung gegangen.

Aber ich konnte das nicht.

Ich fühlte mich ihr gegenüber unendlich schuldig. Weil ich nichts getan hatte, obwohl ich wusste, dass er sie misshandelte und demütigte, wo er nur konnte.

Er hatte auch mich oft gedemütigt und sein Sohn, der mein Vater war und mich hätte vor ihm in Schutz nehmen müssen, hatte nichts dagegen unternommen. Die Familie hatte zugesehen, wenn er mich vor allen in endlosen Tiraden beschimpfte, weil ich es gewagt hatte, Oma Ursel zu verteidigen. Still hatten alle abgewartet, bis sein Wutschwall vorüber war, bloß um dann zum Wesentlichen überzugehen. Fressen und Saufen.

»Los, Oma, mach mal Schnittchen!«, rief einer meiner Onkel. Und alle anderen lachten.

Als ich mich schließlich weigerte, mich zur Versöhnung wieder auf seinen Schoß zu setzen und ihn auf den Mund zu küssen, saßen Vater und Mutter daneben und sagten nichts.

Was Opa Arndt wollte, musste geschehen. Alles andere würde es nur noch schlimmer machen. Würde Ärger machen und die ganze schöne Feierlaune verderben.

»Trink lieber was, Stinchen, dann ziehst du auch nicht so eine Schnute!«

Oma Ursel war die Einzige in unserer Familie, die begeistertes Mitglied einer »faschistischen Naziorganisation« gewesen war. Sie war BDM-Führerin gewesen und hatte mir begeistert von den Ferienlagern berichtet, die sie organisiert hatte. Später in der DDR war sie Erzieherin geworden. Sie hatte noch einmal eine Ausbildung gemacht und dann in einer Wochenkrippe gearbeitet.

Das war eine Einrichtung, in der Kinder bereits wenige Wochen nach der Geburt abgegeben werden konnten. Man brachte sie am Montag hin und holte sie am Freitag wieder ab.

Ich war auch in einer Krippe gewesen, aber nicht in einer Wochenkrippe. Mich hatte Mutter früh um sechs abgegeben, bevor sie zu ihrer Arbeit als Erzieherin ins Kinderheim ging. Ich erinnere mich noch an die kleinen Stühle, mit denen man so nah an den Tisch geschoben wurde, dass man sich nicht bewegen konnte.

Eine Wochenkrippe ist ein furchtbarer Ort, der schwer zu überleben ist. Die Wochenkrippen existierten auch nach dem Ende der DDR noch einige Jahre fort, um die vor der Wende abgeschlossenen Verträge zu erfüllen.

Ich liebte Oma Ursel heiß und innig. Alle Fingerspiele und Kinderreime, mit denen ich Klara und Kurti bei Laune gehalten habe, kannte ich von ihr.

»Zwei Knaben wollten Wasser holen, zwei Mädchen wollten pumpen. Da guckt der Herr zum Fenster raus und schreit, ihr seid Halunken. Guckt er wieder rein, pumpen sie schnell ein, guckt er wieder raus, reißen alle aus!«

Dazu verschränkte sie ihre Hände ineinander, sodass aus den Fingern Figuren wurden, die pumpten, aus dem Fenster schauten und schließlich ausrissen.

Oma Ursel brachte mir das Stricken bei und irgendwann verstand ich, dass sie es war, die jedes Jahr an Weihnachten meinen Puppen neue Pullover, Hosen und Schuhe fertigte.

Als ich älter war, habe ich sie gefragt, welche Partei sie wählt, und sie hat geantwortet: »Ich wähle die PDS, das haben wir schon immer so gemacht.«

Bei ihr traute ich mich, sie nach dem Krieg zu fragen. Sie erzählte, sie habe Glück gehabt. Ihre Mutter, meine Uroma, die mir immer ein Fünfmarkstück gab, wenn ich sie besuchte, sei mit den Kindern in die Großstadt Dresden gezogen, weil sie dachte, dort bekäme sie die Kinder besser durch die Zeit. Dann aber seien sie durch einen Zufall wieder zurück aufs Land gegangen. Deshalb habe sie auch den Feuersturm nicht erlebt.

»Da haben Menschen gebrannt, Stinchen, das war ganz furchtbar, da spreche ich nicht gern drüber. So ist eben Krieg.«

Ich wusste zu wenig, um sie zu fragen, warum sie zu Hitlers Bund Deutscher Mädel gegangen war. Ich kenne nicht einmal ihr Geburtsjahr, ich weiß nur, dass sie älter war als Opa Arndt.

Sie war der einsamste Mensch in der Familie und der liebste dazu. Nur ganz selten war sie mal grob. Beim Abtrocknen nach dem Baden zum Beispiel und sie schimpfte auch fast nie, eigentlich nur, wenn Opa Arndt da war. Wenn jemand Hunger hatte, machte sie gleich ein paar Brote. Und wenn wir zusammen in die Kaufhalle gingen, durfte ich mir immer etwas aussuchen. Den Krümeltee durfte ich löffelweise essen und in ihrer Schrankwand lagen immer ein paar Schokolädchen für mich bereit.

An dem Tag, an dem bekannt gegeben wurde, dass die Fußball-Weltmeisterschaft 2006 in Deutschland stattfinden würde, färbte ich mir erst die Haare rot und fuhr dann mit meinem BMX zu Oma Ursel. Ich wollte sie besuchen und von der WM erzählen. Ich weiß noch, sie war ganz überrascht, mich zu sehen. Sie sagte, sie habe geschlafen. Wenn ich jetzt daran zurückdenke, glaube ich eine Traurigkeit in ihrem Körper zu erinnern. Eine Schwere, die sie sonst verbarg, weil sie sich mit ihrem Schicksal, das Arndt hieß, abgefunden hatte.

»Und die hast du ganz alleine gefärbt?«, fragte sie und strich dabei über meine roten Haare.

Ich nickte und sah sie aufgeregt an: »Hast du schon gehört? Die WM kommt nach Deutschland. 2006!«

Oma Ursel wandte sich ab und stand auf.

»2006«, sagte sie, »da bin ich doch hoffentlich schon tot.«

Ich lief ihr nach.

»Sowas darfst du doch nicht sagen!«, rief ich. »Das sind doch nur noch sechs Jahre.«

Oma Ursel sagte nichts mehr und rührte mir stattdessen einen Krümeltee an.

Eine saure Schuld steigt in dir auf. Eine, die schon lange in dir wohnt. Du hast nicht genug für sie getan. Als du nach Berlin bist, hast du nur noch selten angerufen. Du hättest gern mit ihr gesprochen, aber immer ist Opa Arndt dazwischengegangen und vor deinem inneren Auge hast du gesehen, wie er sie vom Telefon gestoßen hat.

»Schreib doch mal einen Krimi«, hat sie dir gesagt, »die lese ich gern.« Ohne Krimi geht die Mimi nie ins Bett ... tönt es in deinem Kopf. Da musst du immer an sie denken.

Du hast ihr nicht geholfen. Du warst nicht da, als sie starb.

Was, wenn Vater recht hatte?

Du hast dich davongestohlen. Du wolltest dir das nicht ansehen. Du bist einfach nicht gekommen. Nicht, als sie starb, und auch nicht, als man sie beerdigt hat. Weil du es nicht ertragen hättest, mit all den anderen dort zu stehen. Mit Vater und Mutter. Mit Vaters Geschwistern und deinen Cousins.

Niemand hat etwas gesagt. Niemand hat ihr geholfen und sie vor dem Tyrannen beschützt. Kein einziges Mal hat sich jemand gegen Opa Arndt gewehrt. Weder ihretwegen noch deinetwegen. Alle hatten Angst vor ihm. Dein Vater war der größte Schisser. Wenn Opa Arndt wütete, sah er einfach weg oder ging auf die Toilette.

Auf Oma Ursels Beerdigung sprach Vater mit Tim. Er und seine Geschwister hätten gleich nach der Wende eine Wohnung für Oma Ursel besorgt. Nachdem das ganze Land befreit war, sollte es auch Freiheit für Oma Ursel geben. Die Kinder waren schließlich aus dem Haus, da konnte der Alte ruhig allein versauern. Es war alles schon besorgt.

Aber dann machte Oma Ursel einen Rückzieher. Sie traute sich nicht in ein Leben allein und war nicht zu überzeugen gewesen.

Danach hätten sie nie wieder darüber gesprochen.

Ein ganz schöner Ärger sei das gewesen mit der Wohnung.

Ich stelle mir vor, wie Vater vor der Wohnung seiner Eltern hält. 1990 ist das und ein schöner Sommer. Gegenüber dem Hauseingang stehen die Wäscheständer, über deren Leinen man auch Teppiche zum Ausklopfen spannen kann. Das hat Oma mir einmal gezeigt und dann haben wir ordentlich geklopft. Den kleinen Hügel hinauf ist schon der Spielplatz mit dem runden Klettergerüst, das ein Pilz sein soll, und mit Wippen, auf denen unsere Cousins uns so hochschleudern, dass es im Bauch kribbelt. Im Winter rutschen wir auf unseren Schlitten den kleinen Hügel hinunter, bis der Schnee ganz matschig ist.

Vater steht unten, an sein Motorrad gelehnt, und hat einen zweiten Helm dabei. Den trägt sonst Mutter. Die Maschine ist sein ganzer Stolz. Oma Ursel fährt nicht gern damit. Sie lehnt sich in der Kurve immer in die falsche Richtung.

Vater klingelt noch einmal und dann kommt Oma Ursel mit ihrer gepackten Tasche. Es ist genug Zeit. Opa Arndt ist auf Arbeit und wird vor dem Abend nicht zurück sein. Eine Nachbarin kommt dazu und umarmt ihre Freundin Ursel. Sie wünscht ihr alles Gute und sieht dabei besorgt aus.

Oma Ursel ist nicht mehr die Jüngste. Vielleicht schon fünfundfünfzig oder sogar schon sechzig. Viele Jahre muss sie nicht mehr arbeiten. Das Geld wird schon reichen. »Zur Not geben wir was dazu«, hatten Vater und seine Geschwister gesagt, »wir lassen dich nicht im Stich, Mutti. Jetzt sollst du es auch mal schön haben!«

Einen kurzen Blick wirft sie noch nach oben, an ihr Küchenfenster. Von dem aus hat sie ihre Kinder und ihre Enkel beobachtet, wenn sie auf dem Spielplatz spielten. Von dort aus hat sie uns zum Mittagessen gerufen. Das Fenster hat sie geschlossen, wenn Opa Arndt nach Hause kam und laut wurde.

»Aber klappt das denn auch mit dem Koffer und dem Motorrad?«, fragt sie ihren Sohn.

»Das lass mal meine Sorge sein«, sagt Vater und reicht ihr den Helm.

Schließlich sitzt sie hinter ihm auf der Maschine und hält sich an ihrem Sohn fest. Vater fährt los und biegt vorsichtig mit ihr um die Ecke.

»In die Kurve, du musst dich in die Kurve legen, Mutti, nicht dagegen.«

»Ja, ja, ich weiß doch!«

46

Es lagen schon viele Schichten Geschichten unter dem Pflaster der kleinen Stadt, als ich geboren wurde. Man hat die Steine fester reingedrückt, hier und da geflickt. Es sah aus wie eine Narbenlandschaft, denn viel hatte man nicht zum Ausbessern. Es ließe sich drauf laufen, hoffte man. Und dass man nicht umknickte, nicht mit den Füßen in den Ritzen hängen blieb.

Der ganze Boulevard wurde mit kleinen roten Steinen gepflastert.

Der Teerbelag war zum Rollschuhfahren besser gewesen und um den alten Brunnen war man leichter rumgekommen, denn er war nicht so groß wie der neue, den wir bloß Pissrinne nannten.

Vielleicht wollte man verhindern, dass wir Kinder im Affenzahn den Boulevard runtersausten und womöglich den Touristen in ihre Flanierbeine fuhren.

Die frischen Furchen und die Fehler der Vergangenheit kamen unter das schöne Pflaster, das man so lange festtrat, bis alles wieder plan war.

Dass die Leute vom Runden Tisch die besten Baugrundstücke bekamen zum Beispiel. Oder auch dass der Pornopaule eine halbe Straße kaufen konnte. Zu Westzeiten hat der Pornopaule eine Weile versucht, Fahrradpaule genannt zu werden. Denn beim Pornopaule handelte es sich um einen Fahrradladen, in dem man zu Ostzeiten unter dem Ladentisch Pornohefte kaufen konnte, sogenannte Bückware. Aber er behielt seinen Spitznamen. Dass Pornopaule inzwischen die halbe Straße gehört, weiß ich aber auch nur vom Hörensagen und über drei Ecken.

Auch attraktive Leitungspositionen in Ämtern und Behörden wurden neu besetzt. Und wenn es eine Stelle gab, erfuhr man es zuerst am Runden Tisch. Deshalb tummelten sich plötzlich auch solche Leute unter den Oppositionellen, die dem SED-Regime erst von der Fahne gegangen waren, als nichts mehr zu retten war. Da die Arbeit überbordend und die Zeit knapp war, konnte man sich Misstrauen seinen Mitstreitern gegenüber nicht leisten. Der Westen drohte mit Konsumversprechen und der Aussicht auf eine zügige Wiedervereinigung den Traum vom Dritten Weg, einem demokratischen Sozialismus, auszubooten. Dem Land drohte der Ausverkauf. Ob das überhaupt möglich gewesen wäre, eine demokratische DDR? Zu schaffen war es jedenfalls nicht. Die Revolution fraß wie immer ihre Kinder, und es profitierten vor allem diejenigen, die bereit waren, zuzugreifen, wenn sich die Chance ergab, und sich anzupassen.

Ich lese, dass man die Hälfte aller enttarnten IMs im öffentlichen Dienst belassen hatte. Dazu kamen die, von denen keiner wusste, was sie getan hatten, von denen man es nur ahnte oder nicht einmal das.

Eine zum Beispiel hat bei den Bürgerrechtlern in der kleinen Stadt mitgearbeitet. Sie hat sich ganz besonders engagiert, als man mit den alten Machthabern aushandelte, die Vorgänge im Rathaus von nun an beobachten zu dürfen. Alles, was der Bürgermeister bearbeitete, unterschrieb und entschied, sollte von den Bürgerrechtlern vorab gesichtet werden. Auf dass eben gerade nichts mehr beiseitegeschafft und vernichtet werden konnte. Und dann kam heraus, dass sie seit vielen Jahren für die Stasi arbeitete. Überhaupt war die Stasi überall mit drin, wenn es ihr mit ihren »Zersetzungsmaßnahmen« auch nicht mehr gelungen war, die Bürgerbewegung aufzuhalten und das Ende der DDR zu verhindern.

Wie viel Wahrheit verträgt ein Land? Eine Stadt oder eine Familie? Hält eine Freundschaft aus der Dunkelheit auch bei Licht?

Ich lese von einem Plan für den »Tag X«, der sich Vorbeugekomplex nannte. Sollte es zu einer politischen Krise im Land kommen, dann seien innerhalb von vierundzwanzig Stunden Stacheldrähte und Wachtürme um vorher festgelegte Gebiete und Gebäude aufzustellen und so in der ganzen Demokratischen Republik Lageranlagen für zehntausende DDR-Bürgerinnen und Bürger zu errichten. Die Listen mit denjenigen, die man dort innerhalb kürzester Zeit in Isolations- und Arbeitshaft bringen wollte, wurden jahrzehntelang ständig aktualisiert.

Noch so eine surrende Maschine, denke ich, die in großer Sorgfalt geprüft und gewartet wurde, auf dass sie lautlos und möglichst unsichtbar ihren Dienst tun könnte für das »bessere Deutschland«.

Auch für die kleine Stadt war eine solche Liste von der Kreisdienststelle des Ministeriums für Staatssicherheit angelegt und tagaktuell geführt worden. Ein paar Dutzend Bewohnerinnen und Bewohner hätte man, wäre das Codewort gefallen, innerhalb eines Tages und einer Nacht aller ihrer Rechte beraubt.

Und worüber niemand sprach und spricht, das sind die roten Socken, die Nomenklatura.

Die Sozialistische Einheitspartei Deutschlands ist 1990 nicht verboten worden, sondern wurde an einem irren Parteitagswochenende umbenannt und weiterbetrieben. Angeführt von einem Anwalt, dessen Mandanten später vermuteten, er habe ihre Geheimnisse an die Staatssicherheit verraten.

Die SED wurde nicht verboten, und dieser Anwalt wurde zur Ikone, beliebt in Ost und West. Er gilt heute als derjenige, der wie kein anderer die Interessen der Ostdeutschen vertritt. Geboren wurde er in eine Funktionärsfamilie mit einem Minister als Vater. Ihm wäre ein ähnlicher Posten sicher gewesen, wäre das Land, dessen Elite er angehörte, nicht gerade noch rechtzeitig vor die Hunde gegangen.

Wenn ich heute durch das Viertel spaziere, in dem erst Onkel Wilhelm aufgewachsen ist und nun auch meine Kinder leben, dann sind es keine fünf Minuten zum Ku'Damm. Genau dort hat der Anwalt nun eine Kanzlei. In der schönsten Straße West-Berlins.

Inzwischen wird er sogar eingeladen, um zum Gedenken an die Bürgerrechtsbewegung zu sprechen. Und es scheint kaum jemandem aufzufallen, wie absurd das ist.

Was also tun mit den roten Socken? Mit den Profiteuren der Diktatur, mit den Schweigern, den Mitwissern und Mittätern? Mit denen, die heute sagen, *das war auch Leben. Das war auch schön. Macht uns doch nicht unsere Lebensleistung kaputt!*

Das ruckelt sich schon zurecht, hatte man gedacht. Wenn jeder mal in seine Akte geguckt hat, ist das irgendwann auch durch. Einen Krieg haben sie ja nicht geführt und auch keine Gaskammern gebaut. Angesichts der Bescheidenheit der Verhältnisse in der Waldsiedlung Wandlitz, ließ sich da überhaupt von einer richtigen Diktatur sprechen?

Ich bin nach Wandlitz gefahren. Auf dem Gelände der einstmals streng bewachten Bonzensiedlung befindet sich heute eine Kurklinik. An die ehemaligen Bewohnerinnen und Bewohner der SED-Wagenburg erinnern Gedenktafeln.

Der Ort hat mir nicht mehr viel erzählt. Das Eingangstor erinnerte mich bloß an Bilder, die ich aus Fernsehbeiträgen kannte. Die Entmachtung der DDR-Eliten wurde von Reportern nach dem Mauerfall staunend begleitet. Sie waren irritiert von der einfachen Ausstattung der Bonzenhäuschen. Markengeräte aus dem Westen waren in den Küchen installiert, an die kein DDR-Bürger und keine DDR-Bürgerin je gekommen wären, aber, so bewertete nun die neue Deutungshoheit, alles doch wohl eher Mittelschichtniveau.

Mittelmaß.

Das war also die Spitze des ostdeutschen Eisbergs. Westdeutsches Mittelmaß.

Was sagt das über die Diktatur? Was über die Gewalt?

Ja, die Kaiser waren nackt, und so standen sie auch da vor ihrem Volk. Aber fragten diese Bilder nicht auch etwas irritiert: Von denen habt ihr euch knechten lassen? Nicht einmal einen Palast haben sie euch abgetrotzt und ihr habt dennoch vierzig Jahre lang gemacht, was diese Witzfiguren wollten?

Bis heute färbt die Lächerlichkeit der sogenannten Privilegien auf alles ab, was die DDR betrifft. Nicht selten sind die Spezialisten der Stasi in Film und Fernsehen bloß neurotische Pedanten. Auch Musik, Mode und Konsumkultur werden ausgiebig beschmunzelt. Und die Opfer?

»Natürlich gab es auch Opfer«, sagte Mutter, »aber das waren nur ganz wenige. Wenn man sich nichts zu Schulden kommen lassen hat, dann konnte man ein anständiges Leben führen.«

In der Schule haben wir darüber jedenfalls nichts erfahren. Die Lehrer erzählten nichts von ihrer vormaligen Aufgabe, aus den Kindern sozialistische Persönlichkeiten zu machen. Diese Aufgabe, die vom einen auf den anderen Tag verschwand. Wie die Lieder, die Fahnen, die Halstücher und Uniformen. Aus dem Klassenfeind wurde ihr Arbeitgeber und Dienstherr.

Ich wäre so gern Jungpionier geworden. Mit meinem Cousin Karl habe ich darüber gesprochen. Er war auch traurig, dass es die DDR nicht mehr gab. Denn er wäre im Jahr der Wiedervereinigung ein Thälmannpionier geworden und hätte endlich zu den Großen gehört, zu denen mit den roten Halstüchern.

»Flugzeug, fliege, nimm Grüße mit von mir …«

Der antifaschistische Schutzwall war weg und kursierte nur noch als gesächselter Witz, zu dessen Bau niemand je die Absicht gehabt hatte.

Opa Paul hatte gesagt: »Das ging eben nicht, im Westen

arbeiten, im Osten einkaufen. Die haben uns das ganze Land leer gekauft. Der DDR blieb gar nichts anderes übrig, als die Mauer zu bauen.«

Und unser Geografielehrer hatte eine Art Mauerfalltourette. Immer wieder fing er davon an. Oft ganz ohne erkennbaren Anlass. »Es ist wie ein Kochtopf. Wenn man da den Deckel drauf macht, dann kocht das irgendwann über. Wenn sie die Grenze in der Tschechoslowakei nicht dichtgemacht hätten, wäre das vielleicht alles ganz anders ausgegangen.«

Durch unsere Schulbücher, die zu großen Teilen aus ausrangierten Büchern aus dem Westen bestanden, taperte die deutsche Teilung wie ein rosa Elefant, und alle taten, als würden sie ihn nicht sehen. Ich erinnere mich zum Beispiel an die Grenzen der Sowjetunion in unserem Atlas und an das Kapitel »Berlin – divided city« in unserem Englischbuch der Klasse acht. Längst hatte das neue Jahrtausend begonnen, aber wir hingen heillos verstrickt im alten fest.

Nach meinem Besuch in der Waldsiedlung fuhr ich noch ein Stückchen weiter nach Norden in den Wald hinein. Ein Freund, der in der Gegend aufgewachsen ist, kündigte an, mir etwas Gruseliges zeigen zu wollen. Mein Auto war das einzige auf dem Waldparkplatz. Dort rauchte ich noch eine Zigarette, denn der Förster hatte die erhöhte Waldbrandgefahr markiert.

Wir liefen ein Stück in den Wald hinein und kamen nach wenigen Minuten an die Hinterseite eines zugewucherten Villengrundstücks.

»Weißt du, wer hier gewohnt hat?«, fragte mein Freund.

Ich zuckte mit den Schultern und warf einen Blick durch die Fenster. Das Parkett war nahezu tadellos.

»Eigentlich ganz schön.«

»Das ist die Villa von Goebbels. Guck …«

Er zog sein Smartphone raus und zeigte mir Bilder von Magda und Josef Goebbels mit ihren Kindern auf dem Vorplatz der Villa.

»Und das hier«, er klopfte an die große Scheibe, durch die ich gerade noch geblickt hatte, »war damals der letzte Schrei. Das hat Goebbels sich extra anfertigen lassen, weil der Führer sowas auch hatte. Eine Scheibe, die man in den Boden einlassen konnte.«

Wir liefen um das verlassene Gebäude herum und tatsächlich, jetzt erkannte ich das Ensemble vom Foto. *Bogensee* stand über dem Haupteingang.

»Das versenkbare Fenster haben die Ossis hier als Erstes festgeschraubt, als sie die Villa übernommen haben. Weils mit der Mechanik immer Ärger gab.«

Was aus der Villa werden sollte, wusste mein Freund nicht. Es gab wohl immer mal wieder Interessenten, aber da wüsste man eben nie, ob es nicht doch Nazis wären. Nun gehörte sie dem Land Berlin.

Seltsam, dachte ich, das leere Haus stand hier im Wald herum und niemand wusste noch etwas damit anzufangen. Trotzdem sah es so intakt aus, als würde sich jemand gut darum kümmern.

Kurz darauf kamen wir an ein weiteres Gebäudeensemble. Zunächst liefen wir mitten im Wald durch eine Plattenbausiedlung, bis sich vor uns eine große Lichtung öffnete. Auf ihr standen sich zwei prachtvolle Gebäude gegenüber.

Zu unserer Linken der Kulturpalast, wie mein Freund erklärte, und zu unserer Rechten auf einer Anhöhe die Jugendhochschule der FDJ. »Hier wurde dann zu Feiertagen schön marschiert und die hohen Herren haben vom Balkon jewunken.«

Wir gingen rüber zum Kulturpalast, an dem ein Schild hing, das den Zutritt verbot.

»Naja, wenn de schön Hakenkreuzfahnen ranhängst oder sowjetische, kannste hier natürlich jeden beliebigen Historienschinken drehen. Ansonsten ist tote Hose.«

Ich fuhr mit der Hand am Gemäuer entlang. Es fühlte sich wirklich wie Kulisse an.

Vor einigen Jahren hatte wohl jemand versucht, aus den Plattenbauten, die einmal die Gästehäuser der Kaderschmiede waren, eine Jugendherberge zu machen. Aber das Gelände war viel zu groß und zu weit weg von Berlin. Es kamen nie genügend Schulklassen und Touristengruppen.

Auf dem Rückweg erzählte mein Freund von Goebbels' Liebschaften, die er sich aus Berlin kommen ließ, und von Honecker, der hier als erster Vorsitzender der FDJ die Villa übernahm. Ich hörte nicht mehr richtig hin.

Die leeren Gebäude hatten keine Funktion mehr und dennoch fiel es offenbar allen schwer, sie abzureißen. Etwas, das einmal so wichtig gewesen war, das einmal Prestige bedeutet hatte, Machtkonzentration und Einfluss, ließ sich nicht einfach abtragen.

Darüber, wie die Revolution 89/90 auch durch die kleine Stadt gefegt war, schwieg sich meine Familie aus. Die DDR war dennoch oder gerade deshalb seltsam präsent. Ein verlorener Sehnsuchtsort. Ein Ort, an dem alles gut war und »wisst ihr noch, die Schlagersüßtafel?«.

Diese Schokolade kam in fast allen Erzählungen der Eltern vor. Auch wenn sie sich ganz gut eingelebt hatten im schlechteren Deutschland, schien die Tatsache, dass es die Schlagersüßtafel nicht mehr zu kaufen gab, von größerer Bedeutung zu sein als das Haus, das sie nun bauten, die Urlaube, in die wir fuhren, und der Tenniskurs, den sie absolvierten.

Irgendwann kamen sie zurück – die Ostprodukte. Sie füllten ganze Messehallen und auch die Regale in unserem Supermarkt. Plötzlich gab es wieder Bambina, Nudossi, Puffreis und Filinchen. Das erste Stück Schlagersüßtafel aber war eine Enttäuschung. So hatte sie also geschmeckt, diese DDR? Nach nichts, noch nicht einmal nach Kakaopulver. Vermutlich war das gar keine Schokolade.

Über das, was vor 1945 in der kleinen Stadt passiert war, wusste kaum jemand Bescheid. Das heutige Mecklenburg-Vorpommern hat nach dem Ende des Krieges unzählige Flüchtlinge aus dem Osten aufgenommen und so seine Einwohnerzahl verdoppelt. Andere, wie Paul und Eva, kamen später dazu. Die Menschen, deren Zuhause die kleine Stadt war, hatten ihre Vergangenheit woanders gelebt und vielleicht war es auch einfacher, an einem Ort von vorn anzufangen, dessen Geschichte man nicht kannte.

Also lernten wir, statt unter das Pflaster zu schauen, die alten Sagen. Irgendwann begann es, dass Menschen im Sommer in mittelalterlichen Kostümen um den Marktplatz zogen und an die Herrschaft der Schweden über den Ostseeraum erinnerten. Vermutlich gelten die Schweden inzwischen einfach als liebenswürdig und freundlich, weil man gern ihre Möbel kauft und Pippi Langstrumpf so mag. Was schwedisch ist, kann nicht böse sein. Nicht einmal, wenn es sich um eine Fremdherrschaft handelt.

Als IKEA 2012 zugab, dass man in der DDR hatte produzieren lassen, oder genauer, dass Möbel durch Zwangsarbeit in den Gefängnissen der SED-Diktatur hergestellt worden waren, kratzte das nicht am Image der freundlichen Nordbalten.

Ich stoße auf den Weblog eines Hobbyhistorikers, der seit einigen Jahren Material aus dem Stadtarchiv der kleinen Stadt zusammenträgt.

Eines der ersten Bilder, das mir auffällt, zeigt Adolf Hitler, der die Treppen des Rathauses herunterkommt. Auf diesen Treppen hatten Ada und ich gesessen, als wir gut sechzig Jahre später unser Schlumpfeis aßen und uns darüber stritten, ob es in der DDR nun schlimm gewesen war oder nicht.

Die kleine Stadt habe vor der Wahl 1933 die höchste Arbeitslosigkeit im ganzen Deutschen Reich gehabt, lese ich. Deswegen sei der Führer zum Wahlkampf dagewesen, gefolgt von zahlreichen anderen Parteigrößen. Gleich nach der Machtübernahme habe man in der kleinen Stadt ein Flugzeugwerk errichtet, um Maschinen für den kommenden Krieg zu bauen.

Irritierend ist auch der Geistliche, der in einer Kapelle vor einem an die Wand gemalten Hakenkreuz kniet. Ich schicke das Foto an Krissi, vielleicht weiß sie, in welcher der vielen Kirchen dieser Andachtsaltar gestanden haben könnte. Gierig lese ich weiter.

Nur zwei Dutzend Juden hätten in der Stadt gelebt, ohne eigene Gemeinde. Das sei so gekommen, da man die Ansiedlungsgesetze aus dem Mittelalter erst in der zweiten Hälfte des 19. Jahrhunderts geändert habe. Erst danach konnten sich Jüdinnen und Juden in der kleinen Stadt überhaupt niederlassen. Unter ihnen war auch ein hoch geschätzter Armenarzt. In der Nacht nach dem Novemberpogrom wütete auch in der kleinen Stadt der Mob der SA. Eine Prozession lief zum Marktplatz und errichtete einen Pranger, an dem jüdische Mitbürgerinnen und Mitbürger und andere Vaterlandsfeinde von da an denunziert wurden. Darüber hinaus verhaftete man etliche von ihnen, verhörte und folterte sie. Der Armenarzt starb an diesem Schrecken. Ein öffentliches Begräbnis wurde ihm verwehrt. Der Legende nach sollen einige hundert Bürgerinnen und Bürger wie zufällig am Straßenrand gestanden haben, als man seinen Sarg zum Friedhof brachte.

Lange vor Kriegsende wohnten keine Jüdinnen und Juden mehr in der kleinen Stadt.

Den Krieg selbst hatte man recht schadlos überstanden, da man sich den Alliierten kampflos ergab und die wenigen Luftangriffe nicht gegen zivile Ziele gerichtet waren. Die Hoffnung, man würde der britischen Zone zugeteilt, ging nicht auf. Schnell übernahmen die Sowjets die Macht und errichteten eine neue Terrorherrschaft.

Die Trauer und die Scham über das, was man uns nicht erzählt hat, schwappen erst langsam an mein inneres Land, wie die kleinen, gleichmäßigen Wellen der Ostsee. Es wirkt routiniert und ich denke noch, das Wasser könne mir nichts anhaben. Aber dann merke ich doch, dass vor langer Zeit, irgendwo tief unten am Meeresboden, sich etwas ereignet haben muss. Eine Katastrophe, könnte man meinen. Ein Vulkanausbruch vielleicht, der das Innere der Erde an die Oberfläche trug, oder ein Beben, ausgelöst durch eine Verschiebung kontinentaler Platten. Jedenfalls wird das Wasser mit aller Kraft in die Bucht gedrängt und läuft schließlich über.

Es läuft aus Mund und Nase, und ich kann es nur stumm hinnehmen. Ich stelle mir Oma Ursel vor in ihrer BDM-Uniform, die mit den kleinen Mädchen, die man ihr anvertraut hat, den Hitlergruß und ein kräftiges »Heil Hitler!« übt.

Paul im Dreck, der um sich schießt, selbst getroffen wird und den ein furchtbarer Schmerz durchfährt. Er stößt ein unmenschliches Gebrüll aus und weiß nicht, worauf er hoffen soll. Dass man ihn rettet oder dass er es hinter sich hat, wie seine Kameraden, die links und rechts reglos neben ihm liegen.

Ich sehe Vater auf seinem Motorrad, wie er zu Oma Ursel fährt, um sie abzuholen. Dabei ist das nie passiert.

Ich sehe die Fotos von Mutter und Tante Sabine, die allein unter lauter Erwachsenen in ihren Pionieruniformen brav Blumen überreichen.

Oma Eva im Gras, die mir die Zunge rausstreckt.

Ich sehe mich am Tag meiner Jugendweihe in hohen Schuhen und einem silbernen Kleid.

Krissi schreibt: »Habe mich umgehört. Die Kapelle mit dem Hakenkreuz gab es wirklich, wurde aber abgerissen.«

Zumindest eine Sache weiß ich nun sicher. Unter dem Marktplatz kann kein Trommler mehr schlagen. Während des Krieges befand sich dort ein Luftschutzbunker und den hat man später gesprengt.

XIII

UNTERM SCHUTT II

Und dann fiel auf einmal der Himmel um
Ich lachte und war blind
Und war wieder ein Kind
Im Mutterleib wild und stumm
Mit Armen und Beinen die ungeübt stießen
Und griffen und liefen.
Bilder ringsum
Kein Boden kein Dach
Was ist – verschwunden
Ich bin eh ich war
Ein Atemzug Stunden
Die andern – ein Augenblick wie im Meer
Da klopft einer –
Den Globus her!
Daß ich mich halte
Brücken und Pole
Millionen Hände brauch ich
Mich trägst du nicht, Tod, ich mach mich schwer
Bis sie kommen und graben
Bis sie mich haben
Du gehst leer.

Inge Müller

47

Einige Tage, nachdem es passiert ist, erzähle ich den Kindern von der Taube, die ich überfahren habe. Sie geht mir einfach nicht aus dem Kopf.

Klara und Kurt lachen.

Ich soll ihnen die Geschichte noch einmal genau erzählen.

»Warum hast du denn nicht gebremst?«

Meine Antwort, dass ich fest damit gerechnet hatte, sie würde noch wegfliegen, reicht ihnen nicht.

Als alle schlafen, gehe ich noch einmal zu der Stelle, an dem ich das Tier überfahren habe. Ich bin mir nicht mehr sicher, ob das wirklich passiert ist.

Es ist ein kleiner Spaziergang, und es ist schon so warm, dass der Wind auf der Haut ein angenehmes Streicheln ist.

Das waren die Tage, die du am meisten geliebt hast. Wenn du morgens zur Schule gingst und die feuchte, beißende Kälte auf einmal verschwunden war. Wenn der Frühlingswind wehte und ein Versprechen auf einen langen warmen Sommer abgab.

48

DIE GESCHICHTE VON PAUL BAHRLOW, 4. TEIL

1945 floh Paul Bahrlow zusammen mit einem Holländer aus der Gefangenschaft, wie er mir später erzählte. Deshalb seien ihm die Holländer immer sympathisch gewesen. Sie hätten beide gewusst, die Russen würden sie erschießen, sollten sie die beiden erwischen. Über sechs Zäune hätten sie steigen müssen.

Das Berlin, in das Paul dann kam, war eine klaffende Wunde. Die musste man nun zuschütten, denn in ihr hatte einmal das dunkle Herz des Landes geschlagen. Man nahm den Schutt von tausend Jahren. Dass es aufhört zu bluten. Dass man's bloß nicht mehr sieht.

Zurück zu den Eltern wollte Paul sicher nicht. Er und sein Vater waren ständig in Streit geraten, denn Paul hatte dem Alten Vorwürfe gemacht. Dass die Sozialdemokraten und Kommunisten nicht zusammengearbeitet haben, hatte Hitler und diesen furchtbaren Krieg erst möglich gemacht, dachte Paul. Er war zwar in die SPD eingetreten, aber er unterstützte die Idee einer vereinten Partei, einer Sozialistischen Einheitspartei, und als man in Westberlin am 31. März

1946 über die sofortige Vereinigung der KPD und SPD abstimmen konnte, stimmte er dafür.

»Nie wieder Faschismus!«

Pauls Mutter flehte ihn an. Er solle sich in Westberlin ansiedeln, die Russen seien gefährlich, das wisse er doch wohl am besten.

Aber Paul weigerte sich. Er schrieb sich in Potsdam im Neulehrerseminar ein. Das Notabitur hatte man ihm hinterhergeworfen. Nun konnte er studieren. Außerdem glaubte er den Männern, die aus Moskau nach Berlin gekommen waren, um ein neues, ein besseres Deutschland aufzubauen. Die Sowjets ließen die Nazis nicht davonkommen und sie gaben allen die Möglichkeit, sich für dieses Land einzusetzen. Den Sozialismus aufzubauen, auf dass es allen und nicht nur wenigen besser gehen würde.

Kapitalismus und Nationalismus hatten die Welt ins Unglück gestürzt. Nun galt es, für eine neue Weltordnung zu kämpfen.

Mit seinem Vater und auch mit seinem Bruder Wilhelm sprach Paul nicht mehr. Als man im Osten wieder anfing, Sozialdemokraten zu verfolgen, weil man sie verdächtigte, gegen die SED-Vereinigung gewesen zu sein, konnte Pauls Vater das Gerede seines Sohns nicht mehr ertragen und schmiss ihn raus.

Von nun an schrieb er nur noch seiner Mutter.

Paul war flink und fleißig. Er ackerte wie blöde und war gewillt, das ganze Elend hinter sich zu lassen. Mit Mitte zwanzig hätte er auch zurück in die Fabrik gehen können, aber der Zusammenbruch und Wiederaufbau hielten mehr für ihn bereit. In diesem neuen Land, so schien es, könne jeder,

der sich anstrengte, etwas werden. Dass nun gerade auch Arbeiter studieren sollten, das würde ihm zugutekommen. Dieses Leben hatte noch etwas mit ihm vor.

Deshalb sagte er auch ohne zu zögern ja, als man ihm die Schulleitung einer Oberschule auf dem Land anbot.

Aus seiner Anfangszeit als Lehrer hatte mein Großvater mir einmal erzählt. Er habe in einer Klasse voller halbstarker Jungen eine Vertretung übernommen. Sie hätten ihn wohl auf die Probe stellen wollen und zunächst ignoriert. Einer der Zehntklässler sei direkt auf seinem Fahrrad in den Klassenraum gefahren und habe unter dem Jubel der anderen Runde um Runde um die Tische gedreht.

Du denkst an deine eigene Schulzeit, dass ihr den Unterricht boykottiert habt, indem ihr ganze Stunden durch laut Weihnachtslieder gesungen habt.

Paul hatte ernsthafte Schwierigkeiten, die Klasse zu beruhigen, und wusste, würde er das jetzt nicht hinbekommen, dann wäre es gelaufen. Niemals wieder würden sie ihn respektieren. Als der Radfahrer auch nach mehrmaliger Aufforderung nicht abstieg, wartete Paul, bis er ein weiteres Mal bei ihm am Lehrerpult vorbeifuhr. Genau in dem Moment holte Paul aus und schlug ihm eine Hand vom Lenker. Krachend ging der Junge zu Boden und schlug sich dabei einen Zahn aus.

Dann war Ruhe.

Du denkst an den Kampf, der die Schule gewesen ist. Wie lächerlich sich die Lehrer gemacht haben, wenn sie mit ihren Ratschlä-

gen kamen. Wenn sie laut wurden und beleidigend. Wenn sie einen Teil der Klasse hinter sich versammelten, indem sie Schwächere fertigmachten. Sich lustig machten. Sie wussten ja, man konnte ihnen nicht einfach ausweichen. Jahrelang war man von ihrem Urteil abhängig. Jahrelang blieb man der oder die, für die sie einen hielten.

Wie großartig das gewesen sein muss, mit dem Fahrrad durch das Klassenzimmer zu fahren! Was für eine schöne Idee!

Als Kind denkt man trotzdem immer, die Erwachsenen wissen schon, was sie tun. Auch wenn es sich falsch anfühlt, wenn es weh tut, wenn man weiß, dass es ungerecht ist. Man denkt immer, die wüssten, wie es geht. Die haben irgendein Geheimwissen, irgendeine besondere Fähigkeit, die einem selbst eben noch fehlt.

Paul jedenfalls wusste immer, was er tat. Und versuchte immer, das Richtige zu tun. Das, was die Welt von ihm verlangte.

Zwei Jahre blieb er an seiner ersten Schule Direktor, bis man ihn nach Werder berief.

Du warst auch schon in Werder. Zum Baumblütenfest, einem taglangen Saufgelage zur Apfelweinernte, das sich über die ganze Stadt erstreckt.

Das Jahr, in dem Opa Paul nach Werder an der Havel kam, um an der dortigen Oberschule Direktor zu werden, war das Jahr 1952.

Die SED kämpfte um die Macht im Land. An allen Ecken regte sich Widerstand, denn der Aufbau des Landes ging im Westen viel schneller voran. Auch der Wohlstand ließ im besseren Deutschland auf sich warten. Und von den Regierenden gab es nur eine Parole – Seid fleißiger, arbeitet mehr! Also wuchs der Widerstand und mündete 1953 in einen Aufstand, den die Sowjetarmee blutig niederschlug. Acht Jahre nach dem Ende des Krieges rollten wieder Panzer durch Berlin.

Es war die Zeit des Stalinismus. Eine finstere Zeit, in der Menschen einfach verschwanden und nie wieder auftauchten. Etwa eintausend Menschen sind Anfang der 50er Jahre zum Tode verurteilt, nach Moskau verschleppt und hingerichtet worden. Etliche tausend mehr verschwanden in Arbeitslagern.

Auch wenn die DDR, wie die Sowjetunion, sich später von dem grausamen Diktator distanzierte, die Denkmäler hastig abmontierte, aus Stalinstadt Eisenhüttenstadt machte und aus der Stalinallee über Nacht die Karl-Marx-Allee wurde, über die stalinistischen Verbrechen durfte nicht gesprochen werden.

Die Angehörigen der Opfer erfuhren nichts über den Verbleib ihrer Kinder, Väter, Mütter, Tanten, Onkel, Nachbarn und Freunde.

Das Schweigen darüber war so total, dass heute kaum noch jemand um die Verbrechen der Anfangszeit der DDR weiß, obwohl es nahezu keine Familie geben kann, die davon unberührt blieb.

Anfangs hast du dich immer auf Werder gefreut. Auch weil ihr bei Freunden in Berlin übernachtet habt. Das war aufregend.

Die Jahre in Werder verschmelzen zu einer einzigen Erinnerung. Die Sonne scheint und ihr seid mit den Eltern und ihren Freunden unterwegs und guter Dinge.

Einmal bist du verloren gegangen, weil du einem Bungeejumper zugesehen hast. Plötzlich waren alle weg, und als du sie wiedergefunden hast, hatte niemand dein Fehlen bemerkt.

Du nimmst Tim an die Hand und sagst, dass er bei dir bleiben soll.

Einer von Vaters Freunden kippt auf die Wiese und regt sich nicht mehr.

Vater tanzt mit nacktem Oberkörper durch die U-Bahn und trägt aufblasbare Titten vor der Brust.

Es riecht nach Kotze, Alk und Schweiß.

Auch in Werder hat man 1951 mehrere ehemalige Schüler verhaftet, die zuvor an der dortigen Oberschule, der Schule, die Opa Paul ab 1952 leiten würde, zusammen gelernt hatten.

Sie hatten sich geweigert, der FDJ beizutreten, weil sie die neue Jugendorganisation zu sehr an die Hitlerjugend erinnerte, mit der sie aufgewachsen waren. Außerdem wollten sie tanzen gehen, Rock'n'roll hören und nach den harten Kriegs- und Nachkriegsjahren endlich anfangen zu leben. Immer wieder fuhren sie deshalb nach Wilmersdorf in Westberlin, das zur amerikanischen Zone gehörte.

So lernten sie Mitglieder der Kampfgruppe gegen Unmenschlichkeit kennen, die KgU, eine Widerstandsgruppe gegen die SED-Herrschaft, die von Westberlin aus operierte. Von ihnen bekamen sie Unterstützung für die Verteilung von Flugblättern in ihrer Heimatstadt.

Doch der Stasi gelang es, die Gruppe zu identifizieren und sie schließlich einzukreisen. Im Frühjahr 1952 begannen die Prozesse vor dem Sowjetischen Militärtribunal für insgesamt vierundzwanzig junge Männer und

Frauen. Sieben von ihnen wurden zum Tode verurteilt und in die Sowjetunion geschafft, um dort hingerichtet zu werden.

Erst in den 90er Jahren, als die DDR endlich Geschichte war, erfuhren die Angehörigen der Geschwister Johanna und Heiner Kuhfuß, Jochen Trübe, Wilhelm Schwarz, Günther Nawrocki, Inge Wolf und Heinz Unger, was mit ihnen passiert war.

Ich frage mich, wie mein Opa die Stadt gesehen hat, in die er kam. Die Angst muss spürbar gewesen sein. Werder war klein. Eine Stadt, in der jeder jeden kannte, zumindest über ein paar Ecken. Hier konnten nicht einfach vierundzwanzig Menschen unbemerkt verschwinden, ohne dass man sich davon erzählte. Manche von ihnen waren noch nicht einmal zwanzig Jahre alt gewesen.

Sie waren kaum zehn Jahre jünger als Paul.

Aber sie hatten ein anderes Leben geführt als er. Sie hatten eine Jugend, die sie gegen das neue Regime verteidigten. Paul war das nicht vergönnt. Seine Jugend hatte er in Stalingrad begraben müssen.

»Das ist Dialektik, Stinchen«, hat er oft zu dir gesagt, und nie hast du es verstanden. Immer wenn es um politische Fragen ging, hat er gesagt: »Das ist Dialektik.«

Das ist wahrscheinlich auch so ein DDR-Wort, hast du gedacht und einfach genickt. Du hattest Angst, dass er dich für dumm halten würde oder dass eine Nachfrage ungehörig wäre. Wie damals, als du ihn gefragt hast, wer denn eigentlich dieser Stalin gewesen sei, und er dir heftig über den Mund gefahren ist: »Nun reiß dich aber mal zusammen!«.

Von seiner Zeit in Werder hat Opa Paul dir erzählt, aber auch das konntest du nicht verstehen. Denn er hat wieder viel zu viel ausgelassen.

Im Juli 1952 beschloss die SED, dass der Aufbau des Sozialismus eine Intensivierung des Klassenkampfs verlange, weshalb man gegenüber der Kirche nicht mehr neutral sein könne. Insbesondere die Jugendarbeit in der evangelischen Jungen Gemeinde stand wegen Westkontakten im Verdacht, staatsfeindlich gesinnt und aktiv zu sein. Die SED begann mit einer Reihe von Maßnahmen, um junge Menschen dazu zu bewegen, aus der Jungen Gemeinde auszutreten und sich stattdessen in die Freie Deutsche Jugend, die FDJ, einzugliedern. Eine Mitgliedschaft in beiden Organisationen war nicht mehr möglich. Schließlich sollten im Frühjahr alle Jugendlichen, die noch immer in der Jungen Gemeinde aktiv waren, von den Oberschulen verwiesen werden.

Auch Schuldirektor Paul Bahrlow hatte man angewiesen, eben solche Jugendlichen auszusortieren.

»Ich habe die dann alle einbestellt und gemeinsam mit meinem Stellvertreter verhört«, hat er mir erzählt. Er habe die Verhöre auf Band aufgenommen, aber niemandem eine politische Tätigkeit nachweisen können. Von den Schülerinnen und Schülern an seiner Schule hat zum Beispiel niemand Plakate geklebt. Deshalb habe er auch niemanden der Schule verwiesen.

Opa Paul erzählte, dass er damals Ärger bekommen habe, weil er die Anweisung aus Berlin nicht befolgt hat.

Für mich klang seine Erzählung, als wäre er ein besonders aufrichtiger Mensch, keiner, der einfach so Befehle ausführt, einer, der stets versucht, eigenständig zu denken.

Aber ich fragte nicht, was er gemacht hätte, wenn einer der Dreizehn-, Vierzehn-, oder Fünfzehnjährigen doch Plakate geklebt, die falsche Literatur gelesen oder Flugblätter verteilt hätte. Ich fragte auch nicht, wie die Verhöre gestaltet waren. Er hatte Verhöre gesagt, nicht etwa Gespräche. Und all das geschah ein Jahr, nachdem vierundzwanzig ehemalige Schüler dieser Schule verhaftet worden waren, weil sie das gemacht hatten, was Stasi, Polizei und SED nun den Mitgliedern der Jungen Gemeinde unterstellten.

Sie müssen Todesangst gehabt haben, als sie vor Opa Paul und seinem Kollegen saßen. Der Sowjetterror wütete seit acht Jahren und die Staatspartei SED musste mit Unterstützung von Volkspolizei und Staatssicherheit den Machthabern in Moskau beweisen, dass sie in der Lage war, dieses Land zu führen.

Am 5. März starb Stalin endlich. Nach tagelangem Siechtum war der Diktator an den Folgen eines Schlaganfalls sehr elendig zu Grunde gegangen. Niemand hatte sich getraut, sein Zimmer zu betreten und nach ihm zu sehen. Den schlafenden Diktator womöglich zu wecken und damit in Ungnade zu fallen und folglich zum Tode verurteilt oder in den Gulag geschickt zu werden.

Moskau erkannte, dass die Stimmung in der DDR zu kippen drohte. Die Maßnahmen gegen die Bevölkerung und insbesondere die Kirchenmitglieder sollten folglich zurückgefahren werden. Es wurden sogar Fehler zugegeben und die Mitglieder der Jungen Gemeinde durften im Juni zurück an ihre Schulen. Der Aufstand war dennoch nicht mehr zu verhindern und wurde schließlich mit militärischer Kraft und Kompromisslosigkeit niedergeschlagen. Ulbricht hatte es ja von Anfang an gesagt: »Es muss demokratisch aussehen, aber wir müssen alles in der Hand haben.« Die Diktatur des Proletariats duldete keine Kritik an seiner herrschenden Klasse der Arbeiterschaft. Bertolt Brecht empfahl der Regierung dementsprechend, sie möge sich doch ein neues Volk wählen.

Er ist dir ganz fremd, wenn du dir vorstellst, wie er die Jungen und Mädchen verhört. Diese Kinder sind alle im Krieg geboren und sind in ihren ersten Lebensjahren zum Geräusch der Sirenen und Bombeneinschläge eingeschlafen. Wäre er nicht in Werder gewesen, sondern in einer anderen Havelstadt, hätte es Oma Eva sein können, die da vor ihm saß. Ob sie darüber einmal geredet haben? Wie diese Zeit für das Mädchen gewesen ist, die später seine Frau und deine Großmutter werden würde?

Du versuchst dir vorzustellen, wie die Kinder, die Jugendlichen da vor ihm sitzen, vor deinem hochgewachsenen Opa Paul, dem man nichts vormachen konnte, der jede Lüge sofort durchschaute. Ängstlich waren sie und wussten nicht, was sie erwarten würde. Oder doch? Wussten sie es vielleicht viel zu gut? Er zumindest wusste doch, wie Todesangst aussieht. Er wusste doch, wie sich das anfühlt.

Trotzdem war er auch ein halbes Jahrhundert später noch, als er dir davon erzählte, überzeugt, das Richtige getan zu haben. Das ganz besonders Richtige. Das, wogegen doch niemand etwas haben konnte. Er hatte niemanden von der Schule geschmissen. Und zugleich seine Pflicht erfüllt, seine Schülerschaft auf staatsfeindliche Umtriebe zu prüfen. Besser ging es nicht.

Opa Pauls Zeit als Schuldirektor war bald drauf vorbei. Diese Jahre, für die er nach eigenen Angaben später als staatsnah eingestuft worden war. »*Das hätten sich nicht einmal die Nazis getraut!*«, würde er denken und auch schreiben.

Ich versuche mir vorzustellen, wie er in seinem Sessel saß und Oma Eva die Briefe diktierte. Das war der gleiche Sessel, in dem er saß, wenn er Tim und mich fragte: »Rote Karte, schwarze Karte?«

Oma Eva schlug auf die Tastenhebel der Erika. Sie konnte das, sie konnte richtig tippen und haute nicht ständig daneben wie ich. Während ihre Finger über die Tastatur flogen, las sie das Geschriebene zur Kontrolle mit.

»Warte«, sagte sie zu ihm, wenn ihr doch einmal ein Fehler unterlief. Dann ließ sie das Papier ein Stück zurückfahren und überschrieb den fehlerhaften Buchstaben mit einem entschlossenen »x«.

Dass er seine Rentenkürzung ernsthaft mit dem Terror der Nationalsozialisten verglichen hat, darüber kommst du nicht hinweg. Was für ein selbstmitleidiger und eitler Mann er gewesen ist, denkst du. Ist dir das nie aufgefallen?

Er behauptet, nach seinem Widerstand gegen die Obrigkeit in Werder *weggelobt* worden zu sein, an die Pädagogische Hochschule in Potsdam, als wissenschaftlicher Assistent.

Das hätte zwar ein geringeres Gehalt bedeutet, aber das habe er in Kauf genommen, quasi ertragen, steht in seinen Briefen. Für die gute Sache, an die er fest geglaubt hat.

Mitte der 50er Jahre zog er also nach Potsdam und dann legte er richtig los. Er wollte Karriere machen. Promovieren.

»Im Herbst 1960 wurde ich auf Veranlassung des Ministers für Volksbildung der DDR vom Rektor der PH Potsdam beauftragt, das Institut für Direktorenbildung aufzubauen.«

Das schrieb Opa Paul fünfzehn Jahre später in einem Lebenslauf, den ich in seiner Berufsakte finde. Wofür genau er diesen Lebenslauf verfasst hat, bleibt unklar. In dieser Zeit ging seine Karriere nicht mehr voran, und er versuchte verzweifelt, dies zu ändern.

Dass man ihm den Aufbau eines ganz neuen Instituts übergeholfen hatte, war ungewöhnlich. Auch in Beurteilungen von Vorgesetzten wird später häufig erwähnt, dass er für diese Aufgabe nicht qualifiziert war und sie dennoch überaus zufriedenstellend gemeistert hatte. 1959 erst hatte er sein akademisches Studium abgeschlossen und nun entwickelte er Methoden, Inhalte und auch Prüfungsordnungen, die Vorbild für die Ausbildung der Schulleiter in der gesamten DDR sein würden.

Die Frage, wie man die Ideologie in die Köpfe bekommt, würde sein berufliches Leben von nun an bestimmen. Nicht nur beim Aufbau des Instituts, sondern auch in seinen wissenschaftlichen Publikationen drehte sich alles um Propaganda. Wie bekommt man den Sozialismus in die Kinder? Wie macht man aus ihnen sozialistische Persönlichkeiten? Wie kreiert man den Neuen Menschen?

Weit über seine Berufslaufbahn hinaus war er als Propagandist tätig und stolz darauf. Noch 1988 wurde er dafür ausgezeichnet. In den Unterlagen von Oma Eva finde ich einen Artikel, in dem sein Name zwischen denen anderer Genossen steht.

Doch für die Stelle, die er nun innehatte, war er nicht ausreichend qualifiziert. Nachdem er das Institut aufgebaut und auch eine Weile geleitet hatte, wurde er zum Stellvertreter degradiert.

Das war Anfang der 60er Jahre, als er auch Oma Eva kennenlernte und mit ihr an den südlichen Rand Berlins in die Barlowruh zog. Da war er schon neununddreißig und schuftete rund um die Uhr. In der Hochschule und in der Partei übernahm er alles, was man ihm antrug. Er war Mitglied der Ortsleitung der Partei und Mitglied im Ortsausschuss der Kleinstadt. Er engagierte sich im FDGB, der Gewerkschaft, im Kulturbund und leitete die Kampfgruppen der Hochschule. Das waren paramilitärische Organisationen in den Betrieben und staatlichen Einrichtungen der DDR. Durch sie sollte die Herrschaft des Proletariats zu jeder Zeit gesichert werden. Sie waren schwer bewaffnet und würden sich im Falle einer Konterrevolution in die NVA-Verbände einfügen. Regelmäßig wurden sie in der Bedienung der Waffen und in Militärtaktik geschult und nahmen an Manöverübungen teil.

»Nie wieder Krieg!«, hatte Opa Paul zu mir gesagt. Das sei alles, was er sich nach Stalingrad gewünscht habe. Den Krieg gegen die Konterrevolution, gegen die eigenen Leute, war er jedoch bereit zu führen und brachte auch die jungen Studentinnen und Studenten dafür in Stellung.

»Meine politische Arbeit konzentrierte sich in den letzten zwanzig Jahren hauptsächlich auf das Gebiet der Agitations- und Propagandaarbeit der Partei. Ich war in mehreren Orts- und Stadtleitungen für das Parteilehrjahr verantwortlich und auch mehrere Jahre Mitglied der Propagandakommission der Kreisleitung Potsdam«, schreibt Paul Bahrlow 1975.

Die Behauptung, man habe ihn zu Unrecht in die Kategorie »staatsnah« gesteckt, ist absurd. Hat er das wirklich geglaubt? Oder war es bloß ein weiterer Versuch, die eigene Geschichte hinter sich zu lassen und noch einmal neu zu beginnen?

In den 60er Jahren arbeitete Opa Paul bis an den Rand der Erschöpfung. Sein Körper begann zu streiken.

Als Oma Eva endlich seine Dissertation abtippen konnte, griff etwas nach seinem Herzen und hielt es fest umklammert.

»Ende der 60er Jahre steigt die Zahl der Herzinfarkte in der Bundesrepublik massiv an«, erklärt Regina Schilling in ihrem Film *Kuhlenkampffs Schuhe*. Dieser porträtiert Männer, die in den 20er Jahren geboren wurden und nach dem Ende des Krieges versuchten, die Welt mit der harten Arbeit der leichten Unterhaltung wieder in Ordnung zu bringen. Ich finde keine Zahlen für den Osten des Landes, aber warum sollte es den Herzen dort anders gegangen sein?

Posttraumatische Belastungsstörungen wurden damals noch nicht diagnostiziert. Es wurde weitergemacht, weitergearbeitet, die Schuld verdrängt und die Geschichte überbaut. Obwohl man von Menschen umgeben war, die die gleichen Erfahrungen gemacht hatten, kämpfte jeder allein mit seinem Schicksal.

In der DDR drohte die Diktatur zudem ständig, einen für die Vergangenheit zur Verantwortung zu ziehen. Auch deshalb wurde geschwiegen. In einem Land, in dem der Antifaschismus Staatsräson war, wie soll man da über das sprechen, was man in der »faschistischen Wehrmacht« getan hatte? Auch waren Antisemitismus und Nationalismus wichtige Bestandteile der sowjetischen und realsozialistischen Ideologie. Käme man ins Reden, käme man ins Denken, würden all die *Neuen Menschen* vielleicht merken, dass sie noch die alten waren.

Der Holocaust wurde zwar nicht geleugnet, aber ein bisschen zurechtgebogen schon. Bruno Apitz musste sein Hauptwerk *Nackt unter Wölfen*, das im Konzentrationslager Buchenwald spielt und jedes Schulkind in der DDR lesen musste, mehrfach umschreiben, bis es der Zensur in den Kram passte. Der Mythos Buchenwald war geboren, einer der Gründungsmythen der DDR. Nach diesem hat es in Buchenwald vor allem kommunistische Häftlinge gegeben, die sich selbst befreit haben. Mit der Wirklichkeit hatte das wenig zu tun. Dass die kommunistischen Häftlinge einen erbitterten Überlebenskampf führten und sich dabei an der Ermordung der jüdischen Häftlinge beteiligten, durfte nicht erzählt werden.

So war zwar in der DDR immer klar, dass es sich beim Dritten Reich um ein verbrecherisches, menschenverachtendes System handelte, die Geschichte musste trotzdem vor allem so erzählt werden, dass sie in die neue Ideologie passte. Die DDR und das Dritte Reich sollten sich diametral gegenüberstehen. Gemeinsamkeiten ausgeschlossen.

Pauls Herz drohte unter den Lasten der Vergangenheit und der neuen Zeit stehen zu bleiben. Mit letzter Kraft schaffte er die Dissertation, eine ideologische Einreihung Georg Büchners in die Riege literarischer Säulenheiliger der sozialistischen Republik. Dann schickte man ihn auf Kur.

Es reichte trotzdem nicht. Er bekam zwar seinen Titel, aber in der Kaderakte, welche die Pädagogische Hochschule über ihn angelegt hat, tauchte nun ein Schreiben von Bildungsministerin Margot Honecker auf. Sein Name stand auf einer Liste von Mitarbeitern, die nicht zum Hochschuldozenten berufen werden sollten.

Er wurde aussortiert.

Warum, weshalb? Das steht nirgends. Aber an der Hochschule in Potsdam ging es nicht weiter.

Also inserierte Opa Paul in der Tageszeitung *Neues Deutschland* und bekam Antwort von der Ostsee. Es wurde ihm eine Stelle als Dozent für Hochschulpädagogik versprochen und zudem die Möglichkeit eröffnet, eine sogenannte B-Promotion zu erstellen. Dann könnte er tatsächlich noch Professor werden.

Aber an der Hochschule der kleinen Stadt gab es gar keine pädagogische Forschung, die er dafür gebraucht hätte. Opa Paul wurde Dozent für Marxistisch-Leninistische Organisationsarbeit. Darunter kann ich mir nichts vorstellen.

Es dauerte von da an noch fast zehn Jahre, bis Paul Bahrlow endlich die ihm versprochene Stelle bekam und außerdem die Erlaubnis, an der Universität Rostock in die Forschungsarbeit eingebunden zu werden.

Aber da war es schon zu spät.

Auch an der Hochschule der kleinen Stadt übertrug man ihm Verwaltungsaufgaben, wenn Stellen unbesetzt waren. Zum Beispiel die Propagandaabteilung der Hochschule, die für die sozialistische Erziehung der Studentinnen und Studenten sorgte. Und auch die Partei konnte weiterhin auf ihn zählen. Als Teil der Parteileitung der Hochschule kümmerte er sich darum, die Beschlüsse aus der Politik in die Praxis umzusetzen.

Seine Gesundheit litt schon wieder, wie seine Vorgesetzten in Gutachten und Konversationen mit dem Ministerium vermerkten. Da er unter diesen Umständen seine B-Promotion nie schreiben konnte, lehnte das Ministerium eine ordentliche Beförderung auf die Stellen, die er in Wirklichkeit längst ausfüllte, immer wieder ab.

Der Druck auf ihn muss immens gewesen sein. Plötzlich sollte er erläutern, warum er seinen Sohn in einer Kaderakte verschwiegen hatte und warum er seine Forschung nicht vorantrieb.

Auf alles hatte er Antworten und dennoch fand er keinen Ausweg. Heute wirkt es auf mich, als hätte er ganz genau gewusst, dass es nicht zu schaffen war. Weder sein Pensum noch die Beförderung. Vielleicht war der Sprung einfach zu groß, vielleicht waren die Zweifel an seiner Person auch berechtigt.

»Die Partei, die Partei, die hat immer Recht. Und Genossen, es bleibe dabei. Denn wer kämpft für das Recht, der hat immer Recht, gegen Lüge und Ausbeuterei ...«, tönt es in deinem Kopf.

Und es stimmte ja. Es war die Partei, die ihm alles gegeben hatte. Ohne sie wäre er nichts. Hätte nie im Leben studiert, wäre nicht Lehrer oder Schuldirektor geworden. Nun war er sogar Doktor!

Seine Augen waren im Laufe der Jahre immer schlechter geworden. Man kann sie hinter den Brillengläsern auf Fotos aus dieser Zeit kaum noch erkennen. Fünf Jahre nach seiner so lang ersehnten Berufung zum Hochschuldozenten für

Hochschulpädagogik wurde er invalidisiert und in die Rente geschickt. Da war er sechzig Jahre alt.

Opa Paul hat viele Leben geführt. Das Leben im Lumpenproletariat der Weimarer Republik, das Leben als Kanonenfutter, das Leben als Propagandist der SED und zum Schluss das des Betrogenen.

Was waren diese Leben wert? Diese Leben, von denen er nicht sprechen konnte, weil er sie immer wieder verstecken und überschreiben musste. Er hat sich vor sich selbst versteckt, um weiterzumachen, voranzukommen. Um zu bekommen, was ihm niemand schenken würde, wonach er nur selbst greifen konnte.

Er hat geglaubt, auf der Seite der Sieger zu stehen. Auf der richtigen Seite der Geschichte. Er hat sich so oft gewandelt, so oft am eigenen Schopf aus dem Dreck gezogen, den andere ihm hinterlassen haben.

Und er hat sich geirrt. Total geirrt.

Du erinnerst dich trotzdem noch an die Liebe zwischen euch.

Seinen Irrtum konnte er sich und allen anderen gegenüber nicht zugeben. Vielleicht ist das auch zu viel verlangt. Vielleicht steht mir dieses Urteil nicht zu. Aber wie groß das Leid war, wie brutal die Gewalt der Diktatur, für die er sich aufgerieben und an die er geglaubt hat, weiß ich und kann ich nicht mehr vergessen.

Immerhin daraus hat er kein Geheimnis gemacht, er war auf der Seite der Mauerschützen und nicht auf der Seite derjenigen, die der Diktatur entkommen wollten.

Du siehst ihn vor dir sitzen, in seinem Sessel, mit seinen trüben Augen.

Rote Karte, schwarze Karte.

Die vielen Lügen.

Das laute Schweigen.

Rote Karte, schwarze Karte.

Ihr geht auf die Seebrücke und du erzählst ihm, welche Schiffe fahren. Welche Fahnen an ihren Masten wehen und verraten, aus welchen Ländern sie kommen.

Wie er sich über die neue Technik gefreut hat. Einen Farbfernseher, mit dem man Wimbledon sehen konnte.

Danach hat er sich ein Diktiergerät gekauft, einen Kassettenrekorder und einen Langenscheidtkurs Englisch. Gleich nach dem Mauerfall hat er begonnen, diese Sprache zu lernen. Er hat die Sätze auf Kassetten aufgesprochen, weil ihm das Lesen so schwerfiel.

Er liebte den Elektronikhandel. Das Fachgeschäft am Marktplatz der kleinen Stadt, gleich bei der Bushaltestelle. Die Diktiergeräte wurden mit den Jahren immer kleiner und in seinem Freundeskreis begannen manche, ihre Lebensgeschichte aufzuschreiben.

Aber Opa Paul nicht.

Die Diktiergeräte hat er dir geschenkt und sich dann wieder ein neues gekauft.

49

Ich rufe Tim an:

»Willst du die Schreibmaschine eigentlich zurückhaben?«

XIV/SCHLUSS

1.12.
Denkst Du denn überhaupt nicht einmal an Deinen kranken Vater. Zu Weihnachten hast Du uns nicht geschrieben, wir wissen bis heute noch nicht, wo Du Weihnachten warst. Zu Ostern kein Gruß, wir wissen nicht, was wir von Dir halten sollen. Jetzt steht Weihnachten wieder vor der Tür. Der Vater sagt, ich will wissen, was er macht. Wo hältst Du Dich auf. Warum schreibst Du nicht.

Einar Schleef, »Gertrud«

50

JULI 2022, GRÄSÖ IN SCHWEDEN

Du siehst auf das graublaue Wasser, das hier mit der gleichen Ruhe an Land fährt wie auf der anderen Seite der Ostsee. Schwapp, schwapp, schrrr. Das ewige Geräusch, das dir oft ein Trost war, ein unsichtbarer Mantel, den du um deine schmalen Schultern gelegt hast.

Dieses Rauschen war lange vor dir da, lange vor den Menschen, und es wird lange nach dir sein und auch lange nach den Menschen.

Es ist jetzt drei Jahre her, dass du zuletzt hier warst.

Das war in dem Jahr, in dem sich der Mauerfall zum dreißigsten Mal jährte, und auch der Sommer, in dem die begründete Befürchtung aufkam, in Brandenburg, Sachsen oder Thüringen könnte ein Rechtsextremer Ministerpräsident werden.

Damals war plötzlich alles wieder da. Die Erinnerungen an Ada, an Kai und die kleine Stadt. Du hast Krissi angerufen und ihr habt zum ersten Mal über diese Zeit gesprochen. Über die Brutalitäten eurer Kindheit. Über die Leute, die so alt waren wie ihr und die in den letzten Jahren wieder hasserfüllt durch die Straßen gezogen sind. Die Woche für Woche Geflüchtetenunterkünfte attackierten und aus Ostdeutschland wieder Dunkel-

deutschland gemacht hatten. Warum bloß hörte das nie auf? Und warum bloß war uns das so vertraut?

Es war ein langes Gespräch.

Und dann hast du die Unterlagen und Fotos, die Tim dir von Eva mitgebracht hatte und die du einmal hektisch in den Computer gescannt hast, zum ersten Mal richtig angeschaut. In einer dieser Nächte, in denen es nicht dunkel wird hier oben.

Auf den Bildern hast du nach Mutter gesucht. Nach dem Kind, das sie war, dem Mädchen, der jungen Frau. Und nach Oma Eva, Tante Sabine und Opa Paul.

Wie wenig Bilder es gab, auf denen sie glücklich miteinander aussahen.

Du hast versucht, dich zu erinnern.

Komisch, denkst du, als Kind hast du dich danach gesehnt, ein Stein zu werden und im Meer zu versinken. Jetzt bist du seit Jahren nicht ins Wasser gegangen, denn sobald du den Boden unter dir nicht mehr erkennen kannst, hast du das Gefühl, etwas würde nach dir greifen und dich verschlingen.

Vielleicht solltest du es noch einmal versuchen. Vielleicht erst einmal fünf Schwimmzüge und dann zehn und immer so weiter?

»Kommst du? Das Spiel geht gleich los!«

Kurti reißt mich mit seiner Vorfreude aus meinen Gedanken. Gleich wird das Brennballspiel losgehen, zu dem uns die Nachbarn eingeladen haben.

Als ich zum Sportplatz hochgehe, bekomme ich eine Nachricht von Tim.

»sind auf der fähre, kommen morgen ca 17 uhr«

Der in die Jahre gekommene Platz ist voller Menschen.

Zum Brennball versammelt sich hier die halbe Insel. Alle spielen mit, egal ob jung oder alt. Die Mannschaften finden sich selbst zusammen, es gibt keine Kapitäne, man reiht sich einfach ein. Dann geht es los. Mit einer Art Baseballschläger wird ein Tennisball ins Feld geschlagen. Wenn die Kleinen das noch nicht können, dürfen sie den Ball auch werfen. Sobald der dann unterwegs ist, läuft der Werfer oder die Werferin rund um das Feld, während die gegnerische Mannschaft versucht, den Ball so schnell wie möglich wieder nach Hause zu bringen.

Die wichtigsten Mitglieder der Mannschaften sind die vor Kraft strotzenden Jugendlichen. Sie schlagen den Ball weit über das Spielfeld hinaus und sorgen so dafür, dass möglichst viele Läufer ihre Runde um das Spielfeld beenden können. Sie werden von den jüngeren frenetisch bejubelt und bewundert. Die Älteren applaudieren, lachen und erkennen sich in ihnen wieder. Durch sie werden sie an die Sommer erinnert, in denen sie selbst langsam erwachsen und jedes Jahr schneller und stärker wurden. Als sie die wurden, von denen der Ausgang des Spiels abhing.

»Stine, schau mal!«

Kurti steht mit Hans zwischen den anderen. Ihre Mannschaft ist als erste Läufer. Klara sitzt am Rand und liest ein Buch.

Ich gehe zu der kleinen Gerätehütte, neben der ein Campingtisch steht, an dem ein paar Teenagermädchen Süßigkeiten und Getränke verkaufen, die sie am Vormittag im Supermarkt besorgt haben.

Dann setze ich mich neben Klara, reiche ihr eine Cola und

eine Tüte Gummibärchen. Sie nimmt sie an sich, ohne von ihrem Buch aufzusehen.

Kurti ist dran. Er greift zu dem Schläger und ich kann ihm die Anspannung ansehen, den Wunsch, sich nicht zu blamieren. Noch nie hat er es geschafft, den Ball zu schlagen. Immer musste er nach drei Versuchen doch wieder werfen. Aber jetzt ist er zwölf Jahre alt. Jetzt muss es klappen.

Der erste Versuch scheitert, und ich sehe, dass er kurz überlegt, das Spiel zu verlassen. Ein anderer Junge tritt an ihn heran und spricht mit ihm. Er deutet Kurt mit seinem Körper die Bewegung an, die er mit dem Schläger machen soll.

Klara blickt von ihrem Buch auf.

Dann wirft ihr Bruder ein zweites Mal den Ball hoch in die Luft, dass ihm genug Zeit zum Ausholen bleibt. Er trifft tatsächlich und der Ball fliegt gar nicht schlecht. Kurti ist so überrascht von seinem Schlag, dass er vergisst loszulaufen.

»Springa!«, rufen die anderen und Hans gibt ihm einen kleinen Schubs.

Dann läuft er los.

Dank

Zuallererst danke ich Steffen, Hedda und Ingmar. Ihr seid das Meer, das Schiff und der Hafen. Sonne, Wind und Regen.

Ich danke meinem Bruder Robert für alles, auch das, was noch kommt. Seiner Frau Sonja danke ich für ihre Loyalität und ihren Beistand.

Ich danke den Freundinnen und Freunden, die bereit waren, mir für dieses Buch ihre und unsere Geschichte zu erzählen. Allen voran Sara, Johanna und Heike.

Annette Humpe möchte ich dafür danken, dass sie gesagt hat: »Das ist es, darüber musst du schreiben!« Für die Musik, den Gin Tonic und die Läufe bergauf.

Auch meinem Freund Peter möchte ich danken für die vielen Telefonate am Sonntagabend nach dem *Tatort*, die mich durch diese Zeit getragen haben. Und Tanja für den Champagner auf der Terrasse im Winter und unsere lange, tiefe Freundschaft.

Ich danke Sabine Adler für die stete Ermutigung, das Lesen und Mitdenken und unsere Runden um den Schlachtensee.

Alena Schröder und Peter Hintz danke ich fürs Lesen, in einem Moment, in dem ich mir unsicher war, ob ich weiterschreiben sollte.

Darüber hinaus möchte ich Axel Hahn danken. Für sein ehrliches Interesse, seinen professionellen Rat und seine Zuversicht.

Der unglaublichen Heike-Melba Fendel und dem Team von Barbarella Entertainment kann ich gar nicht genug danken – für das Zimmer und den Schreibtisch, an dem ich ungestört arbeiten durfte und darf.

Ich danke den Archivar*innen, die mir bei der Recherche geholfen haben, insbesondere den Mitarbeiter*innen im Bundesarchiv und den zahlreichen Stadtarchiven. Auch der Historikerin Sandra Pingel-Schliemann möchte ich für ihre Expertise und die zielführenden Hinweise danken.

Ganz besonders aber möchte ich allen Mitarbeiterinnen und Mitarbeitern bei Klett-Cotta danken, die dieses Buch ermöglicht haben.

Tom Kraushaar danke ich für sein Vertrauen, dass aus einer knappen Idee ein Buch werden könnte.

Vor allem aber danke ich meiner Lektorin Corinna Kroker für ihren Mut, es mit mir und diesem Text aufzunehmen, und besonders dafür, dass sie immer an den richtigen Stellen lacht.

Und nicht zuletzt danke ich auch meiner Agentin Rebekka Göpfert, denn ohne ihr Verhandlungsgeschick hätte ich dieses Buch nicht schreiben können.

Quellenverzeichnis

Bundesarchiv, Stasi-Unterlagen-Archiv, Berlin: https://www.stasi-unterlagen-archiv.de/akteneinsicht/privatpersonen.

Bundesarchiv, Stiftung Archiv Parteien und Massenorganisationen der DDR. Berlin. Signatur: DY/6753.

Gesetzesblatt der Deutschen Demokratischen Republik, Berlin.
GBl. DDR 1951, S. 281
GBl. DDR II 1965, S. 368

Bachmann, Ingeborg: *Sämtliche Gedichte.* München/Zürich: Piper 1982.

Bauer, Fritz: »Im Mainzer Kulturministerium gilt ein merkwürdiges Geschichtsbild«, in: *Frankfurter Rundschau,* Nr. 161, 14.7.1962.

Brasch, Thomas: *Kargo.* Frankfurt a. M.: Suhrkamp 1977.
© Suhrkamp Verlag Frankfurt am Main 1977.
Alle Rechte bei und vorbehalten durch Suhrkamp Verlag Berlin.

Brecht, Bertolt: »An die Nachgeborenen«, »Alfabet« und »Lob des Kommunismus«, in: *Die Gedichte von Bertolt Brecht in einem Band.* Frankfurt a. M.: Suhrkamp 1981.

Eich, Günter: *Träume.* Frankfurt a. M.: Bibliothek Suhrkamp 1953.

Havemann, Robert: *Ein deutscher Kommunist*. Hrsg. von Manfred Wilke. Hamburg: Rowohlt 2018.

Herrndorf, Wolfgang: *Arbeit und Struktur*. Berlin: Rowohlt 2013.

Küchemeister, Wera: »Wer möchte nicht im Leben bleiben«, in: *Sie nannten ihn Amigo*. Berlin: DEFA-Studio für Spielfilme 1958.

Müller, Inge: *Wenn ich schon sterben muß. Gedichte*. Hrsg. von Richard Pietraß. Berlin/Weimar: Aufbau 1985.

Schleef, Einar: *Gertrud*. Frankfurt a. M.: Suhrkamp 1984.

Süske, Kerstin: *7/10/89 Makulatur*. Babelsberg: Defa-Studio für Dokumentarfilme, Hochschule für Film und Fernsehen der DDR 1989.